Still with me

LILY DEL PILAR

Still with me

Planeta

Obra editada en colaboración con Editorial Planeta – Chile

Bajo el sello editorial PLANETA M.R.
Avenida Presidente Masarik núm. 111,
Piso 2, Polanco V Sección, Miguel Hidalgo
C.P. 11560, Ciudad de México
www.planetadelibros.com.mx

Ilustración de portada: Daniela de la Fuente Inostroza @calicocat_art
Diagramación: Ricardo Alarcón Klaussen

Primera edición impresa en Chile: noviembre de 2021
ISBN: 978-956-408-015-4

Primera edición impresa en México: enero de 2023
ISBN: 978-607-07-9609-8

Impreso en los talleres de Impresora Tauro, S.A. de C.V.
Av. Año de Juárez 343, Colonia Granjas San Antonio, Iztapalapa
C.P. 09070, Ciudad de México.
Impreso en México –*Printed in Mexico*

Para mí, por ser fuerte y seguir aquí

Índice de personajes

Jong Sungguk: veintiún años. Policía novato y rescatista animal en su tiempo libre. Es uno de los protagonistas de la novela.

Moon Daehyun: diecinueve años. Todo lo que conoce del mundo es lo que pudo ver a través de la ventana de su casa. Es uno de los protagonistas de la novela.

Lee Minki: veintitrés años. Policía. Probablemente el mejor amigo de Jong Sungguk, aunque Minki no lo cree así. Eterno enamorado de su novio Jaebyu.

Kim Seojun: veintiséis años. Psicólogo a cargo de Daehyun. Cuñado de Sungguk, casado con Suni.

Choi Namsoo: veinticuatro años. Estudiante de Medicina, realiza su segundo año de internado en el hospital de la ciudad. Es uno de los doctores a cargo de Daehyun. Compañero de casa de Sungguk y Eunjin.

Yoon Jaebyu: veintiséis años. Enfermero en el hospital de la ciudad. Su novio Lee Minki lo describiría como «el amor de su vida que no habla demasiado».

Yeo Eunjin: veinticinco años. Policía y superior a cargo de Sungguk y Minki. Compañero de casa de Namsoo y Sungguk.

Moon Sunhee: también conocida como Lara, abuela de Daehyun.

Moon Minho: padre de Moon Daehyun.

Jong Sehun: padre de Jong Sungguk.

Bae Jihoon: intérprete de lengua de señas.

Jong Yejin: madre de Jong Sungguk.

Nota

Esta novela contiene personajes psicológicamente inestables y aborda temas sensibles. Favor leer con discreción.

1

Jong Sungguk tenía siete años cuando su madre se marchó de casa. Mientras mantenía las manos sobre su regazo, ella se colocó en cuclillas frente a él para que sus miradas quedasen a la misma altura. La caricia en su cabello se sintió como una brisa ligera de primavera. Su hermana, Suni, estaba sentada a su lado con expresión enojada, no miraba a Yejin a pesar de los intentos de ella para captar su atención.

—Regresaré pronto, solo estaré en Busan un tiempo.

Sungguk no entendió que esas palabras fueron realmente una mentira hasta que el «regresaré pronto» se transformó en meses y después en años. Yejin nunca regresó a vivir con ellos. Las ocasiones en que la vio tras su partida se podían contar con los dedos de una mano. Asistió a su octavo y noveno cumpleaños, al décimo Sungguk se quedó esperándola en la casa de su abuela, hasta que la vela de su pastel se consumió por completo.

Una década después de ese mal recuerdo, Sungguk volvía a encontrarse sentado en la cabecera de la misma mesa donde esperó a su madre por horas. Nuevamente esperaba a alguien. Y a pesar de que ahora era un joven de veintiún años, continuaba sin procesar por completo la situación. La esperanza de que Moon Daehyun apareciese por la puerta sonriendo, tímido y avergonzado, persistía en él. Se sintió, otra vez, como el Jong Sungguk de diez años que observaba cómo la vela en su pastel se derretía sobre la crema: pequeño e insignificante, el monstruo de inseguridades se aferraba a su espalda a la espera de devorarlo.

Tragó saliva, Suni estaba ubicada tras él con las manos sobre sus hombros brindándole consuelo. Sungguk no podía quitarse del pecho ese presentimiento de que, la próxima vez que viese a Daehyun, este se presentaría al igual que su madre: embarazado.

Todavía se recordaba con el uniforme del colegio sucio por escalar un árbol, mientras observaba el estómago hinchado de Yejin.

A nueve años de aquello, Sungguk acarició su atuendo de policía. Sacudió la cabeza para dejar ese recuerdo donde le correspondía estar: en el pasado. No, él no iba a pasar por eso otra vez. Desesperado por estar sentado mientras Moon Daehyun continuaba desaparecido, pidió con impaciencia:

—¿Podemos salir a buscar a Dae?

—Salir a buscarlo sin saber dónde podría estar... —respondió Kim Seojun con calma— será como buscar una aguja en un pajar.

—Pero al menos estaríamos haciendo algo.

—Solo gastar energía inútilmente —insistió Seojun, quien continuaba observando el celular de Daehyun con detención. Buscaba algo que pudiera orientarlos en su búsqueda.

—Podríamos ir a la casa de su abuela —rebatió Sungguk.

—Eunjin ya fue y dijo que no hay nadie.

—Tal vez no revisó bien.

La voz molesta de su amigo y compañero de rondas, Lee Minki, se coló en la conversación. Paseaba por la sala de estar como un animal enjaulado. Hablaba por teléfono con su novio.

—¿Cómo que no sabes si Daehyun está en Urgencias? ¿No trabajas acaso como enfermero en el hospital? —se detuvo a un costado del sofá—. A ver, tampoco es algo tan difícil de averiguar. Simplemente vas y preguntas si Dae está ahí o no. Ya, ya, sé que estás en la ronda nocturna, pero... mira, Yoon Jaebyu, yo nunca te pido nada y soy un novio comprensivo y cariñoso que siempre está para ti y... sí, sí voy a utilizar esta carta porque... *ok*, *ok*, llámame apenas sepas algo.

Y luego bajó la voz y le dio la espalda a Sungguk. De igual forma, lo escuchó.

—Y revisa la morgue del hospital, por favor. Te quiero, adiós.

Colgó y se acercó a Sungguk.

Suni y Minki debieron compartir una mirada, porque su amigo forzó una sonrisa que le daba la apariencia de un loco.

—Jaebyu se encontró con Namsoo, van a preguntar si ingresó alguien al hospital con las características físicas de Dae.

Por suerte, no mencionó la morgue.

—Eunjin también lo está buscando —intentó tranquilizarlo su hermana—. Y también le pedí ayuda a mis compañeros del laboratorio clínico, se están turnando para recorrer las plantas bajas del hospital.

Sungguk le tocó la mano a Suni en agradecimiento, de pronto sintió que toda la situación se asemejaba demasiado a la partida de su madre. Su hermana debió pensar algo similar, porque habló con nerviosismo:

—No es lo mismo, Sungguk.

Al ver su expresión, Minki tomó asiento en la silla contigua y se estiró hacia Sungguk como si quisiese tocarle. Se arrepintió a último instante.

—Quita esa cara de cachorro bajo la lluvia —pidió Minki con tono brusco—. Vamos a encontrarlo, te lo prometo. ¿Cuándo yo no he cumplido una promesa?

—Muchas veces —aclaró Sungguk.

—No mientas.

—Una vez dijiste que ibas a comprarme el almuerzo por una semana y solo lo hiciste por seis días.

Su amigo jadeó indignado.

—¡¿Cuándo pasó eso?!

—Cuando te equivocaste y me enviaste ese mensaje que decía...

—¡Ya, ya, lo recuerdo, lo recuerdo! —lo cortó apresuradamente. Tenía la punta de las orejas rojas—. *Ok*, te debo todavía un almuerzo. Pero solo eso.

—También prometiste que harías el papeleo de ambos durante una semana si yo mentía y le decía a Eunjin que habías llegado al turno, cuando la verdad es que te escapaste con Jaebyu.

—¡Sungguk! —protestó. Después agregó en voz baja—: Yo sí cumplí con eso.

—Hiciste una semana, pero prometiste que serían dos si mentía a Jaebyu y decía que no te habías escapado del trabajo para irte con él.

—Jaebyu nunca te preguntó nada.

—Pero podría haberle contado y no lo hice, porque soy buen amigo. Podría decirle todavía, te recuerdo que el sofá de tu departamento es muy incómodo.

—Maldito —refunfuñó Minki con la mirada empequeñecida—. Esta semana haré todo tu papeleo, ¿feliz?

Sungguk se encogió de hombros.

El buen humor de la conversación se esfumó con la misma rapidez con la que apareció. Contempló la mesa gastada por el paso del tiempo. Estiró los dedos y luego los recogió, dudó al hablar.

—¿Y si se fue?

—¿Cómo? —preguntó Minki sin entender—. Jaebyu no se ha ido.

—¿Tienes que sacarlo en todas las conversaciones?

—¿No hablábamos de él?

—Olvídalo —suspiró Sungguk.

—¿Qué? Podré adivinar muchas no-conversaciones que tengo con Jaebyu, pero a ti no te conozco tan íntimamente.

—Decía —Sungguk se rindió—, ¿y si Dae se fue? —se encogió en su asiento sintiéndose patético al percibir la mirada de su amigo—. ¿Y si Dae decidió que estaba harto de mí y se fue?

—¿Qué dices, idiota? Dae nunca haría algo así.

—¿No? —cuestionó con la vista baja—. ¿Pero no es eso lo que siempre hace la gente, irse sin dar explicaciones?

En vez del consuelo que esperaba, recibió un coscorrón por parte de Minki.

—Seojun, aquí tienes un nuevo caso para tratar —avisó Minki girándose hacia Kim Seojun.

—No puedo atenderlo como psicólogo porque soy su cuñado —respondió el aludido. Seojun continuaba sentado en el sofá revisando el celular morado de Dae con mucha atención—. Pero concuerdo con Minki en que tienes serios conflictos emocionales, Sungguk. Asumes que toda la gente va a terminar abandonándote. A Suni le sucedía lo mismo.

Sungguk podría jurar que su hermana ponía los ojos en blanco.

—Yo no era así —debatió ella sin mucha convicción.

Seojun no le respondió, frunció el ceño observando la pantalla del celular.

—¿Algo que nos pueda servir? Porque estoy así de... —dijo Minki mostrando una pequeña separación entre sus dedos— salir a buscarlo con un parlante amarrado al techo de la patrulla. Soy capaz, créanme. Me va a escuchar donde sea que esté y... espera, se fue con el audífono puesto, ¿cierto?

Seojun se puso de pie de golpe y apuntó el teléfono como un loco.

—Daehyun buscó el nombre de su papá en internet.

En ese momento, Sungguk recordó la expresión de Daehyun al observar la fotografía de Moon Minho. Lo recordó hacía unas horas hecho un ovillo en la cama, mientras Sungguk lo abrazaba por la espalda y le besaba el cuello, acariciándole el cabello y susurrándole palabras de consuelo. Recordó el temblor en sus músculos y el llanto contenido en su pecho. Recordó los dedos de Dae arrugando la imagen de su padre junto a su pregunta torpe que pedía unas explicaciones que Sungguk no pudo darle.

«¿Por qué?».

Sus pensamientos se sentían como una piedra en el estómago.

—¿Leyó alguna de las noticias? —quiso saber Minki.

—La primera —respondió Seojun todavía examinando el celular—. Es sobre el accidente donde murió.

Sungguk se tocó el rostro con las palmas.

—Creo que sé dónde puede estar —confesó.

Minki alzó las cejas hacia él.

—¿Dónde?

—Tal vez fue a la tumba de Moon Minho —y explicó de manera rápida que la tarde anterior le había mostrado a Dae una fotografía de su padre. Al terminar de hablar, Seojun se masajeó el puente de la nariz como si estuviese padeciendo migraña.

—¿Por qué no contaste esto antes? —se armó de paciencia—. Daehyun no escapó. Él está sufriendo una crisis.

—Lo siento, yo...

No se me ocurrió, pensó. No lo pensó porque no conocía a Moon Daehyun lo suficiente.

—Está bien, no importa —dijo Seojun para intentar aliviarlo—. Empezaremos la búsqueda en el cementerio.

—¿Y si no está ahí? —dijo Minki—. Además, Dae no conoce las calles. Lo más lejos que ha ido por su cuenta es a la tienda de conveniencia. El cementerio está a cinco kilómetros de aquí.

Seojun le echó un vistazo a Sungguk.

—Empezaremos por el cementerio —reiteró Seojun—. Pero si la huida de Daehyun es producto de una crisis, entonces va a querer regresar a su casa.

—¿Su casa? —preguntó Sungguk.

—La casa de Moon Sunhee —se corrigió.

La salida fue un escándalo entre Sungguk y Seojun colocándose los zapatos, Suni sujetando a Roko para que no les siguiese, los ladridos del resto de la manada y Minki gritando que iría a buscar a Dae por los alrededores.

Los cementerios en Seúl, en su mayoría, eran grandes mausoleos con tumbas pequeñas y cuadradas donde se instalaba la urna, acompañada de una fotografía del difunto. No obstante, en ese lado de Daegu, más rural que urbano, el único cementerio del sector se ubicaba en las faldas de una colina. Las tumbas se alineaban sobre la pendiente, las de mayor valor en la parte más alta, donde había una hermosa vista del valle.

La familia Moon se localizaba en la parte más baja del recinto. Una lápida oscura y descuidada marcaba los nombres de los tres cuerpos que descansaban ahí: los abuelos y el padre de Moon Daehyun.

Pero no había ningún rastro de Dae en el lugar.

2

En psicología se entiende como «dependencia emocional» al vínculo obsesivo que desarrolla un individuo por otra persona. Es un patrón psicológico que incluye una serie de comportamientos adictivos, como la preocupación no realista e insana de ser abandonado. Es, por tanto, una patología de vinculación que se basa en la carencia afectiva, la cual podría intensificarse al recibir una educación sobreprotectora inculcada por el temor.

Tal como Daehyun, pensó Sungguk mientras sus ojos rastreaban la vivienda de dos pisos ya deteriorada por el tiempo. Estaba prácticamente igual que hace unos meses, la única diferencia era el cordón policial amarillo que aún permanecía pegado en la puerta.

—¿Crees que esté aquí? —cuestionó Sungguk.

—La dependencia emocional no siempre se da hacia las personas —respondió Seojun.

Cuando ambos dirigieron otra vez la mirada hacia la casa, supieron que Daehyun no estaba ahí. Un enorme candado mantenía la puerta cerrada y ninguna de las ventanas estaba rota. De todas formas, se acercaron a inspeccionar. Bastó con observar el polvo acumulado en las ventanas y el suelo para cerciorarse de que nadie se había acercado a la vivienda en largo tiempo.

—Si escapó de casa por una crisis emocional, ¿por qué no está aquí? —increpó Sungguk a su cuñado—. Dijiste que Daehyun vendría.

—¡Sé lo que dije, Sungguk! —contestó Seojun perdiendo un poco la paciencia—. Este era el lugar más probable.

—Pero no está.

Seojun se quedó en silencio, Sungguk casi podía escuchar cómo funcionaba su cabeza de lo mucho que intentaba recordar sus conversaciones con Dae, buscando algo que les pudiese indicar su paradero.

—Dijiste que Dae intentaría ir a un lugar con el que tenga un vínculo —recordó Sungguk.

—¿Se te ocurre algo?

—El parque donde me conoció.

Antes de partir, Seojun llamó a Eunjin para que enviase una patrulla a vigilar la casa. Un minuto más tarde, las luces de la camioneta alumbraban el pequeño parque. Era un terreno limpio con solo un tobogán y una pirámide de cuerdas. Ya no estaban los columpios de metal roto, ni la rueda donde Sungguk jugó durante horas.

No quedaba nada.

De la misma manera que Daehyun.

—No está —susurró Seojun como si aquello no fuese obvio.

Se quedaron sin saber qué más hacer, adónde ir, dónde buscar. Restregándose la cara con desesperación, Sungguk habló:

—¿Por qué está ocurriendo esto? Se supone que estaba bien, estaba bien, Seojun. Lo estaba, ¿verdad?

—Sungguk, ¿tú crees que una persona como Daehyun alguna vez estará realmente «bien»?

Aquello deprimió todavía más a Sungguk. A ninguno de los dos se les ocurría otro posible paradero, así que Sungguk encendió la camioneta y dio vueltas por los alrededores gritando el nombre de Dae. Entretanto, recibieron una llamada de Minki.

—No está ni en Urgencias ni... ya sabes. Ni vivo ni... *eso*.

Anduvieron otro par de cuadras, pero nada.

Daehyun no estaba por ninguna parte.

El ataque de pánico comenzaba a cerrarle la garganta a Sungguk. Con voz ahogada y tirándose el cuello de la camisa, estacionó una vez más. Buscó el número de la única persona a la que siempre recurría cuando sentía que el mundo se derrumbaba: su padre, la misma persona que se sentaba afuera del ropero por horas cuando de pequeño Sungguk se encerraba allí dentro y lloraba por su madre. Por eso, cuando lo llamó y escuchó su voz, Sungguk pudo cerrar los ojos por un instante y respirar profundo.

—Daehyun desapareció —contó.

No hubo retos ni cuestionamientos, solo un simple:

—¿Y cómo sucedió?

Sungguk se sintió como un niño pequeño.

—¿Sabes algo? —logró modular.

—Hijo, ¿cómo podría saber algo?

—Porque tú me mentiste —lo acusó con un hilo de voz.

—¿Mentir?

—Me dijiste que Minho no era hijo de Lara, pero mentiste, me mentiste. El examen dice que Daehyun comparte ADN con Lara.

—Lara no es la madre biológica de Minho —repitió su padre. Cuando iba a recriminarle su mentira, él continuó—. Es imposible que lo sea, genéticamente es casi imposible que Moon Sunhee pudiese tener un hijo m-preg cuando ni ella ni su marido tienen historial familiar.

—El examen...

—Escuché lo que me dijiste —lo cortó su padre—. Pero dime, hijo, ¿qué gano yo mintiendo sobre eso? Nada. Puedes llamar a tu hermana si tienes dudas sobre eso.

Sungguk no fue capaz de debatir porque no tenía cabeza para pensar qué podía ganar su papá con aquella mentira. Debió tener una expresión miserable al cortar, porque Seojun apoyó la mano en su hombro para consolarlo.

—Ya lo encontraremos, Sungguk, tranquilo.

—¿Y si no?

—Personas dañadas como Daehyun siempre regresan a los lugares donde fueron dañadas.

—¿Y si no?

Como si el destino estuviese esperando esa conversación, el celular de Seojun vibró. Puso el altavoz tras dirigirle una mirada a Sungguk.

—Encontramos al chico —informó una voz grave y desconocida—. Ingresó a la casa que vigilábamos.

Sungguk encendió la camioneta y apretó el acelerador. Se subió a la vereda con las ruedas delanteras y viró con brusquedad. Uno de los vidrios laterales estuvo a centímetros de romperse al rozar las ramas de un árbol.

—No debe ingresar ninguno de ustedes —pidió Seojun—. Solo vigilen la casa, voy para allá.

—Está solo. Podemos ingresar y...

—Soy el psicólogo a cargo del caso y él es mi paciente. Nadie debe acercarse a menos que yo lo autorice, ¿me oyeron?

Al virar en la esquina, vieron aparecer la casa donde Daehyun pasó su vida encerrado. Sungguk notó que había dos automóviles estacionados en la calle, dos personas en cada uno.

—¿Cómo llegó hasta aquí solo? No conoce las calles y se marchó sin celular.

—No lo sé, Sungguk, por ahora enfoquémonos en ir por Dae.

Finalmente logró estacionar, aunque no del todo bien, como todo un principiante. Ambos se bajaron. Sungguk notó que una de las ventanas de la casa estaba rota.

—Sungguk, ingresaré yo.

—Tal vez Dae me necesita —debatió con la mirada clavada en la ventana redonda del entretecho. ¿Se encontraría Dae ahí? ¿Estaría observándolos desde la planta alta? ¿Estaría ahora mirándolo discutir con Seojun?

Una puerta de un coche se cerró a sus espaldas.

—Ahora mismo, no creo que Daehyun esté psicológicamente estable —recordó su cuñado—. En este momento, tal vez solo yo pueda ayudarlo.

Sungguk dejó que sus brazos cayesen a los costados de su cuerpo. Cedió con docilidad porque, en el fondo de su desesperada mente, sabía que Seojun era la mejor opción para ayudar a Dae. Sungguk se sacó la linterna del cinturón y se la tendió a Seojun.

—Llámame si necesitas ayuda.

Su cuñado iba pisando los escalones del pórtico cuando una voz femenina los interrumpió.

—Buenas noches, caballeros.

Era la representante del gobierno. La misma mujer odiosa que le informó de la exorbitante suma de dinero depositada en su cuenta bancaria, Kim Jiwoo. Apenas la conocía y ya la detestaba. Odiaba a todo ese grupo gubernamental que vigilaba a los m-preg. No quería que se le acercaran a Daehyun, los quería lejos, lo más lejos posible de él.

—Creo que se les perdió algo —dijo Jiwoo acomodando las manos tras su espalda menuda.

—¿A nosotros? —dijo Sungguk—. A nosotros no se nos ha perdido nada.

—Le recuerdo, oficial, que Moon Daehyun está desaparecido.

Sungguk le echó un vistazo a Seojun para que siguiese avanzando, pero la mujer negó con la cabeza y se acercó a su cuñado con la mano estirada.

—Hola, un gusto, soy Kim Jiwoo —se presentó—. Usted debe ser el psicólogo a cargo de Moon Daehyun.

¿Había algo que esa mujer desconociera?

—Un gusto, Kim Jiwoo —saludó Seojun con cordialidad—. ¿Podríamos continuar con esta conversación más adelante? Ahora necesito ir a...

—A buscar a Moon Daehyun —finalizó ella—. Lo sé, lo vi ingresar a casa hace unos minutos.

—¿Y no lo detuvo? —cuestionó Sungguk.

—¿Habría sido correcto detener a un paciente psicológicamente inestable? —preguntó Jiwoo—. No lo creo. Moon Daehyun necesita ser contenido, no asustado.

Seojun alcanzó a llegar a la puerta antes de que la mujer volviese a interrumpirlo. ¿Ahora qué?

—Moon Daehyun necesita ser contenido por alguien que tenga su confianza. Y usted, doctor Seojun, no lo es.

—Es mi paciente.

—Es su psicólogo, sí —puntualizó ella, asintiendo—. Pero yo estoy a cargo de esta misión, y usted no ingresará.

No van a intervenir mucho, pero sí lo suficiente, Sungguk recordó las palabras de su amigo Namsoo.

—Si no puede ingresar Seojun, que es su psicólogo y quien más lo conoce, ¿quién más lo hará? ¿Alguno de ustedes? —interrogó Sungguk—. ¿O esperaremos a que salga solo mientras ordenamos ramen al restaurante más cercano?

—Irá usted, oficial —dijo Jiwoo.

—Yo no soy su psicólogo —respondió sin entender.

—Pero sí su pareja, ¿o me equivoco? —preguntó con inocencia.

Jaque mate.

¿Cómo lo había averiguado tan pronto? Le lanzó una mirada interrogante a Seojun: *¿fuiste tú?* No obstante, su cuñado tenía la misma expresión de desconcierto.

—Moon Daehyun tiene mayor aprecio por usted, oficial, que por su psicólogo —la mujer movió su cabellera larga detrás de su hombro. Un gesto tan casual como despectivo—. Tal vez si Kim Seojun hubiese aplicado un mejor tratamiento en Daehyun esto no estaría ocurriendo. Así que, por ahora, Kim Seojun queda fuera del caso.

Sungguk iba a decir algo cuando notó que Seojun negaba con la cabeza, luego se alejó de la puerta y bajó los peldaños. Al llegar a su lado, le regresó la linterna.

—Ten encendida tu radio, por favor —pidió.

—Pero...

—En otro momento —pidió Seojun. Sacó el teléfono morado de Daehyun de su bolsillo y se lo tendió—. Su dueño debe extrañarlo.

Tras guardarlo en su pantalón, Sungguk fue en dirección a la casa.

—Te llamaré de no poder manejar la situación —avisó al llegar a la ventana rota. Notó que había restos de sangre en el cristal, Daehyun debió cortarse al colarse por los bordes irregulares. Con la base de la linterna terminó de romper los restos que se aferraban al marco, de igual forma su pantalón se enganchó con el borde y se rasgó detrás del muslo. Una vez adentro, analizó la sala. Sus zapatos molieron el vidrio roto que cayó al interior.

—¿Daehyun? —llamó.

Agudizó el oído para intentar captar algún ruido. Solo podía escuchar su propia respiración y el cristal crujiendo bajo sus zapatos. Echó un vistazo rápido a la cocina: nada había cambiado, a excepción de las cintas marcando en el suelo dónde había estado el cuerpo de Moon Sunhee. Entonces, se dirigió hacia la escalera y subió los peldaños de dos en dos. En el segundo piso, pasó primero por el cuarto adornado infantilmente: era la habitación de Daehyun.

—¿Dae? —volvió a llamarlo.

Un crujido resonó sobre su cabeza.

Alzó la mirada hacia el cielo raso.

Una tabla crujió.

—¿Daehyun?

En el pasillo, agarró el mismo fierro con punta de gancho que utilizó la primera vez que estuvo en casa de Lara y tiró de la puerta trampilla. La escalera se extendió frente a él. Lanzó el palo al suelo con un sonido metálico al rebotar. Subió. Su vista recorrió el colchón vacío donde encontró a Daehyun por primera vez. En ese momento, un reflejo captó su atención.

Sentado en un banquillo pequeño, frente a un sucio y viejo espejo, estaba Moon Daehyun.

3

Roko tiraba de su pantalón para que se detuviese. Parecía comprender que algo mal iba con Daehyun incluso antes de que él mismo lo entendiese. Sin embargo, cuando lo hizo, ya era demasiado tarde. Dae intentó tranquilizarse, respirar. Solo que no pudo lograr detener esa locura que nublaba su mente.

El vaso resbaló de su mano, el ruido que emitió al quebrarse lo desconcertó lo suficiente para recuperar algo de conciencia. El vidrio se dispersó por la madera y resonó bajo sus zapatos cuando se puso de pie. Se arrodilló y recogió los pedazos, temblando, temblando tanto que jadeaba, jadeando tanto que podía escuchar su respiración. Se cortó y dejó un camino de gotas escarlatas que se deslizaban desde su palma al piso.

Una vez más intentó tranquilizarse, una vez más no pudo hacerlo. Cerró los ojos con los puños apretados hasta que el dolor físico se superpuso al emocional. De algún modo logró tambalearse hacia la cocina. Moonmon lo seguía, sus pasitos nerviosos iban tras él mientras el agua le salpicaba la herida y se tornaba rosa.

Sangre.

No vio sangre cuando murió su abuela, no hubo nada de eso. Solo un cuerpo frío que se ponía rígido con el pasar de los minutos. Solo un cuerpo y muchas mentiras que se iban desmoronando. Porque Dae, con la misma claridad que recordaba la piel de su abuela tornarse azulada, recordaba a la persona que finalmente le quitó a su abuela de los brazos.

Era la cuarta persona que conoció en su vida.

Su papá.

Entonces, escapó.

El aire fresco le golpeó en el rostro al dejar de correr. Le dolían los pulmones por el esfuerzo físico. Inspiró entrecortadamente con el cuerpo doblado por el cansancio. Roko insistía en tirarle del pantalón. Dae notó que la tela tenía una mancha de sangre. Su sangre. Comprobó el corte en la palma de su mano, el brazo le temblaba frente al rostro.

Intentó calmarse cuando ese ataque comenzó a surgir otra vez en el fondo del cerebro. En ese momento, Roko captó algo que el audífono de Dae no percibió. El animal se volteó con el pelaje erizado y gruñó mostrando los caninos.

A unos metros de ellos, una figura humana se detuvo. Dae lo observó inspirar de forma pesada. Se acercó a ellos hasta que un farol iluminó su rostro. Un rostro demasiado familiar.

Era el cuarto hombre que conoció en su vida.

—Hola, Daehyun.

Era Moon Minho.

4

Una crisis emocional es un estado temporal de agitación, trastorno o desorganización, en el que la persona puede desbordarse a la hora de afrontar una situación o problema. Daehyun, con sus mejillas manchadas con polvo y una pizca de sangre, con el cabello revuelto y toqueteando sus rodillas como si fuesen un ancla, estaba sufriendo justamente aquello en ese ático. Una crisis.

—Dae —lo llamó.

Sungguk se movió para abandonar la escalera, pero fue interrumpido por el chico. Daehyun movía las manos frente a él. Mantenía los ojos fuertemente cerrados y balbuceaba la misma palabra una y otra vez:

—No.

Se percató de inmediato de la herida profunda que recorría de esquina a esquina la palma derecha de Dae. Todavía pisando el último peldaño de la escalera, lo vio retroceder con el banquillo hasta que colisionó contra el espejo. Se alejaba de él. Era como si entre ellos no existiesen esos meses de convivencia. Se sintió como volver al inicio.

—Dae, soy yo. Sungguk.

Al escuchar su nombre, dejó de intentar fundirse con el espejo y abrió los ojos con temor, su mirada estaba inundada en lágrimas.

—Solo me sentaré aquí —avisó con precaución.

Daehyun prácticamente no respiraba. Sungguk se inclinó con lentitud y actitud sumisa, apoyando las rodillas en el suelo a una distancia considerable. Bajó los hombros e intentó relajar la postura. Logró tomar asiento con los pies colgando por el agujero, el teléfono que tenía en el bolsillo delantero le incomodaba. Con cuidado, para que Dae pudiese seguir sus movimientos, llevó una mano al bolsillo y lo sacó. Lo alzó a un costado de su cabeza, el color morado del móvil brillaba gracias al reflejo de la luz que ingresaba por la única ventanilla del lugar. Ahora tenía su completa atención.

—Olvidaste tu celular.

La expresión del chico era de desconcierto. No hubo más reacción aparte de esa. Bien, al parecer no había servido esa táctica de distracción. Fue a guardarlo otra vez.

—Bueno, si no lo quieres de regreso, tendré que...

Un susurro.

—Mío.

Sungguk alzó las cejas de forma provocativa, volvió a mostrarle el celular.

—¿Tuyo?

Dae estiró el cuello con curiosidad. Se llevó una mano al pecho para enfatizar sus palabras.

—Mío —repitió.

—Ah, pensé que ya no era tuyo.

El chico negó con la cabeza, los mechones de su cabello largo oscilaron con el movimiento.

—Sungguk —se quejó.

—Es que como lo dejaste abandonado en nuestro cuarto...

En respuesta, Dae volvió a tocarse el pecho con la cabeza ladeada, en desconcierto. Sus mejillas estaban sucias como si se hubiese fregado el rostro con las manos empolvadas.

—¿Nuestro?

—Sí, nuestro, el cuarto que compartes conmigo. Nuestra habitación.

—No —se lamió los labios rojos e irritados—. Tuyo... no mío.

—¿Pero no duermes conmigo todos los días?

Confundido, habló como pudo.

—S-sí.

—¿Y acaso no dormimos juntos en la misma cama todos los días?

—Sí.

—Entonces es nuestra habitación. De ambos. Tuya y mía. ¿No crees?

La mandíbula de Dae volvió a temblar, su boca fruncida apuntaba hacia abajo, entristecida.

—Dae es malo —balbuceó.

—No eres malo —corrigió Sungguk con suavidad.

Sacó las piernas de la abertura y se deslizó de rodillas por unos centímetros. La puerta trampilla se cerró tras ellos con un «paf» que hizo temblar las tablas.

—¿Por qué dices que eres malo? Para mí eres precioso.

Dae cerró los ojos. Sus siguientes palabras fueron torpes y dudosas, tardando segundos completos para hilar una oración tras otra.

—No, no... Dae es malo.

—No digas eso.

—Dae... yo no... merezco... a Sungguk.

—Eres una persona maravillosa, Dae.

Sungguk no supo si Daehyun lo había alcanzado a oír, pues el sollozo del chico fue tan fuerte que hizo temblar a su cuerpo. A pesar de que tardó casi un minuto en terminar de hablar, Sungguk lo escuchó con paciencia.

—Sungguk salvó a Dae... Sungguk salvó a Moonie... Sungguk es bueno...

Sungguk acortó la distancia entre ambos. Dudó si tocarlo.

—No digas eso, Dae.

—Yo no soy... bueno.

—Lo eres. Soy yo el que no te merece, Dae.

Cuando Dae intentó negar, Sungguk le afirmó el rostro constipado y sucio. Le limpió las lágrimas con los pulgares, luego acarició sus cejas que contenían tanta tristeza.

—Yo...

—¿Tú? —insistió Sungguk, tirando de él para acercarlo—. ¿Tú qué, pequeño?

—Soy malo.

—¿Por qué dices eso? Si me cuentas podría ayudarte a entender. Habla conmigo.

—No —musitó Daehyun aún sentado en ese pequeño banco. Sungguk estaba arrodillado frente a él.

—¿Crees que te querría si fueses malo? Y yo te quiero un montón, Moon Daehyun.

Dae pestañeó con desconcierto y otro par de lágrimas escaparon.

—¿A... mí? —susurró Dae—. ¿Sungguk me quiere a mí?

—¿Acaso tu nombre no es Moon Daehyun?

—Sí —balbuceó confundido—, yo soy... Moon Daehyun.

Sungguk se acercó para besarle la punta de la nariz roja.

—Bien, entonces sí me declaré al hombre correcto.

—Pero Dae... no es bonito.

—Eres precioso para mí.

Él negó, despacio y sin fuerzas.

—No... Dae no es bonito... antes sí... ahora no.

—Eres precioso para mí. Y para Minki, tu amigo Minki. Y para Seojun. Y para Namsoo. Y para Eunjin. Y para Moonmon. Eres precioso e importante para todos nosotros.

—¿Soy... importante?

—Eres muy importante para mí, y para todos.

—Pero...

—Y estábamos muy preocupados hoy, te estuvimos buscando por horas.

—¿A mí?

Le apartó el cabello del rostro para contemplar mejor su expresión.

—Sí, a ti.

—¿Por qué?

—Porque te queremos mucho y pensamos que te había ocurrido algo.

—¿A mí?

—Sí, a ti, bobo.

—No soy bobo... Sungguk es bobo.

Sonriendo al recuperar la confianza entre ellos, Sungguk giró la cabeza para comprobar el ático a su alrededor.

—¿Por qué viniste aquí, Dae? ¿Olvidaste algo? Podrías haberme dicho y te habría acompañado.

—No —su «no» sonaba más bien como «nu»—. Dae se fue... porque Sungguk... es bueno... y yo malo y... y él se irá si sabe...

Sungguk afirmó ambas mejillas con una mano.

—Creí que habíamos dejado claro eso, no eres malo y no te voy a dejar.

—Pero...

—Hablemos —lo interrumpió—. ¿Por qué dices que eres malo? ¿Por qué dices que me iré si averiguo tu secreto?

Sus ojos volvieron a inundarse de lágrimas. Bajito y acongojado, con dificultad y palabras que tropezaban entre sí, confesó eso que lo venía torturando desde hace meses.

—Porque abu... pidió ayuda... y Dae... dejó que muriera.

5

Muerte.

Lo primero que venía a la cabeza de Sungguk al escuchar esa palabra era la muerte de su abuela paterna. Tenía catorce años y había ocurrido mientras él estaba en la escuela. Como era ella quien lo cuidaba por las tardes, y también durante los fines de semana en los que su padre estaba en el hospital, Sungguk fue como de costumbre a la casa de su abuela luego de clases. Por ese tiempo, su hermana ya se había marchado a Seúl a estudiar en la universidad, por tanto, Sungguk se extrañó al verla en la entrada de la casa con el rostro rojo y los ojos hinchados.

—¿Suni? —sus piernas se detuvieron en medio de la vereda.

—Sungguk, ven —pidió.

Se movió con dificultad hacia ella, sus movimientos eran torpes y lentos.

Suni lo abrazó con fuerza por el cuello. Si bien ella era cinco años mayor, Sungguk ya era más alto. Le regresó el abrazo, se rio con nerviosismo.

—¿Qué haces acá? ¿Estás bien? —preguntó.

Entendió antes de que su hermana respondiese, porque dentro de la casa de paredes azules y ventanas blancas, a través de la puerta entreabierta, pudo divisar a su madre. Cargaba a un niño de uno o dos años, y a su lado estaba otro hombre que Sungguk solo había visto en fotografías. Era su nueva familia. Y si ella estaba ahí, significaba que había ocurrido algo malo.

Cuando se separó de Suni, Sungguk volvió a preguntar.

—¿Qué sucedió?

—Lo siento, Sungguk —dijo su hermana secándose las lágrimas—. La abuela murió esta mañana.

6

Moon Daehyun no necesitaba cerrar los ojos para imaginárselo, era una escena que nunca olvidaría: su abuela tirada en el suelo de la cocina, afirmándose el pecho, mientras la casa comenzaba a oler fuertemente a quemado. Sin poder colocarse de pie por el dolor, ella había balbuceado una única oración.

—Lo siento, Dae.

«Lo siento» por lo que le hizo y por lo que vendría, porque, para Dae, posiblemente nunca existiría un tratamiento que lo curase. Ese «lo siento» por haber dañado de manera irremediable a alguien que se suponía amó con su vida.

Amor era una palabra que a Moon Daehyun le costaba entender. Sabía que su abuela lo había amado, de la misma forma que entendía que Sungguk también lo hacía. ¿Pero por qué ambos sentimientos parecían ser tan diferentes? No entendía cómo una palabra podía sentirse tan distinta. En cambio, el temor se sentía como uno solo. Y en ese momento, con Sungguk arrodillado a sus pies en ese ático sucio, Daehyun sintió un temor idéntico al que vivió cuando descubrió que el cuerpo frío de su abuela no recuperaría el calor perdido.

Era el miedo a ser abandonado.

—Estabas con ella cuando comenzó su ataque, ¿cierto? —preguntó Sungguk.

Daehyun se quedó sin reaccionar unos segundos. No entendía, ¿por qué Sungguk le estaba hablando como si fuese el Dae de antes? *No lo soy*, pensó desesperado. El Dae bueno que obedecía no era igual al Dae malo que había dejado a su abuela morir. ¿Por qué Sungguk no los diferenciaba?

—Ella estaba cocinando, ¿o me equivoco? —continuó Sungguk—. El día que te encontré había comida quemada en la cocinilla.

Apenas se percató de que asintió a su pregunta.

—¿Y qué ocurrió ahí, Dae?

—Se enojó —se sorprendió al hablar.

—¿Quién se enojó? ¿Tu abuela? —Dae asintió—. ¿Por qué?

—Yo...

Las palabras se enredaron en su boca sin poder continuar, de nuevo el terror lo invadió.

—¿Tú? —presionó Sungguk.

Dae se hizo chiquito en el banquillo. Sus hombros se inclinaron hacia adelante, buscando refugio en sí mismo.

—Quería... irme.

—¿Y se lo dijiste? ¿Por eso se enojó?

Asintió con los ojos abiertos de par en par por la sorpresa.

—¿Ves que después de todo no soy un bobo?

La caricia de Sungguk sobre su pierna lo distrajo por completo. Bajó la mirada para observar esas manos grandes extendidas sobre sus muslos. Lo acariciaba con pereza, el movimiento iba de arriba abajo. Dae cerró las piernas de manera involuntaria.

—Entonces, Dae —continuó Sungguk. Apartó la vista de sus muslos—, dices que ella te pidió ayuda. ¿Pero cómo supiste eso? —Dae se tocó los labios, indicándole que lo leyó—. ¿Qué sucedió después?

Bajó la barbilla. Volvió a centrarse en las manos de Sungguk, que ahora tocaban sus rodillas. Jugaba con ellas forzándolas a abrirse y a cerrarse.

—Yo... llevé...

—¿Qué le llevaste, pequeño?

—Pastillas —confesó.

—¿Sus pastillas de la presión? —él asintió sin mucho ánimo—. ¿Le llevaste sus pastillas para que se las tomase? —afirmó—. ¿Pensabas que con eso podrías ayudarla?

—Pero Dae... no ayudó.

La caricia en sus piernas regresó y Dae volvió a juntarlas, sintiéndose de pronto nervioso y cohibido.

—Querías ayudarla al llevarle las pastillas, ¿no? —Dae no contestó, aun así, Sungguk continuó—. Sí, sé que dijiste que no funcionó. Pero el punto es que quisiste ayudarla.

Tragó saliva. Su garganta subió y bajó en un intento por tomar aire cuando tenía un nudo que apenas lo dejaba respirar.

—Pero ella... murió.

—Eso no es tu culpa, Dae.

—Dae no... ayudó.

—Yo considero que sí la ayudaste al llevarle las pastillas —como Dae negó otra vez, Sungguk frunció el ceño—. Explícame, ¿qué es lo que quisiste hacer y no pudiste?

Hizo el gesto de llevarse un celular a la oreja. Él no llamó, eso fue lo que no hizo. No llamó pidiendo ayuda, por eso nunca llegó la ambulancia y por eso su abuela murió.

—Dae, ¿sabes que para llamar a alguien necesitas saber su número de teléfono?

No, Dae no necesitaba nada de eso porque bastaba con apretar el nombre de Sungguk en su celular y de inmediato lo llamaba. Esa noche debió apretar el nombre de la ambulancia en el teléfono de la cocina y una llegaría para salvar a su abuela. Pero no lo hizo, no lo hizo, no lo hizo, no lo hizo.

—No, Dae, las llamadas no suceden como te enseñé. En tu celular, yo guardé mi número y por eso solo presionas mi nombre y llamas. En el teléfono de la cocina de esta casa debes marcar un número para realizar una llamada, ¿y sabes cuál es el número del servicio de emergencia? —al percatarse de su expresión confundida, Sungguk continuó—. Debes llamar a un número de teléfono para pedir una ambulancia. ¿Sabes cuál es?

¿Qué número?, pensó Daehyun.

—No lo sabes, es el 119. ¿Puedes recordarlo con tu fabulosa memoria?

—Uno —musitó con voz baja y rasposa—, uno y nueve.

—Si algún día te pasa algo o me pasa algo a mí y estamos solos, debes llamar siempre a ese número. 119, no lo olvides nunca, por favor.

—Uno, uno, nueve —repitió, porque Sungguk le acariciaba las piernas con cada número. La sensación era cálida.

—No sabías el número de emergencia, Dae, y eso no es tu culpa. No, no, quita esa expresión y escúchame.

—Pero...

—Dae, eras sordo y no hablabas, ¿cómo pretendías pedir ayuda?

—Yo... no sé.

—Cuando alguien llama por teléfono al 119 ellos registran la llamada y tienen la obligación de acudir al domicilio. Si puedes hablar, ellos te preguntarán dónde acudir e irán. ¿Pero sabes qué sucede cuando no puedes hablar?

Negó.

—Si el número con el que llamas está registrado en nuestro historial facilitado por las compañías de teléfono —siguió Sungguk—, entonces podremos tener la dirección a la cual acudir. En cambio, si estás llamando de un celular, se interviene para buscar la localización, tal como te expliqué la otra vez. Pero si no tienen registrado tu número y no estás llamando de un celular, no hay forma de que puedan acudir al llamado.

»Pero sea la primera o la segunda opción, toma tiempo. Mucho tiempo, Dae. Aunque los servicios de emergencia hubiesen encontrado tu ubicación, habrían enviado a una patrulla de policía para inspeccionar. Sí, una patrulla como la mía. Nosotros verificaríamos el hogar y el vecindario para averiguar por qué se realizó la llamada —tomó aliento, se acomodó sobre los talones—. A lo que voy con esto, Dae, es que no solo hubiésemos llegado tarde para salvar a tu abuela, sino que además hubiésemos llegado con el equipo equivocado. No existía manera de que tú pudieses ayudarla, porque ella te quitó las herramientas para hacerlo. Tu abuela te encerró y te impidió que aprendieras a comunicarte con alguien que no fuese ella.

Dae apenas respiraba cuando sintió otra vez las manos de Sungguk sobre sus muslos. Le acariciaba desde la rodilla hasta la cadera por sobre la tela.

—No eres malo, Dae, ¿entiendes? Nunca fuiste malo. Nosotros pudimos haberte ayudado a comprender esto antes. Debiste haberlo hablado con Seojun. Debes confiar en él, es bueno y amable y está para ayudarte.

—Pero... Dae deseó... eso.

—Una cosa es desear algo malo y otra muy distinta es realizarlo. No eres mala persona por desear el mal alguna vez, lo haces cuando cedes ante ese deseo y lo vuelves realidad. Quiero que entiendas que tus capacidades para ayudarla eran limitadas y aun así intentaste hacerlo, a pesar de lo que te hizo. ¿Y es eso algo que haría una mala persona?

—¿No? —dudó.

—No, Dae, solo una con sentimientos preciosos.

Sentimientos preciosos.

¿Eso significaba que Dae era bonito de nuevo?

—¿Quieres regresar a nuestro hogar? —preguntó Sungguk, sacándolo de sus pensamientos.

Dae miró alrededor.

—Esto es... mi casa.

La caricia de Sungguk le hizo cosquillas en la mejilla.

—Esta es tu casa, Dae, no tu hogar. Y la diferencia radica en el valor que le das. Una casa solo es la infraestructura, pero se convierte en un hogar cuando te sientes feliz y seguro en ella. ¿Tú eras feliz aquí?

—No —se apresuró a decir.

—¿Pero eres feliz con Eunjin, Namsoo y conmigo? Si es así, tu hogar está con nosotros, no aquí.

Al ponerse de pie, Daehyun lo siguió con la mirada. Sungguk le tendió el brazo.

—¿Vamos? Moonmon está esperando por ti.

Dae tomó su mano y se sorprendió cuando Sungguk tiró de él para envolverlo en un abrazo tan apretado que sus pies dejaron de tocar el suelo. Se aferró a él con rapidez, sus brazos se acomodaron detrás de la nuca de Sungguk. Dae sintió una caricia en su cabello, mientras recostaba su cabeza en el hombro de Sungguk.

Se quedaron así hasta que Sungguk se comunicó con alguien por teléfono y la puerta trampilla se abrió otra vez.

—¿Vamos? —volvió a preguntar Sungguk.

Dae bajó tras él, deteniéndose en medio de la escalera para observar sobre su hombro. Le echó una última mirada a ese lugar, sus ojos recorrieron el colchón desnudo y ese espejo con el que habló durante tantas horas.

—Dae —lo llamó Sungguk.

Giró la barbilla hacia él y de inmediato estiró los brazos. Sungguk lo cargó en su espalda. Bastó que su pie abandonara la escalera para que esta se plegase en sí misma cerrando por fin la entrada al ático.

Quiso que esa fuese la última vez en ese lugar.

Por favor, pidió para sus adentros.

—Adiós —musitó Dae contra el hombro de Sungguk.

Y a diferencia de la vez anterior que estuvo ahí, Moon Daehyun ahora sonreía.

7

Tal vez, en otra vida, Daehyun habría recibido una caricia de su padre. En la real, en la que le mintieron por diecinueve años, no. La noche que Daehyun escapó de la casa de Sungguk, Moon Minho lo observaba nervioso ubicado a unos metros. Roko había desaparecido. Un silencio incómodo, que ahora Dae no soportaba demasiado bien, los rodeaba. Ya no le gustaba no escuchar nada, ya no le parecía bonito. Ahora el silencio lo asfixiaba.

Moon Minho no hablaba y Dae tampoco se atrevía a hacerlo. Aparte de la primera oración que Minho había dicho, no fluyó nada más. Dae notaba por el rabillo del ojo que Moon Minho se retorcía las manos y que comenzaba a romperse la piel a un costado de la uña del dedo gordo.

Cuando Dae volteó la vista hacia los juegos de la plaza oscura y vacía, llegó hasta su oído el sonido de un envoltorio. Al girarse, Moon Minho sostenía un dulce morado.

—Para ti —dijo.

Era el mismo tipo de masticables que Moon Daehyun encontraba bajo su almohada cada cumpleaños.

8

Daehyun se quedó dormido en el camino de regreso. Alguien le acariciaba la mejilla. Luego le apartaron el cabello de la frente cuando se quejó e intentó volver a conciliar el sueño.

—Vamos, Dae, tienes que bañarte.

Era Sungguk.

Al abrir los ojos, Dae se encontró con su rostro eclipsando el mundo. Desorientado, se restregó los párpados y notó que se encontraba en el sofá de la casa de Sungguk. *No*, se corrigió, *casa no, este es nuestro hogar. De ambos.*

Moonmon dormía sobre su estómago. Cuando Sungguk se levantó, Dae notó que Namsoo y Eunjin lo observaban con expresión extraña. La mirada se parecía a la que su abuela le dio cuando su perrito desapareció.

Se estiró en el sofá al bostezar. Agarró a Sungguk por el brazo para que se acurrucasen juntos, aunque este se escapó.

—No, no, debes ir a bañarte.

¿Era necesario? Dae entendía que necesitaba una ducha, pero quería un abrazo de Sungguk que le ayudase a olvidar las manos nerviosas de Moon Minho, como también sus palabras.

—No —Dae se quejó haciéndose un ovillo en el sofá. Accidentalmente, lanzó por los aires a Moonie.

Sungguk volvió a acariciarle la mejilla. Cerró los ojos inclinándose hacia él.

—Dae, necesitas bañarte. Tienes sangre y barro, además debo examinar esa herida en tu mano.

La herida, recordó Dae, la que se hizo al intentar cenar. Roko debió oler algo malo en él, porque no dejó de tirarle del pantalón hasta que sintió que el vaso estallaba en su mano. Solo entonces el dolor físico superó al emocional, y se dio cuenta de que no había probado bocado y que Roko aullaba a su lado.

—No —volvió a quejarse haciéndose chiquito.

—¿Acaso ahora tendré que bañarte?

Dae levantó de inmediato la cabeza, ahora totalmente despierto e interesado.

Namsoo-*hyung* se reía.

—Dice que lo bañes, Sungguk.

Dae acarició el sofá con vergüenza, porque definitivamente quería que Sungguk lo bañara como vio una vez en un dorama.

Al poco rato, Eunjin se marchó al segundo piso y Namsoo se fue a la cocina tras sonreírle a Dae. Una vez solos, Sungguk se puso en cuclillas al costado del sofá y tocó la cintura de Dae con cuidado.

—Seojun vendrá mañana temprano, hoy no quería abrumarte más —dijo—. Y me gustaría que hablases con él, Dae. Que le contases lo que pasó hoy. Seojun te puede ayudar, pero no puede hacerlo si no hablas con él.

Daehyun se quedó observándolo sin responder hasta que Sungguk dio un suspiro y se puso de pie.

—Debes bañarte —le recordó.

Estiró los brazos hacia él, y Sungguk entornó los ojos, aunque de igual forma se acercó para cargarlo. Sungguk se estaba inclinando para afirmarlo por debajo de las rodillas cuando Dae brincó afirmándose a su cadera y cuello con piernas y brazos.

Sungguk jadeó, sorprendido.

—Salvaje —dijo Namsoo a sus espaldas—. Y yo que pensé... bueno, no importa lo que pensé. Me alegro de que esté animado.

En respuesta, se aferró más a la cintura de Sungguk. Al llegar al baño, Dae dejó caer las piernas y se detuvo frente al lavamanos. Alzó los brazos con una sonrisa.

—¿Debo también desnudarte? —preguntó Sungguk.

—Bueno.

Con un largo suspiro, Sungguk le quitó la camiseta y aprovechó para examinarle la herida.

—¿Cómo te la hiciste?

Dae desvió la mirada hacia el cielo.

—Puedes contarme, te prometo que no le diré a nadie —insistió.

Sungguk lo observaba con la misma expresión con la que Moon Minho fingía no verlo cuando Dae recibió el dulce. ¿Tristeza tal vez? Él no terminaba de entender ese sentimiento.

—Vaso —contestó.

—Vi los vidrios en el comedor —respondió Sungguk—. ¿Te cortaste recogiendo los pedazos?

Dae negó con la cabeza, después apretó la mano sana en un puño.

—¿Te estalló en la mano?

Como Dae asintió, Sungguk pareció querer insistir con el tema. Sin embargo, Dae se quitó el audífono y lo dejó a un costado del lavamanos. Sungguk se quedó observando el aparato, sus labios fruncidos parecían tristes.

Tristeza.

Dae había hecho que Sungguk se sintiese triste.

De pronto no supo cómo manejar esa sensación que se le asentaba en el pecho. No pudo pensar mucho más en eso porque el dolor explotó nuevamente en su mano. Sungguk continuaba limpiando su herida: un chorro de agua eliminaba el polvo y la sangre seca que se había adherido a su piel.

—Luego la esterilizaré y vendaré —leyó en sus labios—. Ahora puedes bañarte.

Dae le tendió una pierna, pidiéndole en silencio que le sacase el zapato.

—¿Te puedo tener más consentido?

El calzado quedó en el piso junto a los calcetines. Los ojos de Sungguk recorrieron el cuello desnudo de Dae y bajaron por su clavícula, pasando por el centro del pecho hasta quedarse anidados en la pretina cerrada del pantalón. Sungguk bajó la vista al piso, la punta de sus orejas se tiñeron de escarlata.

Dae esperó a que Sungguk continuara, sin embargo, parecía no estar interesado en seguir con aquella tarea. Con un suspiro, Dae jugueteó con el cierre. Al bajarse los pantalones, notó los labios de Sungguk moverse. No entendió, así que se quitó la ropa y la lanzó lejos. Antes de que Sungguk alcanzase a voltear hacia la puerta, Dae vio que sus mejillas tenían la misma coloración que sus orejas. Intrigado, se le acercó por la espalda.

No supo si lo dijo bien o mal, pero lo llamó.

—S u n g... g u k.

Se volteó de inmediato hacia Dae sin percatarse de lo cerca que estaba. Sus narices rozaron, la estatura de ambos hacía que encajasen todos los puntos de sus cuerpos. De pronto, ¿por qué los ojos bonitos de Sungguk se veían tan oscuros?

Una sola advertencia:

—Te voy a besar, Dae.

9

Dae tuvo muchos sueños, la mayoría relacionados con su padre. En ellos, Moon Minho no estaba muerto y rescataba a Dae de la casa en la que estuvo prisionero. Ahora, que tenía a Minho frente a él y las fantasías se volvían realidad, Dae pensaba que habría sido mejor que ese sueño hubiese seguido como uno. Porque cuando Dae caminó a su lado para dirigirse otra vez a la casa en donde todo inició, se atrevió a hacerle la pregunta que venía torturándole desde siempre:

—¿Por qué?

Su padre simplemente bajó la vista.

—Nunca debí tenerte, lo siento.

10

La mano de Sungguk se posicionó en la espalda baja de Dae, deslizando sus dedos por la curva de la cintura hasta la cadera. La piel de Dae era cálida y suave. Su pecho era plano y su cintura recta. Sungguk, acostumbrado a vivir solo experiencias con mujeres, debió encontrarlo extraño o tal vez incómodo porque Dae no era como ninguna chica. Era diferente, pero igual de maravilloso.

Bonito, pensó Sungguk al rozar la nariz de Dae con la suya en una caricia íntima. *Muy bonito*.

Sus bocas se encontraron a medio camino. Sentía la mente nublada y algo torpe al apretarlo contra él. Los brazos de Dae eran largos y se enredaban tras su cuello. Sungguk lo afirmó por la barbilla para buscar un mejor ángulo y profundizar el beso.

La sensación de ingravidez se apoderó de su pecho, porque Dae estaba abriendo la boca y él era arrastrado por su calor y su lengua curiosa que le acariciaba el labio inferior, mientras ambos soltaban un gemido compartido.

Ambos tenían estaturas similares, pero las piernas de Dae eran ligeramente más largas que las de Sungguk, por lo que podía sentir su entrepierna rozándose sobre la suya. Dae frotó su cadera contra la de Sungguk una y otra vez, con sus manos grandes enredadas en su cabello.

Claramente no era el beso con la mejor técnica, pero era por lejos el mejor beso que Sungguk había recibido en su vida, porque nacía de una boca tan ansiosa como la suya. Dae opacaba su inexperiencia con calor, con ansias y euforia, y la cabeza de Sungguk giraba sin control, porque podía oír el beso resonando en sus oídos, el encuentro de labios, saliva y dientes colisionando en una experiencia tan torpe como excitante.

Y entonces, solo por medio segundo, Sungguk se preguntó quién le habría enseñado a Dae a responder un beso. El muy travieso ahora se reía contra su boca al intentar morderle la lengua. Sungguk se alejó dándole un último beso suave en la mejilla y lo abrazó con fuerza, sintiendo los latidos de su corazón incluso más rápido que los del chico.

Al separarse unos centímetros, contempló su rostro. Dae todavía tenía las mejillas manchadas con lágrimas. Mantenía los ojos cerrados y una sonrisa. Su expresión era calmada y complacida.

Volvió a besarlo, esta vez corto y preciso, y apretó un poco más sus dedos en la cadera para captar su atención. Con pereza y reclamos, Dae abrió los ojos en apenas una rendija.

—¿Cómo es que sabes responder un beso?

Dae se encogió de hombros con una expresión traviesa. La mirada de Sungguk se distrajo ante su piel desnuda.

—Internet —moduló con dificultad, estirando el cuello. Sungguk de inmediato se fijó en sus clavículas. Antes de Dae, Sungguk jamás pensó que podría encontrar atractivas y excitantes unas simples clavículas; las de Dae eran espectaculares. Se le marcaba gran parte del hueso, que continuaba en un cuello largo y torneado y finalizaba en un rostro precioso. Por supuesto que sus clavículas eran hermosas, por supuesto que todo en él era hermoso.

—¿Internet te enseñó?

Sin embargo, Dae había desviado la vista y fingió interesarse en el cielo falso del baño. Sungguk estiró la mano para recoger el audífono de Dae. Se lo colocó con cuidado y lo encendió. Esperó unos segundos antes de preguntar.

—Explícame.

—Manzana.

—¿Aprendiste besando una manzana? —y de la nada una carcajada escapó de él—. ¿Por eso siempre me pedías tantas?

Ahora esas mejillas de pan estaban sonrojadas. Dae le dio un golpe suave en el pecho, un puchero apareció en su boca. Sungguk lo besó otra vez porque ¿podía hacer algo más que eso?

En ese momento, Sungguk se percató de que la ducha seguía corriendo y de que el cuarto se había llenado de vapor. Afirmándolo contra sí, Sungguk levantó a Dae unos centímetros por la cintura y lo cargó hasta el borde de la tina. Se rio contra su oreja.

—Ahora debes bañarte.

—Espalda —pidió de inmediato.

—¿Espalda? —repitió Sungguk sin enterarse de nada, continuaba con la mente hecha un revoltijo por el beso.

—Limpiar.

—¿Quieres que te lave la espalda?

La afirmación de Dae no dio espacio a dudas. Antes de que pudiese prepararse, Dae le entregó el audífono y se metió en la ducha. Sungguk captó la desnudez absoluta de su cuerpo, antes de desviar los ojos hacia el techo. Se sintió tan avergonzado como la primera vez que vio a una mujer sin ropa. Como estaba distraído metiendo el aparato en el bolsillo, no se fijó que Dae estaba demasiado cerca con una esponja en las manos. Al bajar la mirada, se encontró con la espalda de Daehyun. Tragó saliva, el chico lo observaba sobre el hombro con los ojos expectantes y expresión impaciente.

Sungguk pasó la esponja por la piel descubierta, mojándose las mangas de la chaqueta. Dae se reía con cada caricia, meciendo sus hombros al sentir las cosquillas. Le recorrió las costillas, que casi ya no se marcaban, y luego por debajo de las axilas, sacándole carcajadas que apenas se filtraban por sus oídos atontados.

Se detuvo, esperó a que Dae se voltease para hablarle.

—Ahora termina de bañarte. Ya te he consentido demasiado.

Sungguk cerró la cortina y tomó asiento sobre la tapa del váter. La chaqueta mojada le molestaba contra las muñecas.

Daehyun terminó unos instantes después y corrió las cortinas sin pudor. Sungguk se apresuró en lanzarle la toalla.

—¿Listo? —todavía secándose, Dae negó. Su cabello mojado se ondulaba en las puntas.

—Sung... guk s u c i o —moduló con dificultad al estar sin audífono.

Sungguk se dio un vistazo rápido, llevaba todo el día con la misma ropa y estaba sudoroso y maltrecho por su carrera desesperada por encontrar a Dae. Encontrarlo, parecía que había transcurrido una década completa desde ese sentimiento desesperado.

Antes de que Sungguk pudiese responder, Dae comenzó a quitarle la chaqueta. La tiró al suelo, luego le siguió la corbata. Sus manos bajaron a los botones de la camisa y todo terminó desperdigado en el mismo lugar. Dae palpó con suavidad y admiración el pecho de Sungguk. Las caricias fueron hacia sus costillas y a los hombros, bajando por los brazos y deteniéndose en las marcas de dientes que Sungguk tenía en el antebrazo.

—Un perro —le contó.

De pronto Dae estaba de rodillas desanudándole los zapatos, su cabeza peligrosamente cerca de la entrepierna de Sungguk. Las botas resonaron contra la baldosa al caer. Cuando Dae agarró la hebilla del pantalón para quitárselo también, Sungguk lo detuvo.

—No, gírate.

Dae frunció el ceño.

—No, no, gírate —insistió.

Sungguk le entregó el audífono. Dae lo recibió con expresión consternada e hizo caso. Mientras Dae se colocaba el aparato en la oreja, Sungguk dio el agua y terminó de desnudarse.

—Espérame —pidió.

Ingresó a la ducha y cerró la cortina.

El cabello se le pegó contra el cráneo. Estaba enjabonándose cuando la cortina se movió y apareció un diablillo de sonrisa enorme y simétrica.

—Dae...

—Sungguk dijo... «Dae, espérame». Y yo espero a Sungguk... pero él no dijo dónde.

Su bonito muchacho que tomaba todo de forma literal.

—Dae... ¿podrías dejar que termine?

Cuando Sungguk finalizó la pregunta, Dae dejó caer la toalla y se metió una vez más en la ducha. Sungguk se concentró solo en el rostro sonrojado del chico. Como Dae continuaba observándolo, Sungguk le acarició el pómulo con cariño.

—Dae, yo...

Alguien golpeó la puerta deteniendo en seco su oración.

—Sé que no estoy interrumpiendo nada... —era Namsoo—. Pero entre que comí tres rámenes y los nervios que vivimos por la desaparición de Dae, necesito ocupar el baño. Así como ahora ya, estoy a cinco segundos de... ¿o tal vez menos?

Sungguk agarró el champú y comenzó a lavarse el cabello con rapidez. Con los ojos cerrados, intentó tranquilizar los latidos erráticos de su corazón.

Como nadie respondió, los golpes a la puerta fueron más urgentes.

—¡Ya salimos! —anunció.

Al terminar de enjuagarse, se encontró a Dae tremendamente desilusionado.

Al salir de la ducha, Sungguk agarró las prendas de ambos y Dae los zapatos. Se fueron del cuarto de baño cubiertos por una nube de vapor. Las cejas de Namsoo, que los esperaba sentado en la escalera, se alzaron al verlos.

—No sabía que era una ducha... conjunta.

—No la fue —corrigió Sungguk, esperando que la punta de sus orejas no lo delataran.

—Sabes que mi IQ es de casi 150, ¿cierto?

—¿Tu asunto no era urgente, Namsoo?

Su amigo se levantó de inmediato.

—Sí, cierto —y se encerró en el baño.

Sungguk metió la ropa a la lavadora, a pesar de las protestas de Dae de que estaba haciéndolo todo mal. Lo silenció con un beso porque no quería pasarse tres horas discutiendo, solo deseaba irse a dormir y abrazarlo para olvidarse de ese horrible día.

Subieron al cuarto. Moonmon, también conocido como Tocino, los esperaba en el centro de la cama. Sacando los pijamas, Sungguk habló:

—¿Dae? —tuvo la atención del chico de inmediato, quien por suerte ya llevaba puesta la ropa interior—. Tocino no puede seguir durmiendo con nosotros.

Dae miró primero a Sungguk y después a su mascota.

—Moon... sí.

—Moon... no —debatió Sungguk—. Moonie no puede dormir con nosotros, no te puedo besar si Moon nos está mirando.

Una arruga apareció entre sus cejas.

—¿Por qué no?

Terminándose de vestir, Sungguk se acercó a él y le apartó el cabello mojado del rostro.

—Tocino...

—Moon —incluso ya lo interrumpía.

—Moonie está acostumbrado a dormir en el sofá con sus hermanos.

—Pero...

Sungguk se separó de Dae y se acostó sin esperarlo.

—Bueno, entonces solo nos besaremos una vez al día en el baño.

Todavía con el pijama arrugado contra el pecho, Dae se subió a la cama y se deslizó de rodillas hasta Sungguk.

—Uno —debatió.

—¿Un beso?

—No —infló las mejillas de indignación—. Un día.

—¿Una vez al día? —se burló Sungguk.

Daehyun se cruzó de brazos.

—Bobo no entiende.

Recostándose contra las almohadas, Sungguk hizo un gesto para que continuase:

—Explícame con calma.

Dae se lamió los labios todavía enrojecidos y tomó aire.

—Moon, un día...

—¿Un día?

—Más.

—¿Que duerma un día más con nosotros?

—Sí —celebró estirándose hacia adelante y apoyando las manos sobre el pecho de Sungguk—. ¿*Ok*?

—Es tu decisión, Dae, no mía.

Pareció a punto de protestar, solo que las palabras se trabaron en su boca y al final solo terminó tomando aire. Se dio unos segundos para hablar otra vez.

—Última —aseguró.

Después se puso el pijama y apartó las mantas de su lado de la cama. Se metió bajo ellas apegándose a Sungguk y recostó a Moonie sobre su pecho. Mientras Dae se arrimaba en la almohada, Sungguk se acomodó de costado para poder observarlo. Le acarició el cabello mojado preguntándose si deberían secárselo antes de dormir. Dae cerró los ojos y se removió cuando la caricia de Sungguk le hizo cosquillas.

—Dae.

El chico alzó una ceja tras abrir los ojos.

—¿Dónde estuviste hoy?

Por segunda vez, Dae desvió la mirada. Su cuerpo se puso tenso.

—Puedes confiar en mí, no voy a enojarme —insistió.

Pero continuó sin decir nada.

Como Sungguk no quería desatarle una segunda crisis nerviosa que lo hiciera desaparecer a mitad de la noche, lo dejó estar;

mañana Seojun lo vería. Se acomodó en la cama intentando verse relajado.

—Está bien —aceptó—. Solo quiero que sepas que te escucharé cuando decidas contarme.

Dae lo miró unos instantes, entonces vino un pequeño cabeceo y un susurro casi inaudible.

—Gracias.

11

En otra vida o universo, Daehyun habría recibido una respuesta diferente de su padre. Tal vez una con la que soñó de pequeño, o tal vez no. Lo que era seguro es que jamás imaginó que la cruda verdad fuese a doler tanto y fuese tan demoledora y aplastante. Por eso Moon Daehyun lloraba mientras su padre caminaba a su lado. Podía divisar entre las lágrimas las manos ansiosas de Minho retorciéndose. Finalmente, su padre se detuvo bajo un árbol que ocultaba por completo la luz anaranjada de la calle. Dae logró limpiar sus ojos lo suficiente para observar ese rostro que se asemejaba demasiado al suyo.

—La casa de Sunhee está en la calle que sigue.

Daehyun no se movió.

Su padre volvió a abrirse la herida en el costado del dedo, parecía nervioso. Minho cerró los ojos con fuerza, como si estuviera lidiando una lucha interna. Fue Dae quien lo interrumpió.

—¿Minho nunca quiso a Dae?

La respuesta no llegó.

12

Una semana, luego dos. En la tercera, Sungguk llamó a Seojun.

—Sé que es tu deber profesional no contarle a nadie lo que sucede en tus sesiones privadas con Dae, pero...

—No ha dicho nada sobre ese día, Sungguk.

Hizo una pausa, se rascó detrás de la oreja.

—¿Me estás diciendo la verdad?

—Lo siento, Sungguk.

No obstante, cuando Sungguk regresó temprano de un turno al siguiente día, se encontró a Daehyun y Seojun en la sala de estar. Había un plástico transparente en el suelo que cubría hasta la pared; y apoyado sobre ese muro, un lienzo que debía medir un metro. También había tarros de pintura desperdigados por doquier. Extrañado porque estuviesen en casa y no en la consulta privada de su cuñado, fue a hablar.

Entonces, se detuvo.

Porque en el cuadro que había dibujado Dae, aparecía un hombre que se asemejaba demasiado al chico.

Era el padre de Daehyun, Moon Minho.

Más tarde, cuando Seojun finalizó la sesión y se marchaba, Sungguk lo acompañó afuera de la casa. Su cuñado se acomodó en el asiento del piloto, Sungguk se apoyó en la puerta abierta.

—Seojun, con relación al dibujo de Dae...

—Sungguk, sabes que no te puedo contar nada —lo interrumpió Seojun.

—Lo sé —se apresuró en aclarar—. Solo quería decirte que Dae dibujó a su papá.

—¿A su papá? —preguntó sin entender.

—A Moon Minho.

Daehyun ya se había bañado cuando Sungguk regresó. El

retrato había sido cubierto por una capa gruesa y desordenada de pintura negra.

Una vez en la cama, Sungguk intentó hablar sobre el tema.

—Dae, sobre tu pintura...

Los movimientos de Dae lo interrumpieron, se había quitado el audífono y dejado en la mesita de noche, dándole la espalda al cobijarse con las mantas.

Sungguk volvió a sentirse triste.

Sintió que habían retrocedido un paso.

13

La última vez que Sungguk vio a su mamá fue hacía más de dos años. Ocurrió en la ceremonia tradicional *pyebaek*, realizada tras la boda de su hermana. Aquel día Kim Seojun y Suni iban vestidos con trajes tradicionales de novios: un *hanbok* rojo para la esposa y uno azul para el esposo. Y sentados frente a los novios, tras una pequeña mesa, estaban los padres de Seojun y los de Suni.

Y eso incluía a su mamá.

Sungguk, que estaba ubicado a unos metros con los otros familiares, sentía que una atmósfera tensa y extraña rodeaba la mesa de los novios. Esa incomodidad se prolongó durante toda la ceremonia. Cuando finalmente la celebración llegó a su fin, Suni se despidió de todos excepto de ella.

Mientras los invitados se marchaban del lugar, la estancia se volvió ruidosa hasta que su padre y él quedaron solos. Iban de camino al estacionamiento, cuando Sungguk divisó a Yejin a un costado de la calle. Su propósito de ir a despedirse de ella se esfumó de golpe. Un automóvil se había estacionado a un costado de la calle y un niño de unos cinco o seis años se asomaba por la ventana.

—¡Mamá, mamá! —gritaba.

Los latidos de Sungguk se aceleraron. Observó a su mamá caminar hacia el vehículo, su inexpresión tensa y tosca había cambiado por una sonrisa.

Es feliz, pensó pateando una piedra.

Yejin es feliz sin nosotros.

Sin mí.

Iba a voltearse para regresar con su padre, cuando sus miradas chocaron. Sungguk levantó el brazo para despedirse, pero su madre ya había subido al vehículo. Cerró su mano en un puño.

Una vez más, la vio marcharse mientras solo podía pensar en una cosa: *¿por qué?*, la misma pregunta que Moon Daehyun le hizo y que no pudo contestar, porque para Sungguk también permanecía sin respuesta.

14

Jong Sungguk colgaba de cabeza sujeto a uno de los fierros que componían la estructura metálica, que debió ser una terraza y que nunca terminó de montar. Daehyun, ubicado sobre la hamaca, lo observaba con una pierna en el suelo. El chico estaba comiendo unas gomitas azules que le habían manchado la lengua y parte de los labios. Cuando Sungguk se estiró, acariciando el suelo con la yema de los dedos, Dae dejó a Moonmon en el suelo y se dirigió hacia él con decisión.

—¿Mm? ¿Pasa algo?

El chico se puso en cuclillas. Cuando Sungguk alzó las cejas consternado, se le acercó para besarlo. Su boca sabía a dulce, una mezcla entre caramelo artificial y al propio Dae.

Dae, pensó Sungguk sintiendo su lengua curiosa buscando la suya. Se besaron con pereza y cariño, pero por sobre todo con familiaridad. Se separaron cuando Daehyun capturó el labio de Sungguk entre los dientes y tiró de él con una sonrisa malvada.

—¡Daehyun! —protestó Sungguk con su boca todavía presa por el diablillo.

Dejándolo libre, Dae apoyó los codos sobre los muslos y posicionó la barbilla entre sus manos abiertas. Sus dedos juguetearon contra sus mejillas formando una flor con su rostro.

—Debes dejar de morderme —pidió.

El chico estaba lejos de sentirse arrepentido y le restó importancia encogiéndose de hombros y pasándose la lengua por los dientes como si quisiera comérselo.

—Pero a Dae le gusta morder a Sungguk —musitó.

Sungguk quiso enojarse. *Quiso*, en eso quedó todo.

—No eres un vampiro.

—¿No?

Sungguk se prometió no enseñarle otra película de fantasía. No quería darle nuevas ideas, ya tenía suficiente con ser su masticable favorito.

—Por supuesto que no eres un vampiro.

—Pero...

Sungguk alzó las cejas.

Si bien Daehyun llevaba hablando con más regularidad desde hacía casi tres meses, aún se le hacía extraño a Sungguk cuando este era capaz de seguir una conversación o quería debatirle, ya que siempre intentaba desestimarse. Generalmente, el chico solo hablaba para responder a preguntas directas o para quejarse con Sungguk (claramente una mala influencia de Minki), quien aprovechaba cualquier instancia para incentivarlo a hablar.

—Estabas a punto de decirme algo —recordó.

Pero Dae se rindió de inmediato, encogiéndose de hombros abrumado por su incapacidad de verbalizar sus pensamientos.

—*Nu* —fue su escueta respuesta.

Como sintió que empezaba a marearse por la posición en la que continuaba, y Dae lo ignoraba jugando con la tierra bajo sus pies, Sungguk flexionó su torso para sujetarse del fierro con las manos y descolgar las piernas. Al aterrizar en el suelo tuvo cuidado con no golpear a Dae.

—Podría enseñarte a hacer abdominales —propuso Sungguk ante la expresión de admiración del chico.

Dae se llevó las manos al estómago y lo tocó. Su dedo se hundió entre la ropa.

—¿No te gustaría?

Se encogió de hombros. Sungguk creyó que esa sería su única respuesta, sin embargo, Dae continuó:

—Duele.

—Solo mientras tus músculos se acostumbran.

Dae apuntó el saco de boxeo que se ubicaba en la terraza a medio construir.

—Sungguk miente.

—¿Por qué?

—Sungguk dijo... «Dae, dolor una vez»... pero no.

—¿Y mentí por eso?

Sungguk fue a buscar su camiseta tirada sobre la hamaca y se la colocó.

—Sí, Sungguk —insistió Dae con mucha seriedad.

Se le hizo extraño oírlo hablar con la sintaxis correcta. Generalmente, Dae ocupaba el nombre de Sungguk para reemplazar los pronombres «tú y usted», de la misma forma que utilizaba su propio nombre por el «yo». Sungguk sabía que en clase de fonoaudiología le estaban ayudando a corregir esos errores, por lo que escucharlo mejorar comenzaba a saber a melancolía.

—Ah, pero siempre me pides masajes después de que entrenamos, ¿y acaso tu *hyung* no te los da?

—Sí, pero Sungguk le hace eso a Dae y a mí me duele. Luego no puedo sentarme, ¿*ok*?

Alguien tosió a unos metros.

Al voltearse, Sungguk se encontró con Eunjin en la puerta trasera.

—Sungguk, ¿debería preguntar?

Su lengua se le pegó al paladar. De su boca escaparon unos balbuceos que más parecían los lamentos de un animal moribundo que una persona intentando comunicarse. Empeorando la situación, la cabeza rubia de Minki se asomó por el hombro de su amigo.

—¿Qué te advertí, animal? —se quejó Minki. Apartó a Eunjin de su camino para salir al patio y se le acercó a Dae—. ¿Acaso tengo que pedirle a Jaebyu que te enseñe a usar esos dedos que pareces ocupar exclusivamente para sacarte los mocos?

—Esa imagen mental es terrible...

—Terrible tú, idiota —entonces, Minki se giró hacia Dae y le tocó el mentón con el dedo índice—. ¿Duele mucho?

—Ahora no —respondió Dae con total sinceridad.

—No, no, Dae, no digas eso —pidió Sungguk acercándosele para llevárselo de ahí.

Minki le pegó en las manos apenas intentó agarrar a Dae, quien todavía fruncía el ceño.

—Déjame explicar, Minki —se exasperó Sungguk al notar que Dae se tocaba el pecho sin entender nada.

—Vete a hablar con tu abuela.

—Mi abuela está muerta y la otra en Busan. Además, con Dae... —continuó Sungguk entre dientes—, solo hablábamos de hacer ejercicio.

Pero Minki ya le había dado otro manotazo. Eunjin comenzó a reírse al entenderlo todo.

—No te creo, mentiroso.

¿Cómo alguien tan sereno y tranquilo como Jaebyu podía ser novio de un volcán emocional como Minki? De seguro todas las discusiones de pareja eran similares: Minki haciendo drama mientras Jaebyu continuaba cocinando para ambos.

—Minki, no estoy bromeando.

Su amigo observó a Dae y a Sungguk, luego nuevamente a Dae.

—Ah —exhaló—. Entiendo, entiendo, todo era muy lógico.

—Sí, lo era.

—Podrías haberme detenido, ¿sabes?

—¿Y eso no fue lo que hice?

—No.

—¿Cómo te soporta tu novio?

Minki puso los ojos en blanco y caminaron hacia la casa, Sungguk tomó de la mano a Dae.

—Una vez el maldito Jaebyu estaba con audífonos escuchando un partido de fútbol mientras discutía con él.

—¿En serio? —se burló Sungguk. Y después bajó la voz—. Bueno, una vez Dae se quitó el audífono para no escucharme.

—Somos unos incomprendidos.

—Tú lo serás.

Minki le dio un golpe en las costillas antes de continuar.

—Por cierto, uno de tus vecinos está vendiendo su casa. Con Jaebyu pensamos ir a visitarla más tarde —por alguna razón, a Sungguk le pareció que la sonrisa de Minki era malévola—. ¿Qué dices de ser vecinos? Viviríamos en la misma calle.

—No lo digas ni en broma, te soporto solo porque te veo un par de horas al día.

—Convenceré a Jaebyu de comprarla solo por esto, maldito.

Sungguk decidió ignorarlo.

Como muy rara vez ocurría en trabajadores con turnos rotativos, el grupo de amigos había logrado calzar sus horarios disfuncionales para tener la tarde libre con la idea de compartir un par de horas. Por eso, al ingresar a la casa se encontraron al resto ubicados en los sillones. Y en el pasillo de entrada había una jaula con las gatitas Betsy y Pequeña. Apenas notaron que Sungguk se les acercó, comenzaron a maullar con fuerza.

—Mis pequeñas —metió un dedo entre la rejilla para acariciarlas—. Por fin regresaron con papá.

Los chicos habían retrasado ese encuentro el mayor tiempo posible. Tanto Seojun como Sungguk se habían percatado de que Daehyun tenía problemas con los gatos, probablemente era un miedo relacionado con su infancia. Seojun había intentado en múltiples sesiones de terapia que Dae le contase qué había ocurrido, pero no obtuvo resultados.

Como yo intentando averiguar qué pasó el día que desapareció, pensó Sungguk con pesimismo. Porque cuando Dae no quería hablar, no había forma de sacarle información. Después de todo, había pasado diecinueve años en silencio, era un experto en el arte de no hablar.

Sin embargo, como el regreso de las gatas se acercaba tras meses de estar lejos, las últimas dos semanas Seojun realmente se las había ingeniado para incorporar a los gatitos a la rutina diaria de Dae. Habían pasado desde dibujarlos hasta darle alimento a Shrek, un gato gris y grande que vivía en el edificio donde Seojun tenía su consulta.

Al parecer eso no fue suficiente porque Daehyun no despegaba los ojos de la jaula. Tenía los músculos agarrotados por el estrés que le producía la situación, que se intensificó cuando Sungguk abrió la puerta del carril y las gatas salieron maullando y estirándose, colándose entre sus brazos para suplicar caricias.

—Dae, estas son Pequeña y Betsy. Sí, sé que es extraño que la más grande se llame Pequeña, pero antes ella era la más chiquita de la camada.

El chico siguió sin reaccionar. Animado, Sungguk se movió para sentarse en el sofá más alejado. Pero entonces Betsy, desesperada por libertad, se soltó de su agarre y aterrizó en el piso. Corrió directo hacia Dae con la cola crespa. Minki gritó y agarró el control remoto, parecía estar a punto de lanzarlo como proyectil. Jaebyu, mucho más sereno, interceptó el escape de Betsy y la tomó.

—Esta era mi favorita —dijo el enfermero como si a su lado Dae no estuviese pálido por el miedo.

Namsoo se apresuró en quitarle la gata y dejarla en la escalera, dándole un toque en el trasero para que subiera.

—Betsy, vete a dormir con mis calcetines, dejé muchos en mi cama.

La cola de la gata desapareció por el segundo piso, y a los segundos se escuchó un golpe sobre sus cabezas.

—Ojalá que eso no haya sido mi lámpara —se quejó Namsoo—. Era nueva.

Sungguk aprovechó para alzar a Pequeña, que ronroneaba en sus brazos.

—Bueno, te prometo que Pequeña es más tranquila. Así que, Dae, ¿quieres acariciarla? —el chico no se movió de su posición—. ¿No? Ven, ven, no te ocurrirá nada.

Dae continuó con los pies anclados al suelo.

—Si es que tienes miedo —ayudó Seojun—, quiero que sepas que Pequeña no te hará nada. Sungguk estará sujetándola en todo momento. ¿No te gustaría acariciarla?

—Dae, te prometo que no ocurrirá nada —Sungguk señaló el espacio a su lado—. Ven, siéntate aquí.

Los ojos de Dae, grandes y asustados, se dirigieron a la gatita, que ya dormía en el regazo de Sungguk. A pesar de la distancia, lo vio tragar saliva con dificultad.

—Pero... Dae es malo —balbuceó.

Sungguk miró a Seojun. Hacía meses que ninguno de los dos había vuelto a escuchar eso, exactamente desde el día en que lo encontraron de nuevo en el ático y la semana posterior a esa, que fue intensa y agotadora, repleta de clases y charlas extensas en donde Daehyun comprendía las limitaciones con las que había crecido.

Acariciando los hombros temblorosos de Dae, Seojun lo corrigió con amabilidad.

—¿Recuerdas lo que conversamos?

Dae bajó el mentón, parecía querer fundirse con su pecho.

—No soy malo —repitió con dificultad—, solo no sabía...

A pesar de sus propias palabras, continuó viéndose asustado.

—Si es necesario, con Jaebyu podemos llevarnos otra vez a las gatitas —intervino Minki, preocupado. Junto a su novio, ahora ocupaban uno de los sofás pequeños de la casa. Minki se encontraba sentado a horcajadas en el reposabrazos, a su lado Jaebyu le acariciaba la espalda en un gesto inconsciente—. Total, no es que me molesten *tanto* los pelos. Digo, no es *tan* desagradable cenar pelos.

Sungguk estaba a punto de aceptar la oferta cuando Dae se movió y se le acercó sin mucha decisión hasta que tomó asiento a su lado, su espalda estaba tan tiesa que se veía más alto que Sungguk.

Tal vez lo estamos presionando demasiado, pensó Sungguk. Pero si nunca lo hacían, si dejaban que sus miedos siempre se interpusieran a sus deseos, Daehyun eternamente le temería a la vida. Y Dae necesitaba aprender a vivir tras pasar diecinueve años encerrado.

Sin darle mayor aviso, le acercó la gatita a Dae y la acomodó en su regazo. Con los ojos abiertos de par en par, el chico observó primero a Sungguk y después a Pequeña. Mantenía las manos en alto en forma de puños cuando Pequeña comenzó a ronronear.

La cabeza de Daehyun se inclinó de inmediato hacia adelante para captar la vibración que provenía de ese diminuto pecho.

—Los gatitos ronronean cuando se encuentran a gusto —explicó Eunjin, sonriéndole para darle ánimo—. Le gustas a Pequeña.

—Puedes acariciarla bajo la barbilla —propuso Namsoo.

Como Dae continuaba con las manos en alto, Sungguk jugueteó con Pequeña. El ronroneo de la gatita subió en intensidad, percibiéndose fuerte y potente.

—¿Ves que...? —la voz de Sungguk se cortó. Dae lo había apartado para agarrar a Pequeña, su oído disfuncional se acomodó contra el torso diminuto. Pero tal era su emoción y sorpresa, que los dedos largos del chico comenzaron a apretar demasiado y Pequeña ya no estaba cómoda, gruñó y mordió para liberarse.

Preocupado, Sungguk sujetó las muñecas de Dae y le dio un ligero toque como si acariciase las teclas de un piano con su piel. El chico abrió los ojos y liberó a Pequeña, quien corrió a máxima velocidad con la cola erizada por el enojo. Sungguk notó que Pequeña observaba a Dae con rencor desde la escalera, pasaría mucho tiempo entre ellos para que esa gata volviese a confiar en él otra vez.

—¿Yo... la maté?

—No —Sungguk aclaró. Daehyun ahora temblaba y comenzaba a encogerse en su posición, buscando un refugio físico para luchar contra un problema emocional—. Solo debes medir tu fuerza, como con Moonie.

Daehyun se toqueteó las rodillas con pánico, parecía a nada de comenzar a llorar.

—Llevaste a Pequeña a tu oído malo porque logras sentir las vibraciones de su ronroneo, ¿verdad? —indagó Namsoo.

Dae estaba tan encogido sobre sí mismo, que pronto quedaría como un ovillo en el sofá. De igual forma, asintió con cuidado a la pregunta.

—Habías tenido un gatito antes, ¿cierto? —quiso saber Eunjin.

La boca de Dae se movió en silencio antes de lograr pronunciar esas dos palabras.

—Lo... maté.

Sungguk y Seojun se dieron una mirada significativa.

Como la mirada de Dae comenzó a brillar por un llanto contenido, Jaebyu interrumpió:

—Hace tiempo yo maté a un pollito, Dae —contó con tranquilidad. Escuchar eso descolocó lo suficiente a Daehyun para volver a enderezarse. Pestañeó desorientado, un par de lágrimas escapaban de sus ojos—. Estaba en la granja de mi abuelo y era la primera vez que tomaba a uno. Yo era un niño y nadie me explicó que debía medir mi fuerza, por lo que sostuve al pollito y, mientras le hacía cariño, sin querer lo asfixié. Y digo *sin querer*, Dae, porque no fue intencional, yo no quería dañarlo, de la misma forma que tú tampoco quisiste herir a ese gatito cuando eras un niño, ¿o me equivoco?

Sungguk se relajó contra el sofá, estaba inmensamente agradecido con Jaebyu.

—Yo quería... oír —admitió Dae, su voz ronca apenas era un susurro entendible—. Y Dae lo mató.

—Porque nadie te enseñó —intervino Seojun—. ¿Recuerdas lo que hablamos hace unas semanas?

—Dae no sabía —balbuceó como respuesta.

—Exacto, *tú* no sabías —puntualizó Seojun—. Ahora que lo sabes, ¿lo harías?

—¡No! —jadeó, tan asustado y alterado que se había movido hasta la punta del sillón en tanto estiraba la espalda y el cuello—. Yo no.

—Yo tampoco —acotó Jaebyu—. Ninguno de los dos quería, solo no sabíamos.

—No sabíamos —repitió Dae.

Jaebyu le sonrió.

15

Meses más tarde, Seojun fue a visitar a Sungguk a la estación de policías. Atareado por una cantidad abrumadora de trámites, que siempre crecían a medida que se acercaban a las épocas festivas, no lo vio hasta que Minki gritó dándole el aviso.

—Sungguk, Seojun está aquí.

Le ofreció que tomase asiento frente a su escritorio, pero su cuñado le pidió ir a conversar a otro lugar. Fueron a una cafetería. El otoño había terminado del todo, el frío les acarició las mejillas acaloradas al salir de la comisaría.

Sungguk se comía un trozo de pastel de crema con frutilla, cuando Seojun por fin habló:

—El Año Nuevo coreano se realizará durante los primeros días de febrero.

—*Hyung*, recién comienza diciembre —le recordó Sungguk—, ¿y ya estás pensando en cómo celebrar *Seollal*? Además, tú nunca lo pasas con Suni y conmigo.

Seojun siempre celebraba esos días con sus pacientes. La consulta donde trabajaba organizaba un viaje —totalmente voluntario— a la isla Jeju para festejar el inicio del Año Lunar. Como las festividades siempre eran complejas y difíciles de superar para la gente que se sentía o estaba sola, habían empezado a planificar ese tipo de actividades como una ayuda. En sus inicios solo fue una cena y un plato de *tteokguk*, pero con los años fue creciendo hasta volverse un retiro de un par de días.

—Te cuento porque no puedo abandonar a Dae por una semana completa —continuó Seojun—, como tampoco puedo dejar al resto de mis pacientes.

Sungguk adivinó lo que vendría.

—¿Lo quieres llevar contigo?

—Daehyun ha tenido una mejoría increíble durante estos meses.

—Pero necesita seguir mejorando —terminó Sungguk.

Seojun asintió.

—Sobre todo por su codependencia.

Contigo.

No lo dijo, tampoco necesitó hacerlo.

—Si tú crees que es buena idea, entonces es buena idea —dijo Sungguk—. No creí que necesitarías mi aprobación para eso.

—No necesito tu aprobación, pero sí tu apoyo —especificó Seojun.

—¿Para hacer que Dae acepte? —preguntó sin entender.

—Solo en el caso de que no quiera viajar porque tú no irás con nosotros.

Esa noche Sungguk abordó a Daehyun. Estaba comiendo unas *gyosas* que Namsoo se había robado de la cafetería del hospital. Se posicionó detrás de su asiento y le tocó los hombros.

—¿Estás emocionado? —dijo.

Dae se volteó con la expresión interrogante y una mejilla abultada por el *bao* en la boca. Tragó con dificultad.

—¿Por qué?

—Porque vas a conocer Jeju.

—Sungguk —dijo con seriedad—, faltan meses para eso.

—Solo dos.

—Igual.

Quién hubiese imaginado que ese chico que hacía unos meses no hablaba, ahora incluso debatía. Siempre con oraciones cortas, y muchas veces con una sintaxis incorrecta, pero al menos ahora lo hacía.

—Yo estaría muy emocionado —continuó Sungguk acariciándole el cuello.

Dae se comió otra *gyosa* antes de responder.

—Yo no sé —confesó—. Pero Seojun dice que será bueno para Dae.

—Vas a conocer a gente nueva.

A pesar de sus intentos por animarlo, Dae terminó formando un puchero y dejando los palillos metálicos en la mesa. Giró el rostro para acariciar con su nariz la palma de la mano de Sungguk.

—Prefiero a Sungguk —dijo.

—Estaré antes y después de tu viaje.

—Pero Sungguk no estará al otro día de mi cumpleaños y tampoco para el Año Lunar.

En la comisaría tenían una regla muy justa para elegir los turnos de trabajo los días festivos: escogían el palito más corto. Minki y él habían estado discutiendo toda esa mañana para ver cuál de los dos elegiría el bastón, porque, a consideración de Sungguk, Minki tenía una suerte terrible. Pero su amigo había insistido tanto con ser el responsable, que Sungguk cedió. Claramente perdieron, por lo que tenían el turno de Navidad. Cuando fueron a escoger el de final de año, Sungguk se negó a que Minki volviese a elegir, así que lo hizo él. Volvieron a perder. Así, terminaron de turno ambas fechas.

—A Dae no le gusta —insistió el chico cruzándose de brazos.

Sungguk le dio un beso en la mejilla, porque si bien no parecía contento, por lo menos no se había negado. A continuación, le revolvió el cabello con cariño.

—Vas a pasarlo increíble.

Dae intentó sonreír.

16

Febrero llegó demasiado rápido.

Como Sungguk y Minki habían vuelto a perder, también les tocaría celebrar el inicio del Año Lunar en la comisaría. La pareja de amigos fue a dejar a Daehyun al aeropuerto antes de comenzar el turno. Iban con el uniforme de policía, por lo que la gente los evitaba de camino a los controles de internación para los vuelos nacionales. Cerca de las puertas automáticas, estaba Seojun con un gran grupo de personas; eran aproximadamente doce entre pacientes y tratantes, parecían estar solo esperándolos a ellos.

Al acercárseles, Sungguk sintió que la mano de Dae se estrechaba en la suya. Su palma estaba algo sudorosa a pesar del frío.

—No tengas miedo —le recordó Sungguk.

—Seojun dijo que era gente simpática —habló Dae con ansiedad—. Pero Dae no los conoce, ¿y si no son simpáticos como dijo Seojun y no me hablan?

—Estará Seojun —dijo Minki.

—Sí, pero...

—Yo soy tu amigo, ¿no?

Dae observó a Minki sin entender.

—Mmm, ¿sí?

Los pasos de Minki flaquearon.

—¡¿Dudaste?! —cuestionó ofendido.

Sungguk se reía entre dientes.

—¿No? —debatió Dae.

—El punto —continuó Minki todavía con expresión dolida— es que si pudiste hacerte amigo conmigo, ¿por qué no podrías conocer a otras personas?

Daehyun bajó la vista.

—Porque Dae habla raro y la gente se burlará.

—Todos ellos —dijo Sungguk deteniéndose para que Dae lo mirase— tienen problemas, al igual que tú.

—Sí, pero... yo no entiendo muchas veces a la gente.

—Yo tampoco lo hago —contó Sungguk—, cada persona es un mundo diferente. Y no está mal no entenderlos a todos, tampoco te frustres por no llevarte bien con todos. No somos perfectos para gustarle a cada persona.

—Pero —Dae jugaba con la punta de sus zapatos— ¿y si a nadie le gusta Dae?

—Me gustas a mí y también a Minki, ¿por qué piensas que no le gustarías al resto?

El chico intentó expresar sus pensamientos; no pudo y al final terminó encogiéndose de hombros. Sungguk no dijo nada y le pidió a Minki con la mirada que tampoco lo hiciese, algunas veces Dae solo necesitaba tiempo y paciencia.

—Yo no sé muchas cosas —confesó al fin.

—Dae, eres muy inteligente.

—Incluso más que Sungguk y yo —aceptó Minki con expresión solemne.

—Pero hay gente, Dae, que nunca te va a entender porque simplemente no quieren entenderte. Por eso, no puedes vivir ni basar tus decisiones esperando contentar a los demás.

Seojun se les había acercado y escuchado la última parte de la conversación, por lo que agregó con voz amable:

—Las decisiones que tomes en tu vida, Dae, solo deben hacerte feliz a ti. ¿Recuerdas lo que conversamos hace un tiempo?

Dae tardó unos segundos en responder.

—Que yo debo estar bien primero.

—Exactamente. Además —Seojun apuntó con disimulo el grupo que los esperaba y luego a sí mismo—, todos tenemos carencias. No seríamos personas si fuésemos perfectos. Es parte de la vida.

Sungguk apretó la mano de Dae para captar su atención. Solo bastó una mirada para que se entendiesen. Sungguk le entregó la almohada que Dae se había llevado para el viaje porque no podía dormir sin abrazar algo.

—Lo pasarás increíble —lo animó Minki.

Dae ocultó parte de su rostro tras el cojín. Asintió con debilidad y después le dio un beso suave a Sungguk en la mejilla. Sin más palabras, se marchó con Seojun. Lo último que vieron de Dae fue su mochila grande tras las puertas de vidrio de internación y su brazo levantado para despedirse de ellos.

Estaba madurando demasiado rápido.

17

Daehyun regresó una semana después. Sungguk lo recibió con un abrazo apretado y un «te extrañé». Horas más tarde, su novio resumiría su aventura con una sola oración.

—Dae no hizo amigos, pero me divertí.

Y al decir eso, había sonreído.

Esos días comenzaban a saber a melancolía.

18

Daehyun se ubicaba entre las piernas de Sungguk mientras este jugaba con su cabello. Su cabeza se encontraba inclinada, pestañeaba con dificultad y no enfocaba demasiado bien. El décimo vaso de soju que Minki le había entregado para celebrar el año que llevaba viviendo en esa casa, se encontraba a un costado olvidado debido a su memoria confusa y borracha.

Los demás se entretenían jugando cartas, en tanto Dae intentaba comprender y recordar las reglas. Pero por alguna razón continuaba colocando mal las cartas, por lo que Sungguk tomó asiento detrás suyo para ayudarlo. Y en algún momento de la noche, Dae dormitó entre las piernas de Sungguk.

—Mañana su resaca será monumental —comentó Namsoo al ver al chico cabecear—. Recuerda acostarlo de lado. Y si puedes, hazle beber unos vasos de agua.

Sorbiendo los *noodle* del *jajangmyeon*, Seojun alzó las cejas.

—¿Eso es cierto o un mito urbano?

—Muy cierto —intervino Jaebyu—. Aunque ingresan más pacientes a Urgencias por drogas que por el alcohol, la inconciencia de las drogas es más fuerte.

—Dices eso porque no viste a Sungguk cuando cumplió los diecinueve años —se burló Seojun—, su hermana y yo tuvimos que arrastrarlo a casa de tanto que bebió. Me vomitó dos plantas.

Sungguk puso los ojos en blanco. Comenzó a hacerle masajes en el cuello a Dae para despertarlo.

—Qué exagerado eres, *hyung* —protestó—. Te aviso que recuerdo todo.

—Solo porque eres mi cuñado, no te recordaré que te subiste a una mesa del restaurante y luego le vomitaste al guardia que intentaba bajarte —la carcajada de Seojun era muy aguda—.

Ups, acabo de avergonzarte frente a Dae. Lo siento, pero no lo siento tanto.

Sungguk lo ignoró porque de Dae lanzó las cartas al suelo e intentó ponerse de pie con torpeza. Parecía una tortuga volteada mientras se arrastraba de rodillas. Después apoyó los codos en el reposabrazos del sofá para impulsarse. Sintiendo una mezcla de pena y ternura por él, Sungguk lo ayudó a levantarse. Dae alcanzó a dar dos pasos antes de chocar con el sofá de tres cuerpos.

—¿Adónde vas? —quiso saber Sungguk.

—Baño —contestó.

—¿Necesitas ayuda?

Dae el borracho no se tomó bien su ofrecimiento.

—Sungguk... —se quejó, después caminó con paso furioso hacia el baño. Antes de cerrar la puerta con fuerza, exclamó—. ¡Soy grande!

—Salvaje —bromeó Namsoo.

—Eso es porque Sungguk lo sigue sobreprotegiendo demasiado. No es el mismo Dae de hace un año —lo defendió Minki, quien se recostaba contra Jaebyu con expresión de dicha—. Ya te dijo que es grande, Sungguk. Claramente lo desperdiciarás como pasivo —se rio solo de su chiste, afirmándose el estómago y revolcándose a un costado de su novio—. Ay, soy tan gracioso.

—No lo eres —comentó Sungguk.

Minki bufó y se sentó.

—Solo déjalo ir al baño solo.

—Me preocupo porque es la primera vez que se emborracha.

Minki lo apuntó con el dedo, solo que Sungguk estaba a unos veinte centímetros de esa posición.

—Tú también lo estás, ambos lo están —se fregó el rostro contra el hombro de Jaebyu—. Por cierto, ¿ustedes dos solo besitos?

—¿De nuevo andas con eso?

—Sí, ¿y qué?

—Déjalo estar, Minki —pidió Sungguk, acomodándose mejor en el asiento. La cabeza le pesaba y se le inclinaba hacia un lado. Él, efectivamente, también había bebido demasiado. Tal vez un poco más de lo normal porque se terminó gran parte de los vasos de Dae.

—No lo voy a dejar estar porque mi primera vez fue horrible, ¿cierto, Jaebyu? —como si se diese cuenta de lo mal que sonaba su pregunta, se apresuró en aclarar—. No fue con Jaebyu. Con mi novio siempre es maravilloso. Esto fue antes. Como una semana antes de conocernos. Le conté a Jaebyu, ¿lo recuerdas?

—Sí, querido —aceptó al sentir la mano de Minki en la pierna.

—Y yo no quiero que a Dae le suceda lo mismo —siguió Minki—. Es mi amigo. Además, también es un m-preg, y entre nosotros está todo eso de la hermandad m-preg. Algo que ustedes, mundanos, no entenderán jamás.

Silencio incomodísimo.

—Bueno —prosiguió Minki haciendo un movimiento de mano tras toser—, como decía. Yo tenía diecinueve años. Iba en segundo año de la academia y tenía este compañero heterosexual, que un día se despertó con la idea de meter su pene en un hombre y yo caí como el imbécil que soy. Básicamente dolió, fue horrible y...

De pronto, había golpeado a Jaebyu en el brazo.

—¿Qué hice, Minki? —preguntó su novio con sagrada paciencia.

—¿Sabes que apareciste en mi vida solo una semana después de eso? ¿No podías haber cronometrado mejor nuestro destino?

—¿Pero no que fuiste al hospital por golpear a ese tipo? —cuestionó Jaebyu.

Minki se quedó mirándolo como si esa pregunta le hubiese desconfigurado la vida entera. Sacudió la cabeza y después se colgó del cuello de su novio.

—Tienes suerte de que no hubiese renunciado a los hombres tras eso o esto —apuntó a ambos— no habría ocurrido. ¿Y qué sería tu vida sin mí, Yoon Jaebyu? ¿Qué?

—Una vida muy tranquila.

—Aburrida —corrigió Minki, apretándolo contra su pecho. Jaebyu se mantenía impasible—. Una vida aburrida y solitaria, repleta de esos silencios que yo no llenaría con mi bonita voz. Por eso dime, bebé, ¿qué serías sin mis besos y abrazos antes de dormir, ah? ¿Quién encendería por ti la luz del cuarto y de la sala cuando te despiertas en medio de la noche con ganas de orinar, pero te da miedo que un fantasma esté bajo nuestra cama y te agarre los tobillos?

—Minki...

—¿Quién más que yo te cantaría para hacerte dormir cuando tienes pesadillas?

—Pero...

—¿Quién te llevaría el papel higiénico al baño cuando gritas que se te acabó?

—Minki.

—Solo yo —finalizó Minki afirmando a su novio por los hombros y sacudiéndolo—. Así que no te atrevas a terminar conmigo, Yoon Jaebyu. Y, además, ¿sabes algo?

—¿Sí, querido?

—Te voy a demandar por robarte mi corazón. Hazte responsable de eso. Me haces daño y te voy a demandar.

Minki lo afirmó por la camiseta y lo sacudió con bastante dramatismo. A continuación, se recostó al costado de su novio para abrazarlo por la cintura quedando en una incómoda posición.

—Y así, gente, es como nosotros terminamos nuestras peleas.

—No estábamos discutiendo, Minki.

Namsoo alzó las cejas burlándose.

—¿Jaebyu discute?

—No, Minki pelea solo —respondió el aludido.

—Conmigo también hace eso —se entrometió Sungguk—. Una vez estuvo discutiendo durante media hora y yo ni siquiera me enteré por qué.

La conversación entre ellos continuó mientras retomaban el juego de cartas. A los minutos, Eunjin frunció el ceño y desvió la mirada hacia el fondo de la casa.

—Oye, Sungguk, ¿dónde está Daehyun?

—¡Daehyun! —chilló, poniéndose de pie.

Tropezó con la alfombra al correr hacia el cuarto de baño. La puerta estaba cerrada con llave. Golpeó con los nudillos.

—¡Dae!

Escuchó un gemido débil y un golpe seco.

—¡¿Daehyun?! —insistió con más urgencia.

—Sungguk —su nombre fue mal pronunciado por una lengua torpe y borracha—, no me siento bien.

—Saca el pestillo para ayudarte.

Dae debió arrastrarse por el suelo hasta la puerta porque, al abrir, Sungguk lo encontró de rodillas con las palmas apoyadas en la baldosa para estabilizarse.

—Dae vomitó —anunció con expresión contraída. Sungguk se colocó en cuclillas delante de él. Sintió el olor a menta en su aliento—. Pero me lavé los dientes, lo prometo.

—¿Quieres ir a dormir?

—Con Sungguk.

—Hay invitados todavía.

—Dae solo, no —arrastró las palabras volviéndose casi ininteligible.

—¿Entonces quieres regresar con nosotros? Estamos charlando.

Como respuesta, Dae estiró los brazos y los enredó en el cuello de Sungguk. Cuando fue a afirmarlo por debajo de las rodillas, Dae negó con la cabeza.

—¿Quieres caminar?

—Sí —desafió a que lo contradijeran.

Tal vez se debía al alcohol que se le subía a la cabeza o tal vez no, pero de pronto Sungguk estaba besándole la mejilla y abrazándolo con fuerza. Daehyun se rio contra él. Al separarse, le apartó unos mechones de la frente sudada. Su melena estaba más corta tras visitar la peluquería la semana anterior, se le divisaban las cejas y parte de las orejas.

El corazón de Sungguk dolió.

—¿Dae?

—¿Mmm?

Dolió mucho por Dae.

Le acarició la nuca.

—Nada, vamos.

Al llegar a la sala, los chicos se encontraban metidos en una conversación que Sungguk no logró entender. Se sentó en el borde del sillón para que Dae tomase asiento en el cojín ubicado en el suelo junto a sus piernas. Pero Dae tenía otras ideas, porque se había fijado en Minki, quien se recostaba en el regazo de su novio. Observó a Sungguk, entonces lo empujó contra el respaldo y se subió a su regazo. Sus piernas quedaron colgando por el costado del sillón y su cabeza apoyada en el hombro de Sungguk. Bostezó cansado y complacido.

—No coman frente a los pobres —dijo Namsoo sacudiendo la cabeza con buen humor—. No tienen ninguna consideración con sus amigos solteros.

—Mira, habla por ti —objetó Seojun haciendo rodar su sortija de casado.

Eso fue lo último que Dae escuchó.

Instantes después, se despertó en una cama. Algo mareado, se aferró a Sungguk, que se acomodaba en el colchón. Ya no se sentía borracho.

—Namsoo y Eunjin ya están durmiendo, los demás se fueron —contó Sungguk, quien intentó alejarse. Dae se aferró con más fuerzas a su ropa—. Me voy a poner el pijama.

—No, no —suplicó.

La habitación apenas estaba iluminada por la lámpara de noche. Sungguk desenredó los dedos de Dae de su ropa.

—No me puedo acostar con zapatos.

—Zapatos no —respondió Dae—, pijama no.

—¿Me quieres desnudo entonces?

—Bueno.

La risa de Sungguk retumbó en su pecho.

—Te estás juntando mucho con Lee Minki.

—Minki es bonito.

—¿Te gusta Minki?

—Sungguk más.

—Ah, ¿sí?

—Sí.

Riendo, Sungguk tomó asiento en el borde de la cama. Alcanzó a quitarse los zapatos antes de que Dae se arrodillara en el colchón para abrazarlo por la espalda. Lo apegó tanto a su cuerpo que podía sentir su corazón enloquecido golpeando sus costillas. Entonces, la boca de Dae descendió hasta que su aliento caliente le hizo cosquillas en la nuca.

—Dae...

Sus labios habían encontrado una vena que latía contra su cuello. Sungguk sintió un escalofrío recorrerle la espalda cuando los dientes de Daehyun rasparon su piel. Se dio la vuelta entre los brazos de Dae. Sus ojos recorrieron sus párpados caídos, luego Sungguk atrajo al chico para besarlo. Lo escuchó jadear de sorpresa, seguido por un gemido corto.

Fascinado por el pecho plano de Dae, Sungguk lo acarició primero por sobre la camiseta y después por debajo. Sus dedos le tocaron las costillas y Dae interrumpió el beso con una risa baja y grave.

Sus narices se rozaron.

Sungguk volvió a besarlo. Tiró de las piernas de Dae hasta que le rodearon la cintura y lo presionó para que se recostase en la cama, con Sungguk sobre él. Entonces se preguntó si ese efecto placentero, que de pronto le recorrió el cuerpo, se debía al alcohol o simplemente porque estaba besando a Moon Daehyun. *Debe ser por Dae,* pensó sintiendo la boca del chico complacida bajo la suya. *Debe ser solo por él,* porque Sungguk no se recordaba perdiendo la cabeza de esa forma antes.

Sungguk comenzó a sentir la entrepierna tirante, tanto que apretaba las sábanas en un afán por controlarse y no pedirle a Dae que abriese más las piernas para rozar su erección contra la suya en esa fricción deliciosa pero tortuosa. Pensó si había cerrado o no la puerta, antes de quitarse la camiseta y arrojarla al suelo. Tiró de las mantas, recostándose a un costado de Dae. Su cuerpo largo y delgado exudaba un calor tan potente como el suyo.

Jugó con el borde de la camiseta de Dae, levantando la tela y rozándole el vientre con los nudillos.

—¿Puedo?

Daehyun se quitó la camiseta y la mandó lejos.

La luz de la luna se filtraba por la ventana, dándole una entonación plateada al pecho color canela de Moon Daehyun. Los nudillos de Sungguk le recorrieron la clavícula, después bajó por sus pectorales y su dedo pulgar acarició el pezón de Dae.

Al escucharlo aguantar un jadeo, Sungguk se dejó caer de espalda contra la cama para tomar aire y recordarse que no podía seguir.

Dae, por supuesto, tenía pensada otra cosa.

El chico le pasó una pierna por sobre la cadera y se sentó sobre su estómago, el borde de su trasero rozaba su entrepierna. A pesar de que pretendía terminar con todo eso, Sungguk se descubrió recorriendo las piernas largas de Dae con las manos, sus palmas rozándole los vellos. Llegó hasta el borde de su pantalón corto y continuó, sus dedos tocaron los muslos del chico hasta rozarle la ropa interior.

Volvió a girarlo en la cama, el cabello de Dae quedó apartado de su rostro sonrojado. Se besaron con tanta intensidad que sus dientes chocaron ante el descuido.

Las piernas de Dae continuaban estiradas, por lo que Sungguk tiró de ellas y lo instó a que las abriese más, doblándole las rodillas. Dae se acomodó bajo suyo, su erección rozó la de Sungguk. Sintió una corriente paralizante en la columna que terminaba en su entrepierna.

—Sungguk —jadeó.

La expresión de Daehyun era adormilada, tenía los labios mojados e hinchados. Sungguk le secó la saliva con el pulgar para volver a besarlo. La cabeza le giraba y el corazón le latía con tanta fuerza y locura que lo sentía en todo su cuerpo. Bombeaba raudo.

—Más —pidió Dae en voz baja, mordiéndole el labio cuando Sungguk no se movió—. Sungguk, más.

Pero Sungguk había apoyado los brazos en el colchón para ganar distancia entre ambos. El sudor se acumulaba entre ellos, unas gotas pequeñas brillaban en la sien de Daehyun. Sungguk observó al chico lamerse esos labios rojos e irritados que volvían a suplicarle *por favor. Por favor,* mientras buscaba su boca. *Por favor,* mientras alzaba nuevamente la cadera y se sujetaba de Sungguk para aumentar el roce.

—Por favor, Sungguk.

Entonces Sungguk tomó el muslo de Dae. Contra su boca hambrienta y suplicante, susurró:

—Anuda tus piernas en mi cintura.

Obedeció cruzando los tobillos tras él. Sus cuerpos de inmediato se apegaron y sintió la erección de Dae latiendo contra la suya.

—No dejes de besarme —pidió.

Sungguk se afirmó al cabezal de la cama con la mano derecha, mientras le sujetaba la pierna a Dae con la otra.

Y se movió contra Dae.

La fricción recorrió la entrepierna de Dae, quien cerró los ojos y dejó caer la cabeza hacia atrás, sus labios sin contener sus gemidos. La boca de Sungguk capturó la suya y Dae sentía que se devoraba sus súplicas, que se quedaba con su aire. Y se sentía tan bien, un hormigueo delicioso y placentero cosquilleaba debajo de la piel.

—Más —pidió.

Sungguk aumentó el movimiento.

Y ese cosquilleo en Dae fue cada vez más insistente, tanto que sentía los músculos temblar a la vez que gemía contra los labios de Sungguk, que intentaba acallarlo y le pedían:

—Más bajito, Dae.

Pero Dae no podía evitarlo. Entonces, sus músculos se contrajeron y susurró desconcertado:

—Voy a estornudar.

Sungguk se rio. Y Dae sentía que estornudaba, que era absorbido por una sensación similar al estornudo, pero a la vez muy diferente. Era una sensación de liberación y alivio, era un sentimiento tan abrumador que lo hizo cerrar los ojos y ponerlos en blanco, a la vez que enterraba sus uñas en la espalda de Sungguk y apretaba las piernas alrededor de su cadera.

Dae tembló, cada músculo se estremecía en una liberación que dejó su mente sin pensamientos, centrado en ese movimiento que persistió mientras las olas de felicidad recorrían su columna y la boca de Sungguk no abandonaba la suya, llevándoselo a un mundo brillante que estallaba bajo sus párpados.

Luego nada. Dae estaba siendo aplastado por setenta kilos, pero no podía importarle menos.

Porque en ese preciso momento él era bonito.

Ambos lo eran.

Sungguk y él.

Bonitos en un modo que solo Sungguk lograba en él.

Y con los ojos cerrándoseles por el cansancio, Dae pensó que, si todo eso era un sueño y él todavía se encontraba encerrado en el ático de su abuela, entonces no quería despertar nunca.

19

A la mañana siguiente, Sungguk despertó cuando unos dedos se aferraron a su brazo y un gemido de dolor se coló en su sueño. Moon Daehyun estaba a su lado hecho un ovillo. Sungguk agarró el audífono de Dae, que reposaba en la mesita de noche, y le ayudó a colocárselo, activando el botón que quedaba en la parte posterior de la oreja.

—¿Qué sucede? —le preguntó preocupado.

—Duele —dijo afirmándose el estómago.

—¿El estómago?

—Y la cabeza.

Sungguk suspiró aliviado, Dae estaba sufriendo las consecuencias de su primera resaca. Más relajado, se le acercó para darle un beso en la frente. Le hizo cariño en el estómago mientras se reía entre dientes.

—Pobre bebé.

—Sungguk, no es gracioso.

—Solo tienes resaca.

—¿Tú... no?

—No, porque soy un hombre experimentado.

—No es justo —se quejó Dae, su aliento le acariciaba la piel.

—¿Tener resaca?

Como respuesta, Daehyun frunció la boca.

—¿Quieres vomitar? —preguntó Sungguk, alarmado.

Comenzaron una loca carrera hacia el baño. Nada más ingresar y encender la luz, Dae se arrodilló frente al inodoro. Su garganta emitió una arcada terrible, que le hizo a Sungguk fruncir la nariz. Dae, al percatarse que lo observaba, alzó la mano hacia él intentando cubrirse de su vista.

—Sungguk, no mires.

El cuerpo de Dae se curvó al vomitar. *Menos mal lavé el baño antes de irme a dormir*, pensó Sungguk al tomar asiento en la tina.

—Sungguk, no... —una arcada— mires —repitió.

—Vomita tranquilo —bromeó, acariciándole la espalda y apartándole el cabello de la frente, que empezaba a pegotearse por el sudor.

Dae intentó replicar, pero su expresión se contrajo y luego otra vez se inclinó sobre el inodoro.

—No beber... más.

—Yo dije lo mismo la primera vez. Y ahora mírame lo bien que lo llevo.

—Nunca más —insistió.

Por fin dejó de vomitar. Agotado, Dae se limpió la comisura de la boca con papel y apoyó la frente en la rodilla de Sungguk.

—¿Quieres subir?

Dae negó despacio.

—¿Y si vamos al sofá? Así alcanzas a llegar al baño si vuelves a sentirte mal.

Sungguk lo observó llevarse la mano a la frente, Dae era tan melodramático como Minki.

—Estoy... tan, tan débil.

—Pobrecito —susurró Sungguk siguiéndole el juego—. ¿Tendré que llevarte en brazos?

El chico dio un suspiro de falsa modestia.

—Si Sungguk insiste...

Afirmándole el rostro por las mejillas, que ahora estaban más abultadas, lo acercó a él y le mordió la nariz. En compensación, Dae se lanzó en sus brazos casi tirándolo dentro de la tina. Sungguk alcanzó a afirmarse de la cortina, de paso rajándola y quedándose con la mitad de ella tendida en el suelo y la otra colgando de los rieles y la barra.

—Si alguien pregunta, diremos que fue Betsy —informó Sungguk.

—Betsy —aseguró Dae.

Tras ayudarlo a levantarse y esperar a que Dae se lavase los dientes, salieron del cuarto de baño dejando tras ellos el crimen de una cortina destrozada. Los tres perros de la casa dormían en los sofás: Roko solo, y Mantequilla y Moonie acurrucados en otro.

Dae tomó asiento en el único sillón vacío, que por lo demás era el más grande, Sungguk fue por medicina y agua.

—Para el dolor de cabeza —explicó al regresar.

Agotado por las pocas horas de sueño, Sungguk se recostó y tiró de Dae, quien dejaba el vaso vacío en la mesa de centro tras tragarse la píldora. Sungguk lo arrastró hasta recostarlo sobre su cuerpo y abrió las piernas para que el chico estuviese más cómodo. Adormilado, Sungguk le acarició a Dae la piel desnuda de su espalda.

Debieron dormirse porque lo siguiente que Sungguk sintió fue una descomunal avalancha bajando por la escalera. Asustado, terminó por despertarse. Dae, todavía recostado sobre su pecho, se quejó entre sueños, pero no despertó. El chico mantenía parte de la nariz oculta en su cuello. Su respiración le acariciaba la piel.

—Vaya, vaya —habló la avalancha que lo despertó, Choi Namsoo—. ¿Debería preguntar qué pasa aquí?

—Cállate, vas a despertarlo —reprendió Sungguk en voz baja.

Con el cabello despeinado al nivel de la nuca y vestido solo con una camiseta y ropa interior, Namsoo dio un bostezo aburrido. Se estiró a la vez que terminaba de bajar las escaleras.

—Menos mal que me dormí borracho.

Al posicionarse a un costado del sofá y analizar la postura de Sungguk bajo Dae, Namsoo alzó las cejas en burla.

—Así nunca tendrán bebés, Gukkie.

Sungguk puso los ojos en blanco, aunque de todas formas sintió las orejas calientes. Entonces cubrió el trasero de Dae con las manos cuando su amigo no se movió de su lado.

—Sube esa mirada, Choi Namsoo.

—No tienes de qué preocuparte, amigo, a mí todavía me gustan solo las mujeres —pausa dramática—. No como a otros.

—Sí, sí, no me interesa.

Y riéndose feliz, Namsoo se fue a la cocina golpeándose de paso con la mesa.

—El karma ataca, doctor Choi —se burló Sungguk.

—Tú síguele tapándole el trasero a tu novio —cuando salió de la cocina con un vaso con agua, Namsoo agregó—: El muchacho está bien dotado.

Sungguk tomó su almohada para lanzársela a la cara. Con el ruido que hizo Namsoo al esquivar el proyectil y romper una figura con el pie, ninguno de los dos chicos notó que Eunjin había aparecido en escena hasta que habló:

—¿Qué hacen ustedes dos durmiendo ahí? —cuestionó restregándose un ojo con expresión cansada—. ¿Y por qué están en ropa interior? —dejó caer la mano—. Para eso tienen una cama. Sungguk, se me ha caído comida ahí y me la he comido.

Sin darle espacio a responder, Eunjin fue directo al baño. Nada más abrir la puerta, jadeó:

—¿Por qué la cortina está en el suelo?

—Oh, no —*eso sonó muy falso, na-tu-ra-li-dad*, pensó—. Betsy no aprende, de seguro perseguía una polilla.

Captando que estaban hablando de ella, la diminuta gatita, incapaz de romper una cortina con su peso pluma, apareció por el pasillo maullando.

—Gata mala —la reprendió Eunjin y se encerró en el baño.

—Una mañana normal en la residencia Jong —dijo Namsoo riéndose con maldad. Tras eso, se ahogó con un trago de agua.

Como todavía era temprano para almorzar, aunque algo tarde para desayunar, Sungguk despertó a Dae y lo hizo subir al cuarto. En tanto, Sungguk aprovechó para ir a la cocina por unas barras energéticas. Sin embargo, al ingresar a su habitación, se encontró con Dae en el centro de la cama todavía en ropa interior. Estaba muy despierto.

—Sungguk, de nuevo.

Atinó a cerrar la puerta del cuarto de una patada justo en el instante que Moon Daehyun se tocaba el pecho. A Sungguk se le cayeron las barras de cereales.

—Pero ¿qué haces? —balbuceó con torpeza, mientras se agachaba y tanteaba a ciegas el piso en búsqueda de comida.

Dae curvó la espalda.

—Sungguk, de nuevo, por favor —pidió.

Sungguk tragó saliva. Podía escuchar a sus amigos en el primer piso, ¿y Dae quería que repitieran lo de la noche anterior?

Era una locura.

Una completa locura, ¿entonces por qué se estaba arrodillando en la cama? Las barras de cereal claramente quedaron en el olvido. Sungguk se arrastró por el colchón hasta que se posicionó sobre Dae, quien abrió las piernas para que encajaran mejor. Se acercó a esa boca sonriente. Dae estiró el cuello para capturarle el labio, Sungguk alcanzó a retroceder.

—No podemos, Dae. Los chicos podrían oírnos.

Dae se encogió de hombros.

—Pero... a mí me gustó mucho.

—Nos pueden escuchar —repitió.

—No importa.

Sungguk le dio con suavidad una palmada al costado de la pierna.

—Compórtate.

—No.

Le dio otro golpe y después le acarició. Dae se estremeció bajo él.

—Debemos comportarnos.

—¿Por qué? —se quejó de una forma que a Sungguk le parecía tierna.

—Porque esto —susurró, sus bocas todavía se rozaban— es privado. Solo tuyo y mío. Y el resto no tiene por qué escucharnos.

—Pero —su entrecejo se frunció— es bonito.

—¿Bonito?

Nunca había escuchado esa definición para el sexo. Tal vez sucio, caliente, excitante; mas nunca bonito.

—Dae se siente bonito.

—¿Quieres que te haga sentir bonito, Dae?

—Por favor, Sungguk.

Escuchando que sus amigos paseaban por la casa conversando y a los perros ladrando cuando el dispensador automático de comida (comprado en cinco cuotas sin interés) les daba una de sus cuatro raciones diarias, Sungguk lo besó. Entonces, tiró de las sábanas para cubrirlos a ambos y tocó el abdomen de Dae, sintiendo cómo sus músculos se contraían en respuesta a su caricia descendente. Cortó el beso cuando Dae jadeó en busca de aire.

—Dime, Dae —susurró Sungguk mientras su mano bajaba hasta la ropa interior de Dae—. Te has masturbado, ¿cierto? Pues esto se sentirá mejor.

La respiración de ambos se aceleró cuando Sungguk presionó con la palma la erección de Dae, que comenzaba a aparecer, luego la delineó con los dedos. Dae gimió contra su boca.

—¿Te gusta? —insistió.

—S-s-sí.

Sungguk cerró la mano al alrededor del miembro de Dae, recorriendo su longitud sobre la tela. Lo sentía palpitar contra su palma.

—Eres grande —dijo Sungguk. Tiró de la ropa interior de Dae y cerró su mano sobre la erección.

Gimiendo de placer, Dae sujetó a Sungguk por las mejillas y lo acercó a su boca a la vez que se le cerraban los ojos y contenía otro jadeo. Se besaron los pocos segundos que Dae logró soportar la caricia de Sungguk en su entrepierna. Dae llegó al orgasmo, su placer fluyó entre los dedos de Sungguk. Después, su mente quedó tranquila y en silencio. Era la calma de una felicidad satisfecha. Cuando Sungguk regresó a su lado tras ir al baño, besó al chico en la frente con tanto sentimiento que Dae hizo una pregunta muda.

—Porque te quiero —respondió Sungguk entendiendo perfectamente.

Dae se llevó la mano al pecho.

—¿A mí?

—Sí, bobo, a ti.

—No, bobo Sungguk.

Y escondió el rostro en el pecho de Sungguk.

—Sungguk es bonito... —dijo Dae con los párpados un tanto caídos. Y como en raras ocasiones ocurría, no se refirió a sí mismo en tercera persona como tendía a hacerlo—. También te quiero.

Le acarició el cabello, apartando los mechones castaños de su frente.

—Gracias por decírmelo.

Se quedaron abrazados sintiendo sobre sus pieles acaloradas la brisa de inicios de primavera que ingresaba por la ventana.

—¿Sungguk?

—¿Sí?

Dae tenía otra vez una mirada tímida, jugaba con sus propios pulgares en actitud nerviosa.

—¿Eres mi...? —pero no pudo continuar porque cerró los ojos con fuerza y pareció amortajado por la vergüenza.

Sungguk se rio de él. Le pellizcó la mejilla.

—¿Qué ibas a decir?

Dae mantenía los párpados cerrados y restregó la cabeza contra la almohada.

—Nada.

—Vamos —pidió con buen humor—. Dime.

Ahora se cubría el rostro con los brazos cruzados formando una equis.

—No.

—¿Te da vergüenza?

—Sí —gimió Dae.

—Nada puede ser peor que verte vomitar.

Horrorizado, Dae se volteó en la cama para darle la espalda. Sungguk le dio una nalgada.

—Dime.

—¡No!

Otra nalgada.

—Vamos, dime. Te prometo que no me reiré.

Finalmente, Dae se dejó caer otra vez de espaldas.

—Eres mi... ¿novio?

Vaya, vaya, la pregunta lo tomó por sorpresa, a pesar de que no debía hacerlo considerando que había transcurrido un año desde su primer beso. El cazador había sido cazado. Sungguk se acomodó mejor en la cama para darse tiempo de responder.

—¿Quieres que sea tu novio?

Dae ladeó la cabeza observando a Sungguk con cierta timidez. Se encogió de hombros con suavidad, su postura era ansiosa.

—Sí —admitió.

Sungguk continuó con las caricias en su melena.

—¿Por qué? Tengo curiosidad.

—Sungguk es... lindo.

—¿Solo por eso? —bromeó.

—A Dae... a mí... me gusta.

—¿Yo te gusto?

Dae respondió con un suspiro:

—Sí, me gustas.

Sonriendo, Sungguk se movió más cerca de Dae. Le tocó la punta de la nariz para que borrase esa expresión ansiosa.

—Yo también quiero ser tu novio, Moon Daehyun. Lo deseo de todo corazón.

20

Se tocó la barbilla mientras contemplaba la residencia Jong, una casa de dos pisos habitada por dos policías y por un residente de Medicina. No existía protección en las ventanas, como tampoco un sistema de seguridad en la puerta. Lo único que le impedía acercarse a Moon Daehyun era ese enorme perro que ladraba ante cualquier movimiento y que lo seguía a todas partes.

Por eso los estudió.

Un día.

Una semana.

Un mes.

Un año.

Yo soy paciente, pensó observando a Jong Sungguk salir de la casa para cumplir con su turno. Solo debía ser paciente, una habilidad de la que Jong Sungguk carecía, y esperar un descuido de los chicos.

Y él se lo llevaría lejos, muy lejos.

Porque él no podía dejarlo en esa casa cuando el primer ciclo de calor de Moon Daehyun se acercaba.

21

Un adormilado Daehyun bajó por las escaleras, llevaba una camiseta negra y un pantalón corto que dejaba al descubierto gran parte de sus piernas. Su cabello entre castaño y ceniciento, que una vez más llevaba demasiado largo, se encontraba desordenado sobre su rostro hinchado. Sungguk dejó de prestarle atención al noticiario central para sonreírle desde el sofá, sostenía un plato de comida y los palillos.

—¿Dormiste bien? —por lo menos así lo parecía.

Daehyun musitó algo que Sungguk no logró entender, luego bajó los escalones restantes y fue hacia él. Moonmon lo siguió con el pelaje tan desordenado como el del dueño.

—¿Quieres comer ahora? —ofreció.

Mientras se subía por el costado del sofá y pisaba los cojines hasta acomodarse detrás de Sungguk, negó con un chasquido de lengua. Entonces, se deslizó en ese espacio pequeño entre el respaldo y la espalda de Sungguk. Colocándose en cuclillas, Dae lo abrazó. La mejilla del chico se restregó contra la parte posterior de su cuello.

—Extrañé a Sungguk —susurró contra su oído, con voz baja y melosa.

—Solo estabas durmiendo —se rio.

—Pero Sungguk no estaba cuando desperté.

Sungguk puso los ojos en blanco con buen humor y se llevó un pedazo de cerdo enlatado a la boca.

—¿Te sientes mejor?

Hacía unos días que Dae andaba extraño, se comportaba algo consentido, melancólico y muy cariñoso. También estaba algo volátil, por lo que no se había tomado demasiado bien la noticia de que esa noche tendría que dormir solo, ya que Sungguk tenía turno nocturno.

—No, y Sungguk sabe... —se quejó Dae.

Sí, definitivamente no se lo estaba tomando bien.

Como Moon Daehyun era astuto como un zorro y un genio para salirse con la suya, esa mañana Sungguk había guardado sus llaves en un lugar seguro por si a Dae se le ocurría esconderlas. La despensa de los productos picantes era el lugar perfecto para alguien que no soportaba ese tipo de comida. Sungguk también podría ser un genio si así se lo proponía.

—Sabes que tengo que trabajar —recordó con amabilidad.

—Pienso que Sungguk no podría ir a trabajar si no puede encender su camioneta.

Sungguk se rio y le dio otro bocado al cerdo enlatado.

—Previne esta situación.

—Pero Dae sabe que las llaves están en la despensa de la comida picante. Sungguk no sabe esconder las cosas.

Los palillos de Sungguk quedaron a medio camino de su boca.

—Dae, realmente tengo que ir a trabajar.

El chico suspiró contra su cuello, lo abrazó por la cintura.

—Yo sé.

—Solo serán unas horas, como siempre que me toca turno —lo consoló acariciando sus manos—. Ya verás que te irás a dormir y cuando despiertes, estaré contigo.

—Pero Dae quiere a Sungguk al dormirse y al despertarse, no solo al despertarse.

Sungguk se llevó un bocado de arroz a la boca, intentando restarle importancia a sus súplicas porque Seojun se lo advirtió: si lo consentía y le daba todo lo que quería, Daehyun no terminaría nunca por adaptarse a esa sociedad caracterizada por ser fría e indiferente. Dae debía aprender que Sungguk no estaría siempre para él. Tarde o temprano llegaría el día que Dae tendría que partir y Sungguk necesitaba que estuviese preparado.

—Lo siento, pequeño, pero solo estaré al despertar. La vida no te da todo lo que quieres.

Daehyun se acomodó detrás suyo, pasando sus piernas por alrededor de la cadera de Sungguk y cruzando los tobillos sobre su regazo. Casi le tiró el plato de la mano. *De haberlo logrado*, pensó Sungguk observando los ojos brillantes de Roko sentado a sus pies, *por lo menos no tendría que pasar la aspiradora.*

—No es justo —susurró Dae como respuesta, todavía tenía su mejilla contra la nuca de Sungguk, donde continuaba restregándose como si quisiese impregnarse de su olor—. Dae necesita más a Sungguk.

—¿Me necesitas más que las personas que podría ayudar si voy a trabajar?

El cuerpo de Daehyun se paralizó.

—Sungguk, n-no quise decir eso —balbuceó—. Dae solo... yo solo... no.

—Entiendo, Dae, pero hay personas que necesitan mi ayuda como lo hice contigo.

—Yo sé, Sungguk, pero...

—¿Te imaginas si no hubiese asistido a mi turno ese día? No nos habríamos conocido.

Sungguk sintió que Dae se apretaba más contra su espalda, el aliento le hizo cosquillas en su nuca cuando la boca del chico aterrizó sobre su piel y la besó. Los labios le dejaron una marca húmeda.

—Sungguk es mío.

—No seas egoísta, hay más gente que me necesita.

—Sungguk regresa a mí todos los días, es mío.

Le acarició la pierna que tenía anudada a su cintura.

—Mientras quieras, siempre regresaré a ti.

Los labios de Dae de nuevo besaron su nuca y Sungguk recordó que, hacía un año, él detestaba que le tocasen o acariciasen aquella zona. La vida daba muchas vueltas.

—Dae siempre...

—¿Mm?

—Yo siempre voy a quererte, Sungguk.

Sungguk deseaba creer que así sería siempre.

—Solo debes saber que regresaré a ti.

Daehyun se acomodó lo suficiente para observarle el rostro. Sus ojos grandes estaban serios y casi no pestañeaba, como si intentase leerle el alma.

—¿Promesa? —dijo Dae.

—Promesa.

Sin embargo, no se veía más relajado, su mirada todavía mostraba temor.

Era el miedo a ser abandonado.

—Te prometo que no encontraré a otro, Daehyun.

La boca del chico formó una sonrisa triste. Cambió de posición y se recostó en el sofá, apoyando la cabeza en el regazo de Sungguk. Finalmente, Sungguk dejó el plato en el suelo y Roko devoró lo que quedaba en menos de diez segundos.

—¿Eso es lo que te preocupa?

Dae exhaló.

—Sungguk podría ayudar a otro chico y ahí existiría otro Dae para ti y no regresarías... —tosió—. No regresarías a mí.

Jugueteó con los mechones despeinados.

—Para mí solo existe un Moon Daehyun, y ese eres tú.

No lo convenció porque su expresión fue sospechosa.

—¿Sungguk es de Moon Daehyun? —y fingiendo falsa aceptación, asintió—. Bueno, si Sungguk así lo quiere...

Sungguk no pudo contener una sonrisa. Lo besó.

—Ahora —se rio al observar la expresión complacida de Daehyun—, ¿quieres comer algo? Solo has tomado agua y un vaso de leche en todo el día.

—No —desestimó la comida, apegándose tanto a Sungguk que la barbilla le rozaba la entrepierna.

Paciencia, pensó Sungguk, *tienes que ser paciente*. Además, llevaban en esa dinámica más de un año. Ya casi era inmune. Casi.

—¿En serio no quieres nada?

—Sungguk —dijo con total seriedad—, no. Seojun dijo que yo podía decidir sobre mi vida. Y no quiero comer. Yo tomo mis decisiones, soy grande.

—Te recordaré eso cuando me pidas que te cargue.

De inmediato Dae sonrió con real alegría.

—Bueno, no soy tan grande —aceptó—. Pero sigo sin querer comer.

Horas más tarde, mientras Sungguk se arreglaba para partir al trabajo, Dae lo siguió ansioso y nervioso por toda la casa. Lo esperó sentado sobre la tapa del váter al tomar la ducha, lo acompañó al cuarto a vestirse y ahora se encontraba en el pasillo de brazos cruzados observando a Sungguk lavarse los dientes. Namsoo, que había regresado de visitar a una amiga y quien no tendría turno hasta en dos días más, intentaba cocinar algo y el ruido de ollas y sartenes quebraba la tensión del hogar.

Cuando finalmente el reloj anunció las nueve y media y Sungguk no pudo retrasar más su partida, arrastró a Dae al cuarto de lavado y cerró la puerta tras ellos. Escondidos en ese lugar oscuro que olía a detergente, lo atrajo hacia él y deslizó sus manos por la cintura de Dae, levantándole la camiseta para tocar su abdomen. Luego lo acarició por debajo del pantalón hasta rozarle el trasero. Buscó esa boca ansiosa y desesperada por atención, sus lenguas se encontraron a medio camino.

Fue un beso rápido, mojado y caliente, que dejó las rodillas de Sungguk débiles y su cerebro medio frito, preguntándose por qué debía ir a trabajar si podía continuar besando a Daehyun, alzarlo en brazos, pedirle que le rodeara la cadera y sentarlo sobre la secadora.

Sungguk se separó con algo de brusquedad y se acomodó la erección con la mano.

Daehyun continuó en su posición con expresión dormida. Al caer en el hecho de que las caricias habían llegado a su fin de forma abrupta, se quejó y tiró de la corbata de Sungguk atrayéndolo a él. La boca de Dae volvió a buscar la suya, y Sungguk sintió una vez más la necesidad de terminar todo en la cama.

Sungguk se separó contra su voluntad.

—Dae, debo marcharme —recordó cuando Daehyun intentó arrastrarlo otra vez por la corbata.

—No.

—Cuando regrese podemos terminar esto —mintió Sungguk, metiéndose la mano por el pantalón para acomodarse nuevamente la erección. Después ordenó su camisa, ya arrugada, dentro del pantalón y estiró la corbata sobre su pecho. Lucía como un oficial de policía muy profesional.

Sungguk salió del cuarto de lavado encontrándose de frente a Namsoo, que se dirigía al baño. Su amigo lo observó con las cejas alzadas.

—Para algo tienes habitación, Sungguk.

—No estábamos haciendo nada —mintió con descaro.

La mirada del estudiante se dirigió a la entrepierna de Sungguk.

—Claro, nada.

Haciéndose el desentendido, Sungguk comprobó la hora en su reloj de pulsera. Si no salía en ese instante, llegaría atrasado y Lee Minki lo mataría.

—Debo marcharme —anunció—. Namsoo, recuerda que Dae queda a tu cuidado, por favor...

—Lo sé, lo sé. Me lo has dicho un millón de veces —acarició la cabeza de Dae cuando apareció en el pasillo con mala cara—. No nos pasará nada, ¿cierto, Dae?

Pero Dae solo bufó. Sungguk aprovechó para ir a buscar las llaves que escondió en la alacena.

—No lo sé, yo solo quiero a Sungguk.

—En la vida uno no siempre tiene todo lo que quiere —aseguró Namsoo con buen humor—. Si fuese así, no desearíamos nada y el mundo sería un caos.

Dae se atrevió a poner los ojos en blanco. Sí, definitivamente estaba de malhumor. Sungguk iba a darle un beso para despedirse, aunque se detuvo porque Dae parecía querer morderlo. Le dio una nalgada.

—No olvides dejarme espacio en la cama —bromeó.

Otro que estaba extraño esa noche era su mejor amigo. Mientras realizaban la ronda nocturna por un sector extremadamente tranquilo, Sungguk tamborileó con los dedos en el manubrio del auto. Minki no dejaba de observar por los espejos retrovisores y laterales, su actitud nerviosa se sentía como acre entre ellos.

—¿Y a ti qué te pasa?

—¿Qué?

—¿Hoy la luna está más cerca de la Tierra y afectó los campos magnéticos o algo así? Porque entre los comportamientos extraños de Daehyun y tú, me voy a quedar sin neuronas intentando entender qué les ocurre.

—¿Le pasó algo a Dae?

—Solo está de un humor terrible, creo que odia mi turno nocturno.

—Pobre bebé —dijo Minki distraído—. Hoy comienzan dos semanas horribles, lo puedo entender.

—Ah, ¿sí?

—No es lindo dormir solo.

Sungguk dio un largo suspiro, deteniéndose en la siguiente calle. Se bajó al identificar un parque vacío con muchos arbustos que podían esconder a agresores. Minki lo siguió.

—¿Peleaste con Yoon Jaebyu? —quiso saber—. ¿Estás de nuevo durmiendo en el sofá?

Cada vez que Minki discutía con su novio, terminaba durmiendo en el sillón porque «no soportaba compartir cama con el enemigo». Sí, muy propio de Minki.

—No —dijo con ligereza, su mirada se encontraba clavada en un rincón oscuro que la luminaria del parque no alcanzaba.

—¿Entonces? —insistió.

Minki se tocó la nuca.

—Solo...

—¿Solo?

—Te lo diré si prometes no tratarme como un loco.

—¿Cuándo te he tratado yo como un loco?

—Como cuando leíste *ese* mensaje y te negaste a volver a compartir una botella de agua conmigo.

—Eso no es tratarte como un loco. Es sanidad pública.

Minki bufó, aunque con mejor humor.

—Has tenido en tu boca cosas peores, así que ni empieces. Además, Jaebyu es enfermero, ¿tienes idea de lo controlados que tenemos nuestros exámenes de ETS?

—No quiero saberlo.

—Jaebyu tiene un archivador en su ropero con todos nuestros exámenes. Te digo, Sungguk, nunca en mi vida he estado tan controlado. Hace poco tuvimos una discusión porque mis triglicéridos estaban altos e insistía en que eso era imposible porque todo lo que él cocinaba era sano. Me dijo infiel. Infiel a mí. Ese hombre no tiene idea de lo fiel que le soy.

—¿Pero acaso no te comiste dos hamburguesas hace una hora?

—¡Uno no puede ser infiel con la comida! —exclamó ofendido.

—Sí, bueno, lo que digas. Solo recuerda lavar el kétchup que te quedó en la corbata antes de llegar a tu casa.

Minki refunfuñó enojado, de igual forma, comenzó a limpiar la mancha roja con el dedo.

Recorrieron todo el parque y regresaron al coche policial. Entonces Sungguk recordó el inicio de su conversación.

—Hace un rato ibas a decirme algo.

Minki se masajeó el cuello con nerviosismo.

—Es solo una sensación... —la voz se le perdió al encogerse de hombros—. No te burles, pero...

—No me voy a burlar, ya te dije.

Su amigo dio un largo suspiro antes de hablar.

—Creo que alguien me está siguiendo.

Eso bajo ningún punto era algo para tomarse a la ligera. Su amigo, después de todo, era un m-preg y serlo en esa sociedad implicaba mucha atención de gente indeseada.

—¿Lo viste? —preguntó con preocupación.

—No, solo tengo la sensación de que alguien está mirando.

—¿Desde cuándo?

—Hace como un mes. Al principio pensé que solo estaba siendo paranoico. Pero hoy, antes de venir a trabajar, me acerqué a inspeccionar los arbustos que rodean el edificio del departamento y había unas huellas. Y no debería haber huellas ahí, entre los arbustos, ¿cierto?

—¿Le contaste a Jaebyu?

—No quería preocuparlo.

—¿No querías preocuparlo de la misma forma que no quisiste alertarlo por tu dolor estomacal? Debes hablar con él.

Minki se desordenó el cabello con desazón.

—Lo sé, lo sé, ¿pero y si son solo imaginaciones mías y lo preocupo por nada?

—Minki, confía en tu instinto. Además, recuerda que ahora estás registrado como m-preg. Sé que es información confidencial, pero si nosotros podemos verla y somos lo más bajo que hay en rangos...

—Habla por ti, técnicamente soy tu *sunbaenim*[*].

—... cualquiera podría vender esas listas.

La expresión de Minki fue incluso más desanimada.

—No lo había pensado de esa forma.

—Sé que eres genial y fuiste el mejor titulado en defensa personal en la academia, pero mejor prevengamos, ¿*ok*? Comienza a portar siempre tu arma, aunque no estés de servicio.

---

* Forma respetuosa de *sunbae*, que corresponde a un título honorífico coreano utilizado hacia un superior que no corresponda a un jefe.

Cuando el turno finalizó, a las cuatro de la mañana, la cabeza de Sungguk punzaba por el sueño. Solo quería llegar a casa, quitarse la ropa, tomar una ducha rápida e ir a acostarse al lado de su novio.

Novio.

¿Alguna vez imaginó que tendría uno?

Ah, Daehyun, ¿habría sido capaz de dormir algo?

No, no lo hizo, pensó nada más ingresar a la casa. Hecho un ovillo en el sofá con Moonmon a su lado y Roko a los pies, estaba su chico con los ojos entrecerrados por el cansancio. Tenía grandes ojeras y expresión miserable, la cual se iluminó apenas lo vio aparecer por la puerta. Poniéndose de pie de un salto, sonrió enorme y saltó sobre Sungguk, quien fue rodeado por sus brazos y piernas.

—¿No has dormido nada?

—*Nu* —contestó contra su hombro—. Dae intentó, pero no pude.

Le acarició las piernas desnudas.

—Tomaré una ducha rápida y podremos ir a dormir.

Riéndose contra esa clavícula que tanto le fascinaba, se lo llevó al baño con Roko corriendo alrededor de ellos. Sungguk terminó duchándose con Dae, Roko y Moonmon esperando con impaciencia a que terminase.

Minutos más tarde, mientras Sungguk era abrazado por Dae en la cama, saboreó la emoción de estar cayendo en ese agujero interminable llamado enamoramiento.

La mañana siguiente fue incluso más complicada que la anterior. Dae, quien tenía la piel acalorada, no quería soltar a Sungguk para levantarse. ¿Estaría enfermándose? Nunca se había comportado así.

—Debemos almorzar —recordó Sungguk, porque ambos se pasaron toda la mañana durmiendo para recuperar el sueño de una noche perdida. Ya era la una de la tarde.

—No quiero.

Y para acallar las protestas que sabía que venían, Dae lo besó en la nariz y en la mejilla, haciendo un recorrido por su piel expuesta. Sungguk se dejó estar, recostándose cómodamente. Cuando la boca del chico se acercó a su oído, Sungguk se estremeció, acariciando la espalda de Daehyun y más abajo, hasta que palpó su trasero.

—Así no almorzaremos nunca.

—No importa.

Sungguk metió las manos bajo la camiseta de Dae y notó que efectivamente estaba más cálido. *Puede ser el calor*, pensó, porque aquella tarde de inicio de verano ya marcaba temperaturas que superaban los treinta grados.

Sungguk logró levantarse de la cama y buscó a Namsoo por la casa para que le hiciese una inspección a su novio. Sin embargo, no lo encontró. Minutos después cocinó *jajangmyeon* comprobando de reojo a Dae, quien se encontraba sentado en la mesa de la cocina con expresión cansada. Preocupado, dejó los fideos cociéndose y se arrodilló frente a él, apoyando sus manos sobre las rodillas y acariciando esa piel que todavía se sentía afiebrada.

—¿Te sientes mal, Dae?

El chico pestañeó un poco desorientado.

—¿Eh? No.

—Te siento un poco caliente.

—Los besos de Sungguk hacen eso en mí.

Qué atrevido.

—No nos estamos besando ahora —aclaró.

—Igual.

—Te tomaré la temperatura luego.

Comieron en silencio. Dae solo le dio una probada al *jajangmyeon*, el resto del tiempo jugó con la comida en el plato.

—¿Te duele el estómago? —preguntó, tocándole el vientre. Daehyun se recostó en el respaldo de la silla para darle más espacio, casi ronroneando con la caricia.

—No.

—¿Por qué entonces no quieres comer?

Se encogió de hombros.

—Sin hambre —se detuvo a pensar—. No tengo hambre.

Definitivamente estaba enfermo, su falta de apetito no era normal, además la ligera fiebre que captaba en él no era un buen augurio. Por otro lado, no podía pasar por alto el obvio apego físico y emocional que llevaba experimentando desde hacía unos días. Dae era cariñoso, pero ahora casi parecía una necesidad inconmensurable.

—Espérame aquí, vuelvo enseguida —pidió.

Subió a la habitación de Namsoo en busca de un termómetro y de paso evitó que Roko volviese a robarle unas gafas a su amigo. Tras dar vuelta las gavetas que se encontraban sin llave, Sungguk se rindió y se cambió los zapatos para ir a comprar. Dae todavía seguía en la cocina con su plato intacto.

—No encontré el termómetro, iré a la tienda de conveniencia a comprar uno —de inmediato Dae se puso de pie para acompañarlo—. No, no, tú quédate aquí.

Sungguk no quería exponerlo al calor abrasador de la calle, eso podía empeorar su fiebre.

—Solo tardaré diez minutos. Puedes sobrevivir sin mí, ¿cierto?

Daehyun puso los ojos en blanco con dramatismo e hizo un gesto con la mano para que Sungguk se marchase, su expresión parecía dolida. Sungguk se quedó mirándolo unos segundos desde la puerta. Solo había sido una broma tonta, ¿por qué se veía tan herido?

Todavía pensaba en eso cuando regresó de la tienda y fue recibido por los ladridos de Roko. Al ir a la cocina, se encontró al perro con la boca llena de sangre y gruñendo, el pelaje de su espalda estaba erizado. Entonces notó que el vidrio de la ventana estaba quebrado y que Dae no estaba por ningún lado.

22

Creo que alguien me está siguiendo, con la mirada clavada en las gotas de sangre que bañaban el piso de la cocina, Sungguk recordó las palabras de su amigo Minki. *No otra vez, no otra vez, por favor.* Con el corazón acelerado, dejó la bolsa de compras en la mesa y salió de la cocina.

—¡¿Daehyun?! —gritó corriendo hacia el cuarto de lavado, luego al baño y al patio trasero.

Nada.

—¡¿Daehyun?! —insistió yendo a la escalera y subiendo a toda velocidad.

El instinto lo llevó de inmediato a su habitación, abrió la puerta de golpe. Con la ayuda de un espejo de mano, Moon Daehyun se miraba un sector del rostro con expresión preocupada. A Sungguk le regresó el alma al cuerpo de inmediato. Se le acercó sintiendo las piernas débiles.

—¿Por qué no me respondías? —cuestionó con un hilo de voz—. Grité como loco buscándote.

Lo escaneó de pies a cabeza para verificar la existencia de alguna herida, un golpe, algún indicio de fuerza bruta. Continuaba tal cual.

—¿Dae? —insistió.

Se acomodó a un lado y le tocó los hombros. Dae chilló sorprendido. Sungguk lo abrazó del puro alivio y lo besó de pura necesidad. Al separarse, lo palpó para comprobar por segunda vez que realmente estuviese sano y salvo.

—Estás bien.

La mirada de Dae barrió sus labios.

—Te llamé y no respondiste —recriminó.

Dae frunció el ceño unos segundos y después apuntó al audífono que se ubicaba sobre la mesita de noche.

—S i n —moduló con cierta torpeza.

Sungguk se alivió.

—M o l e s t a b a.

Escapando del abrazo el tiempo suficiente para agarrar el aparato, Dae se lo colocó. Hizo una mueca al encenderlo. Luego alzó las manos a los costados y volvió a inclinar la cabeza, mostrándole su oreja izquierda con el audífono enganchado tras ella.

—Listo.

Sungguk le besó bajo el lóbulo sacándole una risa sorprendida.

—¿Cuánto tiempo llevas aquí?

—Desde que Sungguk se fue.

Entonces el chico ni siquiera se había enterado del desastre ocurrido en el primer piso.

—Necesito que te quedes aquí, llamaré a Minki para que venga.

—¿Mmm?

—No quiero asustarte, pero... alguien intentó ingresar a la casa y Roko al parecer lo detuvo.

La boca de Daehyun se abrió de la sorpresa, después tragó saliva de manera nerviosa y evitó la mirada de Sungguk para fijarse en el suelo.

—Así que necesito que te quedes aquí.

—*Ok* —aceptó con docilidad.

—Solo serán unos minutos mientras reviso la casa—continuó Sungguk—. ¿Está bien?

Dae asintió y subió los pies a la cama.

—Ve, estoy bien.

Sungguk miró rápidamente a Daehyun y sacó su arma, que escondía en una caja fuerte dentro del armario. Al bajar a la cocina, llamó a Minki. Lo puso en altavoz e inspeccionó el lugar, siguiendo la sangre que iba desde la mesa hasta la ventana rota. Roko gemía en el suelo, todavía mantenía el pelaje erizado.

—Minki, necesito que vengas ya —le pidió a su amigo cuando contestó—. Alguien intentó ingresar a la casa.

Un sonido estridente se escuchó del otro lado de la línea, Sungguk aprovechó de inclinarse y comprobar a Roko, que se escondía bajo la mesa.

—Lo siento, lo siento, me tropecé con la silla —comentó Minki con voz acelerada—. ¿Está todo bien?

—Sí, Roko al parecer evitó una tragedia. Necesito que vengas para que estés con Dae, debo llevar a Roko al veterinario.

Al cortar, Sungguk estiró el brazo para acariciar al animal.

—Roko, fuiste un chico maravilloso —dijo con voz suave.

El perro se arrastró unos centímetros para tocarlo con la punta del hocico. De inmediato Sungguk le palpó el cuerpo mientras le daba besos y volvía a felicitarlo. Roko ahora gimoteaba más por consentido que por dolor; tenía la boca rota por dentro, como si alguien le hubiese dado un golpe.

—Vas a estar bien —le subió el ánimo todavía acariciándole el lomo—. Iremos donde la doctora Suji para que te revise y te compraré esas galletitas que tanto te gustan, ¿está bien?

Le dio una última caricia antes de ponerse de pie. Llamó a Eunjin y le contó casi lo mismo que a Minki.

—Tendremos que instalar cámaras y un sistema de seguridad —propuso Eunjin—. Conozco a alguien, déjalo en mis manos. ¿Quieres poner una denuncia por allanamiento de morada?

—Si hacemos eso, más personas se enterarán de lo fácil que resultó ingresar. No, no, por favor, que esto quede entre nosotros.

Fue a la ventana para comprobar si había quedado algún vestigio en el vidrio. Notó unas marcas. Recordando el curso forense que hizo el último año en la academia, fue al baño por talco y también por cinta adhesiva.

Con una linterna, iluminó a contraluz el cristal. Ahí había otra huella. Se puso unos guantes de cocina y cortó un poco de cinta y la puso encima, después la arrancó y le colocó otro trozo para sellarla. Si bien no era lo óptimo, ya que no contaba con polvo para huellas dactilares, en el pasado y en el inicio de la dactiloscopia se utilizó desde hollín hasta óxido de zinc para imprimir huellas en objetos. Tiró solo un poco de talco sobre la ventana y sopló con mucha suavidad para quitar lo sobrante. Aparecieron un par más, las cuales también capturó con cinta.

Sungguk llamó otra vez a Eunjin para solicitarle a algún detective que pudiese hacerle el favor de buscar aquellas huellas en la base de datos. Lamentablemente, los rastros de sangre en la cocina estaban contaminados por la propia sangre de Roko. Además, las muestras de sangre solo se podían comparar con otra muestra y Sungguk no tenía al sospechoso.

Todavía buscaba pistas cuando Minki llegó.

—No vayas a la cocina —le pidió al abrirle la puerta—, encontré unas huellas y viene un detective para llevárselas y analizarlas. Necesito que se las entregues.

Minki rastreó el lugar con la mirada.

—¿Intentaron robar algo?

—No, pero creo que nos estaban vigilando... ingresaron justo cuando Dae estaba solo. Por lo menos tengo sus huellas.

Su amigo se cruzó de brazos.

—¿Y de qué te sirven? Aunque encuentres al culpable, por un allanamiento de morada solo lograremos una multa.

—Lo sé, pero puedo darles una paliza. Nadie se mete con la gente que quiero.

—Algunas veces eres romántico sin siquiera darte cuenta, baboso.

Como sintió que se estaba sonrojando, se apresuró en llamar a Roko.

—Revisaré algo en el patio y luego iré al veterinario. Este campeón —acarició al animal, que mantenía el hocico manchado de rojo— está herido. Dae está en el cuarto.

Mientras Minki se dirigía a ver a Dae y lo saludaba con escándalo y risas, Sungguk fue a revisar la ventana de la cocina por el patio lateral. Como se lo imaginó, encontró tierra removida que indicaba que alguien había estado escondido ahí. Sungguk había tardado diez minutos en ir y volver de la tienda, por lo que debió encontrárselo en la cocina en caso de que el asaltante realmente hubiese esperado a que Dae se marchase. Sungguk detuvo en seco sus pensamientos porque no tenían sentido. Si fuese así, ¿por qué Dae le mentiría?

A los minutos se dirigía a la veterinaria con Roko, quien se había hecho un ovillo en el asiento del copiloto. La doctora Suji era quien siempre ayudaba a Sungguk cuando llegaba a la consulta con algún nuevo animal rescatado. Era una chica que no aparentaba ser mayor que Jong Sungguk, menuda y con el cabello siempre diferente. Ese día lo llevaba atado en una coleta alta, su melena ahora era morada.

—Sala dos —anunció nada más verlos ingresar.

Sungguk tomó en brazos a Roko, una mole de unos buenos treinta kilos, y lo subió a la mesa metálica. La doctora se le acercó colocándose unos guantes.

—Sungguk, ¿cómo has estado? No te veía hace más de un año, creí que te habías cambiado de veterinaria.

—No, *noona*[*]. Solo he estado ocupado.

—Entonces —dijo intentando sonar casual—, ¿no es por mí?

Sungguk sintió algo de lástima por ella. La última vez que fue a su consulta, ella lo había invitado a salir y la respuesta de Sungguk había quedado pendiente. A los días, Daehyun apareció en su vida y su faceta de rescatista animal se redujo a cero por falta de tiempo.

—No fue por ti, *noona*. Solo estuve ocupado.

Porque tenía novio.

---

* Título honorífico de uso común en Corea, usado de un hombre menor a una mujer mayor.

Novio, todavía seguía sorprendido por esa palabra.

—Roko es su nombre, ¿cierto? —preguntó Suji con mejor humor—. No lo veía desde que lo encontraste amarrado a ese árbol, ¿qué le pasó?

—Mordió a una persona.

—Ya veo, ¿por eso lo patearon?

—Creo que su hocico está roto.

—Intentaremos examinarlo sin anestesia, de lo contrario lo dormiremos.

Los minutos siguientes pasaron entre forcejeos y lloriqueos de Roko, que apenas abría el hocico por el dolor. El animal no dejó que Suji se le acercara, tampoco cuando ingresó un ayudante para afirmarlo, ni mucho menos cuando Sungguk también lo sujetó. Así que, aprovechando que estaba distraído aullándole a su dueño, la doctora le inyectó un sedante. Roko batalló unos segundos, pero luego se le doblaron las patas. Ya dormido, Suji lo examinó sacándole la lengua y toqueteándole los caninos para comprobar si había uno suelto.

—A simple vista noto que solo se mordió la lengua, no necesitará puntos. ¿Quieres que le hagamos unos rayos para ver posibles fracturas en su mandíbula?

Tras aceptar, Suji se quedó unos segundos en silencio y le recordó con discreción el precio del procedimiento. Al parecer medio Daegu conocía sus problemas financieros.

—Está bien, *noona*, hazle los exámenes.

Un ayudante se llevó a Roko a otra sala, Sungguk y Suji quedaron a solas. Sentada tras su escritorio, ella jugó con la coleta hasta deshacer el peinado. Cuando se animó a hablar, Sungguk adivinó lo que diría:

—Sungguk, sobre tu respuesta a mi invitación...

—Estoy saliendo con alguien.

La expresión de Suji no fue de sorpresa.

—Ah.

—Lo sabías, ¿no?

—Algo escuché —dejó su coleta suelta una vez más—. ¿De dónde es ella?

—«Él» —corrigió.

Ahora sí parecía sorprendida.

—¿Él? Pensé que eso no era cierto.

—Sí, se llama Daehyun —aclaró, cruzando una pierna sobre la otra—. Simplemente, «Dae» para mí.

—Pensé que te gustaban *solo* las mujeres.

Sungguk se encogió de hombros, algo irritado con el comentario.

—¿Realmente hay diferencia?

Notando la molestia de Sungguk, la doctora intentó aligerar el ambiente.

—Él debe ser alguien maravilloso.

—Lo es.

Con los límites claramente trazados entre ambos, el resto de la consulta continuó en un silencio incómodo. Roko regresó a los minutos ya despierto, aunque todavía algo torpe. Por suerte no tenía nada más aparte de la herida en la lengua, la cual Sungguk debería limpiar regularmente y vigilar que no se infectara. Mientras Roko olisqueaba el frasco de galletas para elegir una como premio, Suji se acercó a Sungguk.

—Espero que esto no entorpezca nuestra relación —pidió.

Por eso a Sungguk le gustaba Suji. Tal vez, en unos años, cuando Dae ya no estuviese en su vida e intentase olvidar su amor loco y desesperado, podría regresar y preguntarle si la invitación continuaba en pie.

—No te preocupes. Gracias por todo, *noona*.

Tras pagar la inmensa factura (a seis cuotas sin interés) y las galletitas de Roko, Sungguk fue al coche y ahí ayudó a su compañero canino a subir al asiento del copiloto, que por cierto llevaba las galletas en el hocico a pesar de que estaba herido. Justo al encender la camioneta recibió una llamada de Minki.

—¿Pasó algo? —preguntó afirmando el celular contra el hombro. Salió del estacionamiento con un movimiento experto y apretó el acelerador.

—No, no —Minki sonaba algo acelerado—. Solo que, Sungguk, mm, ¿cómo digo esto?

—Verbalizando.

—No empieces.

—Solo habla, Minki.

—*Ok*... primero, el detective vino y se llevó tus increíbles muestras, pero dijo que son una basura y que posiblemente no encuentre nada. Segundo, mm, necesito, eh, hablar contigo sobre Dae. Él, mm, está algo extraño.

—¿También lo sientes afiebrado? ¿Y en serio dijo eso de las muestras?

—Sí, dijo que estaban contaminadas y mal tomadas, y que debiste haberlo esperado a él para tomar las muestras. Pero va a intentar hacer algo, además rescató una huella de la ventana.

Se masajeó la sien.

—Bien, ¿y sobre Dae?

—Él sí está afiebrado, pero, eh... mejor hablemos cuando llegues. ¡Adiós!

Sungguk se quedó meditando hasta que llegó al primer semáforo. Eran las cinco de la tarde, el sol le pegaba de frente. Tamborileó el manubrio con los dedos. Decidió marcarle a Namsoo.

—¿Estás disponible, *hyung*? Necesito que revises a Dae, está extraño. Y afiebrado. Además, hoy intentaron ingresar a la casa y todo es un desastre y...

—Sungguk, respira —pidió su amigo.

Tomó una bocanada profunda de aire.

—Lo siento, Roko salió herido y Dae está extraño. Sabes que soy un policía paranoico y ahora mismo estoy con un ataque de nervios, me estoy imaginando lo peor, cosas realmente malas, como que intentaron drogar a Dae para llevárselo.

—Voy para allá.

Cuando llegó a casa cargando a Roko, escuchó el alboroto de alguien corriendo por el segundo piso y en cosa de segundos la estridencia bajaba por la escalera. Alcanzó a dejar a Roko en el sofá antes de que Dae se le tirase encima, abrazándolo con tanta fuerza que Sungguk terminó jadeando en protesta. Tras ser liberado, Sungguk se acercó a Dae y lo observó con detenida atención. Tenía las pupilas dilatadas. Comprobó su temperatura, aún parecía afiebrado.

Las alarmas estallaron en la cabeza de Sungguk.

—Te voy a llevar al hospital —decidió.

Minki carraspeó. Estaba sentado a mitad de la escalera mirándolos con el rostro entre las manos.

—Sungguk, tenemos que hablar —recordó.

Ignoró a su amigo y le dio una nalgada a Dae, empujándolo luego hacia la escalera.

—Ve por tus zapatos, iremos al hospital.

—Sungguk —insistió Minki.

—No es normal que...

—¡Sungguk! —volvió con más brusquedad.

—¿Qué quieres, Minki? —cuestionó sin mucha amabilidad—. Necesito llevar a Dae al hospital porque...

—Está sin apetito, tiene un poco de temperatura y se está comportando así —dijo Minki apuntando a Dae, quien se había deslizado hacia la espalda de Sungguk y lo abrazaba por la cintura.

—Dae siempre ha sido así —lo defendió.

Minki alzó las cejas.

—¿En serio? —ironizó, porque Daehyun había comenzado a fregar su mejilla contra la nuca de Sungguk. Hacía demasiado calor para que Dae estuviese tan cerca de él. Sudaba, ambos sudaban, sus pieles se adherían entre sí ante el contacto.

—Solo está algo... cariñoso.

—¿Solo *algo*? —se burló Minki.

Ahora Dae le daba un beso el cuello, su boca húmeda envió un escalofrío por la columna de Sungguk.

—Por eso necesito llevarlo al hospital —jadeó Sungguk con un hilo de voz.

—Dae no necesita ningún hospital, idiota —y cuando Sungguk iba a quejarse, Minki continuó—. Yo me comportaba así con Jaebyu.

Tres puntos suspensivos aparecieron en su cabeza.

—Entonces —hizo su mejor esfuerzo por analizar la situación—, ¿ustedes se ponen cariñosos cuando se enferman?

Minki puso los ojos en blanco.

—¿Eres idiota?

—¿Qué hice ahora? —se quejó otra vez, los labios de Daehyun habían vuelto a encontrar una zona especialmente sensible en su nuca. ¿Por qué su novio lo tocaba en frente de su mejor amigo?

—Sungguk, Dae está en un ciclo de calor.

—¿Un ciclo? Imposible.

—Ocupa el cerebro para algo más que rascarte las bolas.

—Oye, yo no te insulto y tú no me insultas, ese es el trato.

Minki soltó un suspiro tan largo que parecía un globo desinflándose.

—Dae se está comportando así porque está en un ciclo de calor. Lo sé porque también soy un m-preg.

—Eso es imposible —insistió, los dedos de Dae se metían bajo su camiseta para tocarle el abdomen—. Todos me dijeron que tardaría mucho en estar lo suficientemente recompuesto para sufrir un ciclo.

—¿Quiénes son *todos?* Los animales no cuentan.

—Los doctores, Lee Minki. Doctores, esos que tanto odias. Y, además, ¿deberíamos estar teniendo esa conversación frente a Dae?

—Créeme, está en otro estado mental. Sé que es difícil de procesar para ti —continuó Minki con normalidad, como si no estuviese viendo a su mejor amigo siendo manoseado—, pero es lo que veo. Es evidente.

—¿Cuánto tiempo te dijeron a ti que tardaría tu cuerpo en recuperarse antes de tener otro ciclo?

—Más de un año —aceptó Minki.

—¡Lo ves! —chilló, los dedos de Dae subían por sus pectorales.

Sungguk detuvo las manos traviesas del chico. ¡Estaban frente a Minki!

—Sungguk, ¿tú no sabes sumar?

—¿Qué hice ahora?

—Dae salió del hospital hace ya más de un año.

Se quedó observando a su amigo con los ojos abiertos por la sorpresa. Comprobó la fecha en su celular y volvió a guardarlo en su bolsillo. ¿Cuándo había transcurrido tanto tiempo? Todavía se sentía como si hubiese ocurrido hace solo unas semanas, no hace más de un año.

—¿Realmente esto es un ciclo? —jadeó.

—Mira —Minki se masajeó el cuello—, antes yo no entendía mucho de estos comportamientos extraños porque no sabía que era un m-preg. Pero aproximadamente desde los dieciséis años que me ocurren y he aprendido algunas cosas básicas. Con los ciclos de calor uno no pierde el control sobre el cuerpo, todavía es posible razonar y negarse a... tú entiendes. Es como, mm, si estuviésemos *achispados*. Y quiero que eso te quede muy claro porque te conozco.

—¿*Achispado*? Explícate porque no entiendo nada.

—Nos sentimos muy excitados. Calientes —resumió—. ¿Entiendes?

A Sungguk se le doblaron las rodillas cuando Dae lo abrazó y le restregó su erección por el trasero. Ahora Sungguk entendía lo que su amigo decía, se puso rojo y apretó los brazos de Dae para inmovilizarlo y chillar un:

—¡No!

—Ay, Sungguk —Minki perdió su nula paciencia—. Fuiste adolescente, de seguro pasaste horas masturbándote cuando descubriste que tu pene servía para algo más que orinar. Básicamente en un ciclo estamos en ese mismo estado mental: el de un adolescente muy caliente.

—Yo fui un adolescente bastante decente —se quejó.

—Por favor —Minki bufó—. En fin, Dae estará así de cariñoso y emocional por lo menos un día más. Y siéntete orgulloso.

—¿Debería? —chilló.

Estaba perdiendo la cabeza sintiendo la erección de Dae contra él.

—Sí, porque en nuestros ciclos buscamos solo a las personas que nos gustan —informó Minki, vanidoso—. Somos muy críticos y selectivos. Afortunadamente conocí a Jaebyu. Y yo soy un m-preg muy bien atendido.

—Gracias por compartir información que no quería saber.

Minki se estiró. Estaba sonriendo con buen humor.

—Piensa positivo, Dae te eligió. Eso es casi como un llamado de la selva.

—No eres... gracioso —la última palabra había escapado en un silbido. Si bien Sungguk logró sujetarle los brazos a Dae, este continuaba besándole la nunca dejándole un rastro húmedo que le daba escalofríos. Sin poder concentrarse, tiró de Dae y lo posicionó delante quedando ambos de frente. Después, le cruzó los brazos y lo abrazó.

—Admito que estoy celoso —soltó Minki. Tenía una expresión extraña en el rostro y se afirmaba la barbilla—. Porque mi primera vez no fue precisamente bonita. Estaba en la escuela de policías y me gustaba mucho un compañero, debes de recordarlo.

Ese día tu curso había ido a la academia para recibir una charla. Y me detuviste cuando golpeaba a alguien.

—Cuando te zafaste el hombro.

—Sí —suspiró—. Fue con él.

Sungguk alzó las cejas.

—Menos mal encontraste a Jaebyu.

—Es un poco irónico que lo haya conocido gracias a ese idiota. Ese día me enviaron al hospital por lo del hombro y Jaebyu estaba de enfermero en práctica en la sala de Urgencias.

—Y ahí nació su historia de amor —se burló Sungguk.

—Sí —respondió con tristeza, su humor cambió de golpe—. ¡Ese Jaebyu! Siempre llegando tarde a todo, ¿no podía acaso conocerme una semana antes?

—Dae —interrumpió Sungguk, reprendiendo al chico entre sus brazos que ahora intentaba besarlo—, dame un minuto, ¿*ok*? Estoy hablando con Minki algo importante.

Su novio hizo un puchero y sus párpados caídos escondieron su mirada de tristeza.

—¿Ya no me quieres? —susurró.

Que sus ancestros le diesen paciencia.

—Te quiero un montón —aseguró dándole un beso en la mejilla—, solo dame unos minutos para conversar con Minki, ¿*ok*?

Asintió, sus ojos todavía eran brillantes.

—*Ok* —aceptó con voz bajita.

Al regresar su atención a Minki, este mantenía una expresión de burla.

—¿Decías que no, Sungguk?

—Digamos que te creo —propuso Sungguk—, ¿qué hago?

—Darle un orgasmo.

—Sé serio.

—*Ok*, darle al menos diez orgasmos.

—Minki —gruñó.

—Ya, ya, solo bromeaba. Mira, todavía no soy un experto porque antes no sabía por qué tenía estos comportamientos extraños y Jaebyu tampoco, así que incluso les puso nombre.

—Ah, ¿sí?

—Ciclos lunares, le puso el muy idiota.

—¿Y te sucedía algo parecido a Dae?

—¿Igual que mí? —se interesó el chico.

—Sí, bebé —dijo Sungguk, besándole la sien.

—Sí, Dae es igualito a mí.

—No digas eso que me da asco.

Minki pareció a punto de lanzarle un zapato.

—Me iré y te dejaré solo lidiando con esto —lo amenazó.

—Lo siento, lo siento, prometo comportarme.

Su amigo dudó, pero se mantuvo sentado en la escalera.

—Bien, solo es importante que sepas que Dae te *eligió*. Recuérdalo porque eres culposo.

—¿Cómo Dae podría elegir si está así? —cuestionó Sungguk apuntándolo con la barbilla. Dae parecía realmente estar en otra dimensión recostado contra su hombro. Sungguk ni siquiera sabía si era consciente o si lograba seguir la conversación.

—No es un estado inconsistente —insistió Minki—. Solo está muy excitado. Pero nosotros elegimos. No es como si fuésemos a tener sexo con cualquiera que se nos pase en frente con tal de aliviar el calor que nos genera, así que quita esa cara de mono celoso e idiota que arrastras.

—Yo no soy celoso.

Minki chasqueó la lengua en signo de incredulidad.

—El punto es que Dae no se va a morir por tener un ciclo de calor. No es doloroso, aunque sí frustrante.

—Claro, tan frustrante que por eso le envías esa *clase* de mensajes a Jaebyu.

—¡¿Vas a olvidar eso alguna vez?! —chilló.

—Solo si me da alzhéimer. Y ni así lo creo.

—*Ni así lo creo* —lo imitó con una voz chillona—. Mejor vete a comprar preservativos y lubricante.

—No voy a comprar eso.

—¿Por qué? ¿Al policía «rudo y malote» le da vergüenza?

—Porque no quiero que nuestra primera vez sea por un ciclo de calor.

Minki hizo una pausa antes de responder.

—En el fondo eres romántico.

—No es por eso, es porque no sé qué tanto le esté afectando la hormona.

A continuación, con disimulo para que no lo captase, Sungguk apoyó la palma sobre el audífono de Dae y lo acarició con la otra mano para distraerlo.

—Mi papá me contó que, en los laboratorios, los m-preg se volvían sumisos a las violaciones cuando estaban en sus ciclos. Y si ocurría eso, es porque la hormona sí llega a afectar la capacidad de raciocinio. Tal vez a ti no porque eres un bicho raro, pero ¿y si Dae es como el resto? Además, nunca hablamos de sus ciclos de calor, así que no me dio su autorización con anticipación. Y como no me la dio, no va a pasar nada más.

Minki se quedó unos segundos en silencio. Finalmente, bajó de las escaleras y se detuvo al lado de la mesa, apoyó sus brazos en el respaldo de una silla.

—Tienes razón, Dae nunca había estado bajo los efectos de «preg» y puede que le esté afectando.

—No solo por eso, no lo haré hasta que Dae esté decidido.

—Llevan un año de novios, ¿no están cansados de solo besarse?

—También nos tocamos —Minki había puesto expresión incrédula, por lo que Sungguk insistió—. No me acostaré con Dae hasta que esté preparado y él realmente quiera.

Sungguk escuchó que Dae se quejaba, recién entonces se percató de que durante la conversación había dejado al descubierto el audífono del chico, quien escuchó eso último. Y su novio literal por supuesto que se tomó las palabras como un rechazo.

—¿Sungguk no quiere dormir conmigo? —preguntó dolido.

—No, no, no, no —dijo a toda velocidad—. Digo sí, eh, digo no... digo, quiero decir que sí, voy a dormir contigo.

—No dijiste eso.

—Voy a dormir contigo —insistió desesperado, los ojos de Dae comenzaban a brillar.

—Sungguk ya no me quiere.

Tras eso, Dae comenzó a llorar. Y mientras Sungguk lo abrazaba e intentaba brindarle consuelo a unas emociones enloquecidas, Minki sacó un preservativo del bolsillo y se lo mostró con aire burlón. Lo dejó sobre la mesa del comedor:

—Tal vez lo necesites cuando pase esto, Sungguk. Yo siempre ando con uno por si Yoon Jaebyu anda irresistible.

23

Líneas, qué lindas y terribles pueden ser, pensaba Moon Minho observando aquella cicatriz que iba de su muñeca al codo y que ahora el doctor Jong Sehun limpiaba con cuidado entre puntos que él mismo colocó.

—Va muy bien, Minho —apremió el doctor Jong Sehun con voz suave y amable. Amable como el guardia que confundió a Minho y lo engañó, desencadenando *eso*.

La expresión del doctor Jong Sehun se mantuvo cariñosa, aunque también triste, mientras tomaba asiento a los pies de la cama infantil que a Minho le quedaba justa hacía años.

—Lo siento, Minho, pero tienes cuatro meses de embarazo.

Y los límites en la cabeza de Minho volvían a ser difusos y la línea entre lo que quería y no, una vez más, se difuminaba.

—No lo quiero.

Porque Minho realmente no quería a *eso*. No lo quería, no lo quería, no lo quería, y así se lo repitió al doctor Jong al volverse un ovillo en la cama. Se sujetó el cabello hasta que sus manos se quedaron con aquellos mechones. El dolor aplacó el desastre de su mente y entonces solo un sentimiento quedó.

Odio.

—No lo quiero —suplicó desesperado—. No puedo... no estoy bien.

La expresión de Sehun seguía siendo amable cuando tocó la mano de Minho y se la apretó con suavidad.

—Puedo hacer algo, Minho. Es peligroso, pero puedo hacer algo.

Horas después, todavía pensaba en ello cuando su madre fue a visitarlo a su cuarto. Lloraba con tanta violencia que sus hombros grandes temblaban. Tomó asiento a un costado suyo.

—Por favor, no lo hagas —suplicó su madre atragantada con su propio llanto—. Yo me encargaré de todo, te lo prometo. Yo me encargaré. Por favor, yo me encargaré. No lo hagas, te lo ruego. Tenlo.

Líneas, qué lindas y terribles pueden ser.

24

Fue un golpe silencioso pero constante. Tac, tac, y luego otra vez tac, tac. Ladeando la cabeza, Daehyun levantó la vista del celular y la clavó en Moonie, que estaba sentado a sus pies, mientras pensaba cuánto tiempo más tardaría Sungguk en regresar de la tienda con un termómetro. Tac, tac, volvió a escuchar. Al girarse para comprobar, lo vio. Su mano enguantada estaba lista para golpear nuevamente el vidrio.

Era Moon Minho.

La expresión de su rostro pedía que se le acercara a forzar la ventana de la cocina hasta romperla, luego ese recuerdo desapareció. En el presente, la mirada de Dae pasaba de su amigo Minki a la entrada de la casa. Ambos estaban sentados en el sofá, aunque Minki no lo tocaba como generalmente hacía; hoy Daehyun no se sentía cómodo con eso y se había alejado de él.

—Dae —lo distrajo Minki—, ¿sabes lo que son los ciclos de calor?

Por supuesto que lo sabía, lo leyó en sus libros de biología y también se lo explicó Seojun. *Pero tú nunca has tenido uno*, recordó que el papá de Sungguk le explicó hace unos meses. A Dae le gustaba Sehun-nim, era un *ahjussi** muy simpático. Le recordaba a Sungguk por su manera de sonreír y por siempre tener palabras bonitas para Dae. También le gustaba la forma en que se le curvaban los ojos en las esquinas cuando Dae hablaba de Sungguk con él.

—¿Estás seguro de que sabes todo sobre los ciclos de calor? —insistió Minki.

Daehyun volvió a comprobar la entrada.

---

* Título honorífico de Corea que significa «señor mayor».

—Yo sé —respondió restándole importancia; en ese momento solo le interesaba que Sungguk regresase.

—Sungguk fue a la farmacia a comprar algunas cosas —lo tranquilizó Minki—. Y más le vale a ese maldito que llegue con todo o me va a conocer.

Distraído, Dae le quitó el celular a Minki, quien se lo había pedido hace un rato, y lo desbloqueó para enviarle un mensaje a Sungguk. Notó entonces que en la conversación había un texto nuevo enviado por él, solo que Dae no lo había escrito.

Daehyun:
Cuando llegues voy a lamerte hasta dejarte seco.

Minki se estaba riendo a su lado cuando Dae lo observó.

—Lo siento, fui yo. Es que se viene riendo de mí hace años, necesitaba vengarme —su carcajada fue perdiendo fuerza hasta que se detuvo del todo—. Lo siento, debí haberte perdido permiso. Lo puedo eliminar, Sungguk tarda meses en leer los mensajes.

—A Dae no.

—¿Dae no? ¿Qué cosa, bebé?

—A mí me responde —dijo con orgullo. Al comprobar su celular vio que el mensaje ya estaba marcado como visto. Se lo mostró a Minki—. ¿Ves? Sungguk siempre me lee en segundos.

—Una vez tardó tres semanas en responderme con un «sí» —refunfuñó—. El amor cambia a las personas.

Dae no alcanzó a responder porque, en ese instante, Sungguk ingresó a la casa con una bolsa en mano. Sus mejillas y orejas se tornaron escarlata en cuanto cruzó mirada con Dae. Fue de inmediato hacia él. *Solo fueron diez minutos*, pensó Dae, aunque para él se sintieron como una eternidad.

—¿Namsoo aún no llega? —preguntó Sungguk. Intentó avanzar con Dae aferrándose a él.

Llegaron a la cocina, Dae tropezó con los pies de Sungguk al ir de espaldas sin soltarlo. Agradeció que ambos tuviesen la misma altura, a Dae le fascinaba el calor y olor que emanaba el cuello de Sungguk. A Daehyun le gustaba demasiado Sungguk, le gustaba todo de él. Todo.

—Dae.

El chico pestañeó desorientado y levantó la cabeza. Sentía los párpados pesados y su piel le picaba. Se sentía extraño y quería a Sungguk, mucho. Se estiró para besarlo, pero los labios de Sungguk solo rozaron los suyos, ya que continuó hablando. ¿Era tanto pedir que se callase y lo besase?

—¿Y ese mensaje, Dae? —preguntó.

Notó que las mejillas de Sungguk volvían a sonrojarse y que seguía sin devolverle el abrazo. Dae lo estaba odiando un poco, la sensación de rechazo era densa y fuerte en su cabeza.

—Minki —contestó con simpleza.

Intentó volver a besarlo. Sungguk retrocedió unos centímetros.

—Ese idiota...

—Pero Dae quiere —susurró—. ¿Puedo?

—¿Qué cosa quieres, pequeño?

—Lamerte.

—¿Qué?

—Dae quiere mucho eso, ¿puedo?

—¿Minki te enseña algo útil? —dijo enojado.

—¡No me metas a mí! —gritó Minki desde la sala—. Soluciona tus problemas solo.

—Minki es sabio —respondió Dae.

—Pequeño, Minki solo te hace decir cosas que no sabes de qué van.

—¡Otra vez yo! Siempre toda mi culpa. Pero Dae no es bobo —reprendió.

Sungguk le acarició el cabello. Dae cerró los ojos de lo bien que se sentía.

Sungguk, pensó.

—Lo sé, pero créeme que no entiendes todo lo que dice.

El entrecejo fruncido de Dae reapareció.

—Yo sí sé.

—Dae, no creo que...

—Dae sabe.

Y entonces se arrodilló frente a él mientras Sungguk gritaba:

—¡Lee Minki!

Sungguk lo puso de pie sin dificultad.

—Yo sé —insistió con el orgullo herido.

—Te creo, Dae, te creo. Solo, por favor te lo suplico, no vuelvas a hacer esto en público, ¿está bien?

—Ya sé, Sungguk siempre dice: «Dae, eso es privado».

—Porque lo es —chilló.

Eso era algo que Dae no lograba entender. ¿Por qué debía esconder lo que lo hacía sentir tan bonito? Pero Sungguk insistía que ese tipo de cosas eran privadas y Dae lo aceptaba a medias y a regañadientes, porque quería que fuese feliz.

Daehyun estaba todavía divagando sobre eso cuando oyó la voz de Namsoo-*hyung*. De todas formas, no le prestó mucha atención cuando comenzaron a hablar entre ellos, a pesar de que entendía de que esa conversación estaba relacionada con él. No podía importarle mucho, porque Sungguk le estaba haciendo cariño en el cuello. Dae dormitaba contra su hombro cuando Sungguk le habló:

—Dae, Namsoo necesita revisarte para comprobar que estés bien, ¿*ok*?

Observó a Namsoo y luego Minki.

—No.

La expresión de Sungguk fue de desconcierto.

—¿No?

—No —repitió.

—Es Namsoo, solo te va a tomar la temperatura.

—No.

—Necesitamos comprobarla. Si está sobre los 37,5° es peligroso para ti.

—No.

—Dae.

—Dae no quiere.

—Solo será un termómetro.

—No quiero.

Sungguk resopló exasperado.

—Lamento decir esto —dijo Namsoo a su espalda—, pero esto es claramente un m-preg en un ciclo de calor. ¿Desde cuándo tiene temperatura?

—Desde ayer —contestó Sungguk.

Dae aprovechó para esconderse tras Sungguk y abrazarlo por la cintura. Cerró los ojos y apoyó la mejilla en su omóplato. El estómago le dio un brinco, los latidos de su corazón se aceleraron.

—Yo no sé mucho de m-preg —admitió Namsoo—. Creo que deberías llamar a tu papá, Sungguk, él podrá explicarte mejor.

Sungguk hizo caso.

—¿Aló, papá?

Aprovechando que Sungguk estaba distraído, Dae volvió a girarse para estar otra vez entre sus brazos. Observó la garganta de Sungguk subir y bajar. Se acercó y la mordió. Sungguk lo fulminó con la mirada y Dae le devolvió la expresión terca. Él solo quería que Minki y Namsoo se fueran, Sungguk no era así cuando estaban solos. Daehyun quería al Sungguk del cuarto, ese que cerraba la puerta y lo besaba mientras sonreía.

—Te voy a poner en altavoz, papá —advirtió antes de continuar—. Te llamaba porque, bien, creemos que Dae está en un ciclo de calor.

Los dedos de Sungguk se deslizaron por el cabello de Dae y se posicionaron en su nuca, masajeándola. Dae ronroneó y esperó que Sungguk pudiese sentir el latido de su entrepierna. Quería sus besos mientras jadeaba contra sus labios y Sungguk le susurraba un «¿te gusta, cierto?» seguido de un «más bajito, Dae». *Ese* Sungguk quería.

—Tiene temperatura y, bien, ya sabes lo otro —siguió Sungguk.

—La falta de apetito es el síntoma más constante en los ciclos, aparece uno o dos días antes.

—¿Apetito?

—La naturaleza es sabia, hijo. La hormona «preg» ayuda a que se produzca una conexión entre el cuello uterino y el recto. Su cuerpo deja de procesar alimentos sólidos para evitar infecciones, imagínate lo catastrófico que sería de no ser así. Por eso la falta de apetito es el indicio más claro de un ciclo de calor. Todos los demás síntomas son rotatorios, algunos son más fuertes que otros dependiendo de la estabilidad del m-preg. Dae nunca ha tenido un ciclo, así que podría ser bastante intenso para él.

—Dae lleva tres días sin comer nada —contó Sungguk—. Y está con temperatura desde ayer.

—Entonces desde ayer que está en ciclo, Sungguk.

—Te lo dije —cantó Minki.

—Dae está contigo, ¿cierto?

Sungguk se movió para que Dae reaccionara.

—Te está escuchando —avisó Sungguk.

—Daehyun, ¿cómo estás?

—Sungguk no me quiere —se quejó.

Sungguk resopló con indignación.

—Mi hijo te quiere muchísimo, Daehyun.

—No, no me quiere.

—¿Puedo hacerte una pregunta, querido?

—Pienso que el doctor Sehun-nim ya la hizo.

La carcajada de Sungguk le vibró en la oreja derecha.

—Sehun es un bobo —aceptó con buen humor el doctor—. Pero era otra pregunta.

—Vale —canturreó Dae sin ánimo.

—No quieres que nadie más te toque, ¿cierto?

Daehyun enterró todavía más la nariz en la garganta de Sungguk. Ojalá pudiese vivir de ese olor y calor, Dae no creía necesitar nada más para ser feliz.

—Solo a Sungguk.

—Solo Sungguk, ya veo. ¿Y eso ya se lo dijiste a él?

—Sungguk-ssi no escucha a Dae, es bobo.

—Lo hago —protestó Sungguk—. Siempre te escucho.

—Sungguk no toca a Dae —lo acusó a su papá.

—¡Dae!

—Y Dae solo quiere eso.

—Ya veo —aceptó el doctor Sehun.

Sungguk debió apagar el altavoz porque la voz de *ahjussi* se escuchó lejana.

—¿Es normal que Dae no quiera ser tocado por nadie? —preguntó Sungguk—. Lee Minki dijo que a él no le ocurría con tanta intensidad.

—Completamente normal, sobre todo porque es la primera vez que experimenta la hormona en su cuerpo. Al encontrarse en su punto más vulnerable, su mente estará más alerta, por lo que sobrereaccionan rechazando el acercamiento de todos a excepción de...

—¿Por qué esto se siente como un documental de National Geographic? —protestó Sungguk en un suspiro.

—Porque seguimos siendo por esencia animales, hijo —hubo una pausa—. A Dae deben quedarle unas horas de ciclo de calor, solo debes contenerlo un tiempo más.

La exhalación de Sungguk fue tan larga y pronunciada que hizo temblar la mejilla de Dae.

—Bien, llamaré a Eunjin para que me dé la noche libre.

Tras cortar, Daehyun procesó a medias que Sungguk conversaba con Minki y luego se despedía de Namsoo y él. Cuando estuvieron solos, el silencio en la casa fue tal que Dae escuchó los latidos del corazón de Sungguk aumentar hasta que percibió las pulsaciones contra su mejilla.

—¿Vamos a la cama, Dae?

25

Dae entrecruzó los brazos tras el cuello de Sungguk a la vez que daba un brinco y se sujetaba a la cadera con las piernas. Aprovechó el gesto para besarle entre el cuello y el hombro mientras Sungguk subía la escalera. Sungguk se quejó al tropezar con un escalón. El corazón de Daehyun latía como loco cuando finalmente llegaron al cuarto y Sungguk lo dejó tendido sobre la cama. Detenido a un costado con las rodillas rozando el colchón, Sungguk respiraba con agitación. Tenía las pupilas tan dilatadas que Daehyun solo notaba el negro que habitaba ahí.

—Sungguk —dijo bajito y con tono suave—, ven. Por favor.

Dae lo vio apretar los puños. La mirada de Sungguk le recorrió el cuerpo.

—No podemos, Dae. Necesito que estés fuera de tu ciclo para que sigamos.

—Pero Dae quiere.

—Es por el ciclo.

Daehyun negó, su cabello estaba tan largo que se enredaba contra la manta.

—No, yo siempre quiero. Me gustan tus besos y caricias.

Sungguk gimió y apoyó las rodillas sobre el colchón. Se posicionó a un costado suyo.

—Dae, yo también quiero todo lo que piensas. En serio, no sabes cuánto lo deseo.

—Dae también quiere.

—Pero no así, no de esta forma.

—¿Así no? —frunció el ceño—. ¿Cómo así no?

Por alguna razón Sungguk rio genuinamente.

—Me refiero a que quiero estar contigo, pero no cuando estés en un ciclo.

—Yo no tengo eso. La luna tiene ciclos.

Sungguk le dio un beso que resonó en su oído bueno.

—Ciclos de calor —especificó—. Por eso has estado sintiéndote así, es porque comenzó tu primer ciclo.

—Yo me siento bien, solo quiero que me beses.

Pero el chico no pudo seguir pensando en aquello porque Sungguk había capturado su boca. Sentía que era arrastrado a un remolino de sentimientos y sensaciones. Daehyun se escuchó gimiendo. Tiró de Sungguk, quería sentir su cuerpo sobre el suyo.

Sungguk opuso resistencia quedándose de su lado de la cama.

—Sungguk —pidió al cortar el beso.

Su mente comenzaba a nublarse.

—Te voy a ayudar —prometió Sungguk. Lo besó con tanto cariño que su corazón dio un brinco—. Pero de otra manera.

Entonces, Sungguk le tomó la mano y la llevó a la entrepierna de Dae. Pudo sentir su erección latiendo contra su palma mientras Sungguk le sujetaba por la muñeca.

—Tócate —pidió Sungguk, el aliento caliente le hacía cosquillas contra la piel.

—Sungguk...

Los labios de Sungguk bajaron por su rostro y se posicionaron en su garganta, besando y mordiendo la piel sudada del chico.

—Tócate, Dae.

—No. Que Sungguk me toque.

Dae jadeó feliz al sentir los dedos de Sungguk rasparle el estómago y tirar de su ropa interior hacia abajo. Su pene quedó libre a la vez que Sungguk volvía a sujetarle la mano. Cuando las yemas rozaron su piel sensible, Dae anheló más. La boca de Sungguk otra vez capturó sus quejidos a la vez que lo instaba a masturbarse.

—Tócate como yo lo hago —pidió Sungguk, su mano apretaba la de Dae para que la cerrase alrededor de la erección. Y si bien ese tacto no se acercaba a lo que estaba acostumbrado a sentir si era Sungguk quien lo tocaba, era suficiente para quitarse esa picazón de calor que venía molestándolo desde el día anterior.

Sungguk lo forzó a moverse, su mano fue hacia la punta para que se lubricase con el líquido preseminal. Con la palma ahora algo mojada, la hizo bajar y Dae gimió.

—Así, más rápido, sé que te gusta más rápido y fuerte.

Dae cerró los ojos, bajando la barbilla hasta que se escondió en la clavícula de Sungguk. Su boca desesperada buscó la piel del otro y le lamió y besó el cuello, mientras el placer crecía en él. El calor era cada vez más insistente y abrasador. Mordió a Sungguk, frustrado.

—No... puedo —suplicó—. Sungguk, por favor.

Sungguk le soltó la mano para que Dae continuase en ese vaivén. Luego le acarició la espalda hasta llegar a su trasero desnudo. Dae cerró los ojos, seguía tocándose con velocidad y decisión.

—Cuando el ciclo pase —dijo Sungguk contra su coronilla—, ¿sabes lo que te quiero hacer? Podría acostarte de espalda y abrirte las piernas, ¿te gustaría eso?

Los jadeos subieron de intensidad, los dientes de Dae buscaban la piel de Sungguk.

—¿Pero sabes algo mejor que eso? —continuó Sungguk jugueteando con sus dedos—. Lo mejor sería ponerte de rodillas contra la cama. ¿Te gustaría eso? Abrirte así, mientras te giras hacia mí y me suplicas que te ayude.

Justo cuando el dedo de Sungguk rozaba la entrada prohibida, Dae abrió la boca y gimió. Como seguía tocándose, sintió su palma húmeda al acabar. Su cerebro se desconectó del mundo por medio minuto, los fuegos artificiales estallaron en su cerebro. Su cuerpo se volvió mantequilla contra la cama, contra el pecho de Sungguk, contra esas manos curiosas que no abandonaban su trasero.

Entonces, llegó la tranquilidad y con ello un cansancio demoledor que dejó sus articulaciones destruidas. Una risita floja y feliz se escapó de sus labios.

—Eso fue intenso —bromeó Sungguk.

Dae solo pudo ronronear complacido.

Se despertó al amanecer con los besos de Sungguk recorriéndole las mejillas, la punta de la nariz, los párpados cerrados y la curva de la mandíbula, la cual delineó con cuidado hasta encontrar su boca. Ambos se fundieron en un beso descuidado y sucio, sus dientes entrechocando un par de veces. Un hilo de saliva quedó conectado entre las bocas cuando Sungguk se separó y pasó el dedo pulgar por los labios de Dae para quitarle los restos de humedad.

—Ya no estás afiebrado —susurró.

Dae tampoco sentía el deseo insoportable y constante dentro suyo. Existía el calor, sí, pero podía controlarlo.

—Tengo hambre —se quejó en respuesta, de pronto sintiendo el estómago vacío.

No entendió bien qué detonó el cambió en Sungguk, pero este se estaba riendo feliz. Luego afirmó las muñecas de Dae y las posicionó sobre su cabeza. Terminó de recostarse sobre él; Dae cruzó los tobillos tras la cadera de Sungguk. Curvó la espalda cuando los besos de Sungguk bajaron por su cuello y cerró los ojos, soltando un jadeo sorprendido al sentir una lengua contra su pezón. Se le tensó el estómago. Sungguk se metió el pequeño botón en la boca.

—Sungguk —se estremeció.

—¿Quieres, Dae? —Sungguk se apoyó en los codos para alzarse. El cabello le caía desordenado por la frente y cubría parte de su mirada—. Ahora que no estás en un ciclo, ¿sigues queriéndome?

Dae tocó la espalda cálida y sudorosa de Sungguk. Deslizó las uñas por su piel hasta que llegó a los omóplatos. Hizo presión y los codos de Sungguk cedieron, recostándose otra vez sobre Daehyun. Ambos pechos se rozaban con cada respiración.

—Sí —susurró Dae—, quiero.

—¿Sabes lo que ocurrirá ahora?

Asintió.

Sungguk le afirmó la mandíbula y detuvo el movimiento.

—Necesito que lo digas, Dae.

—Dae sabe... yo sé sobre esto —se corrigió—. Quiero a Sungguk. Te quiero. Quiero mucho.

Sungguk lo vio tragar saliva con dificultad.

—Va a doler un poco —recordó, su mano bajó por el estómago contraído de Dae hasta su ropa interior. Tiró de la tela y dejó libre la erección de Dae. La sujetó en un puño y comenzó a mover la mano arriba y abajo, girando la muñeca en esa técnica que Dae no supo replicar hacía unas horas—. Pero te prometo que te haré sentir bien.

Se estiró para afirmar las mejillas de Sungguk y lo atrajo hacia él para besarlo, en tanto Sungguk agarró una almohada y la depositó bajo su trasero. Entonces, Sungguk se separó de Dae para sacar algo de la bolsa de la farmacia: un tubo brillante y unos diminutos paquetes. Lo vio llenarse los dedos con el líquido espeso y trasparente, que masajeó por unos segundos. Después volvieron a besarse mientras un dedo de Sungguk jugueteaba contra su entrada. El primer instinto de Dae fue querer cerrar las piernas. Se sentía extraño.

—Mastúrbate, Dae —volvió a pedir Sungguk.

Con pereza, Dae le hizo caso. Tras unos segundos, sintió otro dedo de Sungguk dentro de él. La incomodad duró muy poco, siendo reemplazada por una sensación de estiramiento que tensaba sus entrañas. Su erección ahora era mucho más grande contra su palma.

Los susurros de Dae llenaron el cuarto, eran súplicas que rogaban por más. Cuando Sungguk introdujo un tercer dedo, Dae creyó que iba a explotar, su pecho subía y bajaba a toda velocidad.

—Más —demandó.

—¿Te gusta?

Daehyun solo pudo balbucear la misma palabra:

—Más, por favor.

Sintiendo que la punta de uno de los dedos de Sungguk rozaba un punto sensible dentro suyo, Dae casi dio un brinco para después quedar desarmado contra la cama. Su cabeza se desplomó sobre la almohada.

—De nuevo —jadeó sin aliento.

Sungguk encontró otra vez ese lugar sagrado que lo hacía suspirar y gemir. Dae abrió más las piernas y se quejó con indignación cuando los dedos abandonaron su interior.

—Sungguk —exigió Dae.

Entonces, Sungguk se colocó el preservativo, afirmándolo por la punta para deslizarlo hacia abajo.

—Ya voy.

—Ahora.

El chico recibió un golpe en el trasero como castigo, aunque a Dae le pareció más un premio.

—¿Estás seguro, Dae? —preguntó Sungguk acomodándose sobre él.

Dae respondió estrechando los muslos en la cintura de Sungguk para que no pudiese escapar.

—Sí, ahora.

Con los sonidos de sus respiraciones agitadas, Sungguk comenzó a penetrarlo. Algo de dolor vino, y Dae abrió los ojos de par en par por la sorpresa. Sungguk seguía sus movimientos.

—Va a pasar, bonito —prometió Sungguk.

Dae no podía detener la tensión que empezaba a apoderarse de su parte inferior.

—No aprietes, Dae —jadeó—, por favor...

Dejó caer los brazos en la cama y apoyó los tobillos en ella, quedando en la clara posición de estrella de mar, un poco entregado a lo que fuese a hacerle. De pronto, Sungguk se quedó quieto.

—¿Terminó? —quiso saber Dae.

Ese comentario hizo sonreír a Sungguk.

—Todavía no empieza.

—Ah.

Ahora mismo, Dae solo podía pensar que la invasión era terrible. El sexo, descubrió, no era como se lo habían descrito en sus clases, nadie comentó nunca que aquel acto se sentiría como si su espalda baja fuese a ser partida en dos. Claramente su pose se había convertido en la de una estrella de mar azotada contra una roca, que posiblemente estaba muerta o agonizando de dolor. Dae no supo realmente cuánto tiempo estuvieron así, solo que en algún punto el dolor se esfumó.

—¿Estás... bien? —jadeó Sungguk.

—Dae ha estado mejor —admitió.

Eso le sacó otra carcajada a Sungguk.

—Ay, Dae, eres maravilloso.

No alcanzó a decir nada, porque Sungguk tocó su pene. La tirantez en su entrepierna regresó a medida que iba recuperando el deseo y con ello su erección. A los segundos, Dae volvía a abrazarlo por el cuello, besándolo y gimiendo contra él.

Y de pronto, Sungguk se movía para salir de él.

—No, no, no —suplicó Dae—. Sung...

Dae no alcanzó a terminar de hablar, Sungguk se hundió otra vez con fuerza. Y nuevamente repitió el movimiento.

El roce era doloroso, pero placentero.

Mucho.

Más.

Dae se agarró de las sábanas y tiró su cabeza hacia atrás para dejar al descubierto su cuello. Sungguk dejó besos húmedos por su mandíbula y clavícula, sus embestidas en aumento. Dae balbuceó algo no hilado que decía en parte el nombre de Sungguk y expresaba a medias sus deseos.

Ese cosquilleo delicioso y persistente comenzó a apoderarse de la entrepierna de Dae, tensando todos sus músculos preparándolo para su orgasmo. El nudo de sentimientos aumentó hasta volverse insoportable. Los sonidos le llegaban discontinuos a su oído izquierdo, que quedaba de vez en cuando descubierto y otras veces enterrado en la almohada. Y el olor y el golpeteo, y la piel, y el toque, y las sensaciones, y el sudor y los besos, y la saliva y el sentimiento, y el cariño y el amor que sentía en cada movimiento hasta que sus ojos lagrimearon y lloró un poquito al repetir el nombre de Sungguk.

Y Dae se estaba corriendo, cerrando los muslos contra la cadera de su novio y atrayéndolo hacía él para no dejarlo ir. Sungguk también gimió y se puso rígido sobre Dae. A continuación, ambos se derrumbaron sobre ese desorden de mantas, sus estómagos pegajosos por Dae y con Sungguk todavía enterrado dentro de él, a la vez que sujetaba el condón con la mano para que no se soltase ante la pérdida parcial de su erección.

Estuvieron unos segundos así, hasta que Sungguk se salió de él dejándolo con una sensación de abandono.

Dae cerró los ojos, sintiendo su respiración acelerada y las articulaciones destruidas. Sentía que nunca más podría moverse. A los segundos Sungguk regresó a él y lo ayudó a limpiarse con una toalla húmeda. Cuando regresó por segunda vez, lo abrazó.

Dae no podía sentirse más querido. Sin pretenderlo, recordó su vida anterior. Entonces, las lágrimas regresaron y se refugió en el pecho de Sungguk.

Cuando logró tranquilizarse lo suficiente para poder hablar, apenas pudo pronunciar una corta y precaria oración que no estaba ni cerca de expresar todos los sentimientos de su interior, porque de pronto sentía que no quería estar nunca más en un mundo donde Sungguk no estuviese ahí para quererlo.

—Por favor, ámame —suplicó Dae pequeñito e inseguro, desesperado por ese sentimiento cálido que Sungguk le daba en cada toque.

Sungguk le respondió con tres sencillas palabras que significaron el mundo completo para Dae.

—Ya lo hago.

Y Dae recién pudo tomar una inspiración que venía conteniendo desde hacía veinte años. Porque era sincera y hermosamente amado.

26

Minho apenas respiraba. Bajo su mano, que palpaba su abultado estómago, pudo sentir cómo *algo* se movía adentro de él. Quiso llorar; tal vez de alivio, porque estaba creciendo sano y en los tiempos correctos; tal vez de tristeza, porque siempre quiso un hijo, o tal vez de rabia, porque seguía sin controlar ese odio que llegaba ante el recuerdo del porqué existía.

Jamás imaginó que terminaría odiando a un hijo, pero el sentimiento a veces era mayor que sus intentos por aplacarlo. Él entendía que no debía *culparlo* por lo que le hicieron. Pero lo hacía. Ese sentimiento inestable y poderoso, existía. Había días que podía controlarlo, pero otros en que no.

Jong Sehun ingresó a la cocina cargando a un bebé de un año que se aferraba a los cabellos canosos de su padre. Era su segundo hijo: Sungguk.

—Por fin podremos estar juntos —le decía con cariño al niño—. Mi pequeño Sungguk.

Sungguk observaba a su padre con unos ojos grandes y expresivos. *Es lindo*, pensó Minho apartando la mano de su abultado bulto. ¿Sería *él* igual de bonito?

Minho se despertó al sentir unos dedos diminutos tocándole el rostro. Al abrir los ojos, encontró la mirada brillante y atenta del hijo de Sehun. Minho notó que, mientras dormía, Sehun había instalado el corral del bebé a un costado del sofá donde él descansaba. *Jong Sungguk es bonito*, volvió a pensar a la vez que ambos se observaban en silencio. Entonces Minho sintió los escalofríos que le recorrían la columna, alguien se había despertado también y le pateaba en los pulmones.

Al minuto apareció Sehun cargando a su otra hija. Se notaba cansado, el doctor tenía ojeras profundas y moradas bajo sus ojos debido a los extenuantes turnos en el hospital, el cuidado de dos hijos y de Minho. A pesar de todo, su expresión seguía siendo amable, le dio un dulce a su hija y otro a Sungguk.

—Para ti también hay —sonrió tendiéndole uno.

Minho no se lo comió.

Él nunca se comía esos masticables.

Sostenía todavía el dulce en la mano, cuando sintió otra vez los dedos diminutos en la mejilla. Era Sungguk, que se rio cuando Minho lo miró.

—Creo que le gustas —bromeó Sehun.

No fue sino hasta que Sehun desapareció en la cocina, que Minho estiró un dedo y rozó la punta de la nariz del niño.

—Dime, bonito, ¿vas a cuidar de él?

Mientras sentía que *él* se quedaba por fin tranquilo, Sungguk le mordió el dedo como respuesta.

27

El viento removía el cabello castaño de Daehyun, su rostro se repletaba de luces y sombras cuando el sol le pegaba de frente. Con los ojos cerrados, estiraba una mano fuera de la ventana del auto como si quisiese tocar el cielo. Y si bien Sungguk sabía que aquello era peligroso, lo dejaba estar pues ya habían abandonado la carretera. Además, tras tres horas de viaje con un impaciente e imperativo Dae preguntando...

—¿Ya llegamos?

... cada cinco minutos, Sungguk no podía negarle a Dae el pequeño privilegio de sentir la brisa de verano. Verlo así de feliz llenaba a Sungguk de buenas energías pese al susto de las últimas semanas. A pesar de que habían instalado en casa un equipo de seguridad, los instintos de policía de Sungguk le decían que la tranquilidad tras el asalto era anormal, más aún porque todavía desconocían la identidad del delincuente. Lamentablemente las huellas, que con tanto esfuerzo había guardado, le pertenecían a Eunjin y a él mismo. Después de ese fiasco, Sungguk tuvo que aceptar que la vida no funcionaba como las series de televisión. Por eso, alejarse de la ciudad unos días se sentía como un regalo.

—¡Sungguk, Sungguk! —gritó Dae sacándolo de sus cavilaciones—. ¡El mar! ¡Huele! —jadeó maravillado—. Debe ser por el dimetilsulfuro.

Descendió la velocidad y comprobó rápidamente el GPS para ver cuánto faltaba.

—Ajá —respondió como si entendiera lo que Dae hablaba.

—Sungguk no lo sabe, ¿verdad?

—Por supuesto que sé —Dae se volteó hacia él con las cejas alzadas—. Es como, mmm, ¿la magia del mar?

Los siguientes minutos Dae los acaparó con una extensa explicación científica. Sungguk asintió cada vez que el chico se detuvo para tomar aliento y volver a continuar con otra hilera de ideas. Dae parecía decidido a hablar todo lo que no había hablado durante veinte años. *Es lindo*, pensó Sungguk. Moon Daehyun era lindo.

Justo cuando Daehyun comenzaba una explicación sobre algas y feromonas, Sungguk estacionó. A un costado se divisaba una cabaña ubicada en lo alto de una meseta con una hermosa vista al mar.

—Voy a bajar —dijo quitándose el cinturón. A pesar de que no le había preguntado, se quedó a la espera moviendo las rodillas con impaciencia.

—Ve —Dae se bajó a toda velocidad y sacó a Moonie de la jaula—. ¡No entres al agua con el audífono!

Sungguk no supo si alcanzó a oírlo, Dae ya bajaba la larga escalera que lo llevaría hasta el mar, por suerte no tardó en alcanzarlo. Dae no tenía buena condición física, sus músculos aún eran débiles y su capacidad pulmonar se podría denominar como mediocre. Así que en cuestión de pasos se lo encontró en un descanso tomando aliento y afirmándose las costillas. Estaba sonrojado por el esfuerzo. Adelante de Dae se divisaba el océano y una playa de arenas no muy finas. Sungguk sacó el celular para tomarle una foto.

—Tranquilo —Sungguk le entregó una sandalia negra que Dae había perdido a medio camino—. El mar no va a desaparecer.

—Pero, Sungguk... —quiso debatir, mas se quedó sin aliento.

A los minutos continuaron su camino con mas calma, una que duró solo hasta que alcanzaron la arena. Las sandalias de Dae volaron. Se estremeció cuando sus pies desnudos tocaron la arena, los brazos recogidos contra el pecho aplastando un poco a Moonie. Sus ojos eran enormes al mover las piernas y enterrar los dedos.

—Es...

—Un poco áspera —lo ayudó Sungguk.

—Sí, y es...

Dae cayó de rodillas. Dejó a Moonmon a un lado para acariciar la arena con las manos abiertas, su expresión brillaba. Antes de que pudiese advertirlo, Dae se acarició las mejillas con ella dejando granitos adheridos a su piel. Sungguk le apartó la arena de las pestañas con los pulgares, aunque decidió dejarle el resto del rostro sucio porque así le parecía más adorable. Dae se quedó observándolo con atención y luego sacó la lengua, capturando los granos de sus labios.

—Cruje y, puaj, Sungguk —dijo contrariado—. Sabe horrible.

Sungguk estaba tan enamorado de ese chico.

—Lo siento, soy un bobo y debí advertirte.

Su mirada debió delatar su cariño porque Dae le acarició la palma de su mano con la nariz.

—Sungguk no es bobo.

—¿Ya no soy bobo? —preguntó apartándole un mechón que se deslizaba por sus ojos—. ¿Entonces qué soy?

—Mío.

—¿Soy tuyo?

—Y eres bonito.

Como si le hubiese dado vergüenza su repentina confesión, Dae se puso de pie y salió corriendo. Se reía nervioso mientras se alejaba aleteando. En ese instante Sungguk también se puso de pie y agarró a Moonie, que parecía bastante horrorizado por la arena y el cómo se escurría bajo sus patas. A los metros, Dae se lanzó otra vez al suelo y rodó, la arena se esparcía por su cabello, ropa y rostro. A los segundos se detuvo y escupió los granos que se le colaron en la boca.

—¡Sungguk! —lo llamó, alzando los brazos como si se encontrase a una gran distancia y no solo a unos pasos—. ¡Sungguk, ven!

—Voy, Dae.

—Entiérrame —pidió exaltado, escarbando como un perrito.

Sungguk alzó la mirada al cielo, faltaba poco para el mediodía. Después analizó a Dae, que vestía una camiseta blanca y andaba sin protector: su piel canela brillaba bajo los rayos del sol. Si lo enterraba y le colocaba su propia camiseta en la cabeza, podría cubrirlo bastante bien mientras lo convencía de regresar y comer algo. Dejó a Moonmon en el suelo, que se sacudió con exageración para apartar la arena de su pelaje largo y alborotado por la brisa marina, y se arrodilló a un lado de Dae ayudándolo a escarbar. Al poco tiempo tenían un agujero del porte de una cabeza, aunque Dae ya jadeaba cansado. Estaba sudando, las gotas recorrían su sien y le encrespaban el cabello en la nuca.

—¿No quieres ir a probar el agua? —ofreció, distrayéndolo de manera disimulada para que la frustración no arruinara el día. Dae todavía no lograba aceptar que su cuerpo iba a un ritmo mucho más lento que sus deseos, por lo que algunas veces se agobiaba pronto.

Su novio bajó la vista hacia su ropa y luego recorrió la playa. Dae se quitó la camiseta por la cabeza y la lanzó en la arena, su pecho compacto subía y bajaba por la emoción. Le siguieron rápidamente los pantalones cortos. Solo con ropa interior, partió corriendo. Sungguk lo persiguió gritando:

—¡Tu audífono, Dae!

Se lo entregó moviendo las rodillas con impaciencia. Al llegar a la orilla, se quedó en el límite donde las olas pequeñas e inofensivas se deslizaban y retrocedían por la arena húmeda. Metió un pie en el agua estremeciéndose de manera exagerada. Sungguk, por supuesto, notó que sus pezones se habían encogido por el frío.

Se rio de él.

—¿Cuando fuiste a Jeju con Seojun no conociste la playa? —bromeó al verlo así de emocionado todavía.

—Era febrero y hacía mucho frío —se encogió de hombros—, solo la vi desde lejos. Caminábamos todo el día, Sungguk.

Aunque solo estuvieron unas dos horas ahí, la punta de la nariz de Dae se puso roja, al igual que sus hombros. Además el cansancio le pesaba, sus movimientos eran cada vez más torpes.

—¿Subamos? —propuso—. Te puedes bañar y tomar una siesta.

—Pero, Sungguk —hizo pucheros alzando la mano para cubrirse los ojos del sol, que le llegaba directo.

—Y comemos algo, yo también tengo hambre.

Eso lo convenció de ponerse de pie y empezar una lenta marcha de vuelta. Sungguk tuvo que recogerle las sandalias, pantalón y camiseta olvidadas en la arena.

—Duele —se quejó con las piernas separadas.

—No te voy a cargar —advirtió Sungguk.

Alcanzaron a subir otro tramo de escalera antes de que Dae se detuviese otra vez.

—Pero estoy está tan, tan cansado.

—Vamos, vamos, sube.

—Minki me habría ayudado.

—Una pena que Minki no esté aquí —y dándole una nalgada, lo instó a avanzar—. Vamos, vamos, perezoso.

La cabaña era de un piso y contaba con una habitación matrimonial, también tenía un altillo que acomodaba una cama de dos plazas. Mientras Dae se recostaba en el único sofá de la casa, Sungguk fue por las maletas. Al regresar con algunas de las cosas, notó que Dae se había dormido; todavía estaba cubierto de sal y arena. Sungguk le quitó el audífono con cuidado y agarró una manta del cuarto para tenderla sobre él. Moonie, que se acostó al lado de su dueño, no se encontraba en mejor estado.

Tras bañarse, Sungguk abrió la caja de comida que se trajo de Daegu. Lo primero que notó es que había más refrigerios de los que dejó esa mañana al subirse al auto. Apareció un paquete de harina, levadura, crema y mostacilla comestible para decorar. Y dos velas con el número dos y tres. Su mirada fue hacia el ovillo en el salón y regresó a las velas. ¿Cómo se había enterado de que era su cumpleaños?

Con una sensación cálida en el pecho, volvió a guardar las cosas en la caja para que Dae no supiese que Sungguk había descubierto la sorpresa. Al agarrar su celular, vio que tenía un mensaje de Seojun:

Seojun:
¿Recuerdas que inscribimos a Dae en un programa de artes?

Aprovechó que el estado de su cuñado era «en línea» para hablar con él.

Sungguk:
Dime que son buenas noticias.

Seojun:
Son buenas noticias.
Para Dae.
Quedó en una escuela de artes.

Desconcertado, frunció el ceño.

Sungguk:
Pero eso son muy buenas noticias.

La respuesta tardó una eternidad en llegar.

Seojun:
La escuela está en Seúl.

En ese preciso instante, Sungguk escuchó un quejido de Dae. Lo vio estirar los brazos y sacarlos bajo la manta, al igual que los pies, que se movieron hasta que encontró una mejor posición. Su celular vibró en la mano.

Seojun:
Comienza en un mes. Lo siento, Sungguk.

Y si bien Sungguk siempre supo que ese día llegaría, jamás imaginó que dolería así.

28

Era la segunda vez que Moon Minho cargaba en brazos a Daehyun. Y así como en la primera ocasión, cuando se lo entregaron ensangrentado y llorando como si quisiese anunciarle al mundo entero que estaba ahí, experimentó el mismo ataque de pánico. Las largas pestañas del bebé cubrían gran parte de sus ojos y sus labios armaban el mismo puchero que no desaparecería con los años.

Sehun debió notar que algo le ocurría a Minho y le quitó a Daehyun de los brazos.

—Respira hondo, Minho —le recordó.

Lo intentó, pero eso era algo que Minho no hacía bien desde que se lo llevaron en una camioneta blanca. Cerró los ojos con un cosquilleo constante en la nuca. Sudaba frío al apoyar la frente contra la mesa, la bilis le picaba por la garganta.

—Lo estabas haciendo bien —Sehun le acarició la espalda y le apartó los mechones que se pegaban en su frente—. ¿Qué ocurrió?

La vida, eso era el principal problema de Minho. No pudo hablar, se dedicó a apoyar la frente en la mesa. Observó a Sehun alejarse con el bebé en brazos.

Nunca debí tenerlo, pensó al escuchar que Daehyun comenzaba a llorar, *yo no sé quererlo*. Su llanto solo lo ponía nervioso e intranquilo, por eso Minho quería que dejase de llorar para que él también pudiese dejar de hacerlo.

—Lara ya vendrá por él —dijo Sehun cuando Minho se recostó en la mesa intentando cubrirse los oídos—. Sabes que hoy no podía tenerlo en su casa.

Ese día las amigas de Lara iban a visitarla y sería imposible amortiguar los llantos de un bebé si Daehyun se despertaba intranquilo. Y si Minho quería que Daehyun siguiese escondido para que nadie se lo llevara, entonces tenía que aguantar unas horas más.

Solo unas horas.

Porque Minho lo quería tanto.

Y a la vez no.

Por eso, cerró los ojos unos instantes e intentó luchar contra sus pensamientos, de a poco logrando quitar las manos de sus orejas. Desorientado ante el silencio, observó a Sehun acercar a Daehyun al rostro siempre curioso de Sungguk.

—Él es Moon Daehyun, Sungguk —escuchó que le explicaba.

Sungguk se limitó a mirar la carita regordeta de Daehyun.

—Dae es un amigo, Sungguk, y debes cuidarlo como lo haces con Minho, ¿está bien?

—Y quererlo —agregó Minho, su voz sonaba ronca y difusa en sus oídos—. Quererlo mucho.

La mirada de Sehun fue hacia Minho unos segundos y después regresó a su hijo.

—Sungguk nunca podrá querer a Daehyun si continúa escondido en una casa, ¿no crees, Minho?

Minho no pudo responderle. Sungguk se había inclinado hacia el rostro dormido de Daehyun y olfateaba su cabeza conquistada por motas de cabello claro. Su expresión se contrajo cuando un pelo le rozó la nariz y entonces estornudó. Daehyun se despertó con el estruendo, su boquita se frunció y comenzó a llorar, lo que hizo que Sungguk también se asustara.

Minho agarró a Sungguk cuando el niño corrió hacia él con torpeza. Estuvo abrazando a Sungguk lo que parecieron años. Al sentarlo sobre sus piernas, Minho se secó el rostro con las mangas de la chaqueta.

—¿Mejor? —preguntó Sehun.

Su mirada cambió del doctor a Daehyun, quien ya se había dormido nuevamente.

—Mejor —mintió Minho.

Mientras abrazaba a Sungguk su mirada continuó posada en Daehyun.

Si yo no puedo amarlo, pensó Minho aferrándose con un poco más de desesperación a Sungguk, *¿puedes quererlo tú?*

29

Sungguk se despertó con el ruido metálico y estridente de las ollas. Su primera reacción fue tocar a Dae, pero se encontró con una sábana desarmada y fría. Tomó asiento con el corazón acelerado. Inspeccionó a su alrededor; efectivamente; no había nadie más en el cuarto. Se puso de pie y salió corriendo a la cocina sin darse cuenta de que iba desnudo.

Ahí lo recibió el apocalipsis.

Ollas tiradas por el suelo junto a un par de huevos, la encimera central blanca por la harina y una pila de tazas en el lavamanos que Sungguk había dejado limpias la noche anterior. En el medio de todo el desastre encontró a un chico con un remolino en la nuca. A excepción de una mancha todavía húmeda en la mejilla, estaba cubierto de masa seca. Sostenía un bol que batía con el entrecejo fruncido y la lengua afuera mientras miraba concentrado el celular morado.

—La masa debe estar esponjosa —dijo un hombre desde el teléfono.

¿Ese era Seojun?

Sungguk atinó a moverse para no ingresar en el ángulo de visión que capturaba la cámara frontal, evitando así que su amigo quedase traumado ante la visión de su entrepierna desnuda.

—¿Seojun? —cuestionó al notar que Daehyun hablaba por videollamada.

Daehyun giró y casi volteó el contenido del bol sobre Sungguk.

—¡No! —exclamó, su vista recorrió primero a Sungguk y luego a la ventana. Recién estaba amaneciendo.

—¿Qué haces? —quiso saber Sungguk, comprobando la fuente, que tenía una masa pegajosa y con grumos. ¿Sería su pastel de cumpleaños?

—Este chico siempre arruinando todas sus sorpresas —protestó Seojun desde el celular.

—Yo nunca arruino nada —se defendió—, son ustedes los que no saben esconder las cosas.

Dae dejó el bol en la encimera y lo empujó con ambas manos manchadas.

—Debes ir a la cama —pidió.

Le permitió a Dae que lo sacase de la cocina. Una sensación cálida y poderosa burbujeaba en la boca de su estómago. Al cruzar la entrada de la cocina y estar fuera del campo visual de la cámara, agarró a Dae por las mejillas y lo atrajo para un beso.

—Te quiero —susurró.

Los ojos de Daehyun se abrieron enormes. Con timidez, se mordió el labio.

—Eres lindo —respondió.

Lo agarró otra vez por la barbilla y le dio ahora un beso corto y sonoro.

—Vete —insistió Dae, ahora sin tanta convicción.

Sungguk lo besó nuevamente entre risas.

—Sungguk, ya —pidió, empujándolo para separarse.

Con los labios húmedos, Dae se giró para regresar dentro del desastre que era la cocina.

—Estaré en la cama por si te quieres unir.

Dae se paralizó.

—¡Jong Sungguk, estoy escuchando todo! —avisó Seojun.

—¿Y qué?

—Tu hermana está a mi lado.

Sungguk decidió regresar al cuarto sin emitir otro comentario.

A los minutos, tras tomar una ducha y revisar los cincuenta mensajes de audio de Minki (¿ese hombre nunca se cansaba de hablar?), la cabaña quedó en completo silencio. Agudizó el oído para captar algún movimiento. En ese momento, una cabeza castaña se asomó por la entrada del cuarto.

—Sungguk —llamó con suavidad.

—¿Sí, pequeño?

Sus pestañas revolotearon.

—¿No hay un microondas?

—No, bebé, no hay microondas, ¿por qué?

Dae dio un largo suspiro y se pasó las manos por el cabello, pareciendo más triste que estresado.

—¿Qué ocurrió? —quiso saber tomando asiento en la cama al ver que el chico se movía inquieto.

—No importa... —golpeó con suavidad su pecho—. Dae preguntará a Seojun y solucionará.

Luego desapareció. Sungguk volvió a oírlo en la cocina conversando con su cuñado. *¿Microondas?*, pensó, *¿por qué necesita un microondas? Un momento, ¿será para cocinar el pastel?*

Se dirigió hacia la cocina, esta vez con ropa interior para que nadie le viese nada. Se escondió en el pasillo para escuchar.

—Pensé que había un microondas en la cabaña, Dae —decía Seojun—. Lo siento mucho.

—¿Y el horno?

—Ninguno de los recipientes que llevaste sirven para el horno —explicó Seojun—. No se puede meter cualquier utensilio, podría terminar chamuscado por las altas temperaturas. O puede que explote, lo que es peor.

—Pero es el cumpleaños de Sungguk y Dae debía hacerle un pastel... yo debía hacerle un pastel.

Masajeándose los músculos a la altura del corazón, Sungguk regresó al cuarto. Se dejó caer en la cama con el rostro hundido en la almohada. Ay, iba a sufrir tanto cuando Dae partiese a Seúl.

No tuvo mucho tiempo para lamentarse, pues el chico volvió a asomarse a la habitación.

—¡Sungguk, cierra los ojos! —pidió con una sonrisa tan grande que las líneas de las pestañas se le curvaron en las esquinas.

Le hizo caso acomodándose mejor contra las almohadas. Escuchó un par de pasos y después su voz entonó una canción de cumpleaños. Era la primera vez que Sungguk lo escuchaba cantar. Su tono raspaba en la garganta, era una voz muy bonita, algo grave y con matices oscuros y desgastados por su poco uso.

Sungguk esperó a que terminase para abrir los ojos, al hacerlo encontró a Dae frente suyo con uno de los bizcochuelos pequeños (que él mismo había traído para merendar) cubiertos de crema batida, decorados con mostacilla comestible y dos velas en el centro con el número veintitrés.

—Un deseo —ordenó Dae—. No, no, tres deseos. Tres porque Sungguk es bueno y merece tres deseos.

Sungguk sintió un nudo en la garganta. No necesitó pedir tres deseos, solo le bastó uno. Sopló con todas sus fuerzas.

—Dae... digo, yo siento curiosidad, pero no preguntaré —admitió Daehyun con seriedad y le tendió el bizcochuelo.

—¿Cómo recordaste que hoy era mi cumpleaños?

Su expresión fue de total arrogancia.

—Yo sé mucho, bobo.

—Vuelvo a ser bobo.

—Pregunta boba, entonces bobo.

—Nunca me preguntaste, así que asumí que no sabías.

—Le pregunté a Minki, obvio. El año pasado no supe, pero este año no podía fallar otra vez.

Recordó que Dae estuvo triste una semana completa tras averiguar, en octubre, que Sungguk había estado de cumpleaños en septiembre. Pero este año, incluso intentó prepararle un pastel. Sonriendo, le besó la punta de su nariz.

—Gracias.

Dae se quedó desorientado.

—¿Por qué? No logré terminar tu regalo.

Sungguk recibió su pastel quitándole las velas, que dejó a un costado, y le dio una mascada. El bizcochuelo estaba algo seco y la crema no tenía azúcar; aun así, sabía a gloria.

—¿Por qué dices eso? —preguntó con la boca llena—. Es el mejor regalo de cumpleaños que alguien me ha dado en la vida.

Dae se relajó y tomó asiento.

—¿En serio?

—Hablo muy en serio.

El chico sonreía con timidez.

—Iba a preparar un pastel, pero fallé —explicó con los labios un poco caídos—. Era en el microondas, pero no hay uno aquí.

—Si quieres, puedes preparar otro cuando regresemos a casa.

—¿Puedo?

—Por supuesto, bobo —bromeó Sungguk y recibió un suave golpe en el hombro.

—Tú eres bobo.

Justo cuando Sungguk le daba la última mordida al bizcocho, Dae estiró las manos y acarició su abdomen desnudo. Con el dedo índice y el medio, avanzó por su piel como si sus músculos fuesen una escalera.

—Quiero hacerte otro regalo —dijo Dae.

—¿Otro más? Pero sí tú ya eres un regalo precioso.

Con las mejillas sonrojadas, Dae se acercó para besarlo. Su aliento acarició el rostro de Sungguk.

—¿Puedo chupártela?

Los restos del bizcocho quedaron atascados en su garganta. Tosió llevándose la mano a la boca.

—¡¿Qué?!

—Vamos, Sungguk, he esperado mucho.

—¿Por qué quieres hacer eso? —logró jadear.

Dae se quedó un instante pensativo, luego se encogió de hombros.

—No sé, solo quiero.

—Minki te está metiendo muchas ideas en la cabeza.

—Nadie metió ideas en la cabeza de Dae. Yo solo... es linda y rosada y yo quiero...

Se observaron en silencio, las cejas de Dae se alzaron en una expresión de felicidad al percatarse que la convicción de Sungguk flaqueaba.

—¿En serio quieres?

—Sí.

—¿En serio, en serio?

—Sí, Sungguk.

—¿Pero así en serio de muy en serio?

Dae hizo rodar la mirada.

—Ya dije que sí.

Con la mente aún nublada, Sungguk se recostó contra las almohadas. El chico captó de inmediato la invitación y sus manos grandes y bonitas tiraron hacia abajo las mantas que lo cubrían. El estómago de Sungguk se apretó y el corazón le dio un salto en el pecho. Se sentía nervioso pero extasiado y no muy seguro de poder soportar la tensión por más de un minuto.

Espero que no me pase lo mismo que en mi primera vez, pensó Sungguk con vergüenza cuando en la entrepierna sintió la caricia del aliento de Dae. Sungguk lo afirmó por la barbilla y lo atrajo para besarlo, mientras los dedos de Daehyun acariciaban su pierna y luego su miembro. Jugueteó con él hasta que estuvo erecto contra su palma.

Dae cortó el beso y descendió hasta la erección. La lamida fue hasta la base. Entonces, el chico alzó la mirada saboreándose los labios.

—Pienso que sabe a Sungguk —susurró. Sungguk notó que Dae se tocaba los colmillos con la punta de la lengua—. Mmm, ¿Sungguk? Yo quiero...

Cortó su oración al inclinar la cabeza con la boca abierta.

El grito de Sungguk resonó en la pequeña cabaña.

—¡No, no, no, los dientes no, Dae! ¡Los dientes no!

Esa mañana los dos regalos de Daehyun no salieron como lo había planificado.

Debido a ese pequeño accidente, terminaron organizando el almuerzo algo tarde. Mientras Dae esperaba en la entrada de la cocina, Sungguk rebuscaba en el refrigerador. Su entrecejo continuaba fruncido al comprobar el congelador y después al sacar toda la comida de la caja que había traído desde Daegu.

—¿A Sungguk le sucede algo? —preguntó Dae con curiosidad. Mantenía una expresión mansa desde el incidente dental.

Sungguk bufó con incredulidad.

—Algo más de lo que le hice a Sungguk en la mañana —agregó con inocencia.

—Pensé que había traído carne —respondió, volviendo a meter las cosas a la caja—. ¿No sabes dónde la dejé?

—¿La carne?

—¡Sí! ¿La viste?

—Creo que en el refrigerador de Daegu.

Dando un largo suspiro, Sungguk agarró las llaves del automóvil.

—Ve a ponerte los zapatos —le pidió al chico—, iremos a un restaurante.

Cinco minutos más tarde, Sungguk lo esperaba afuera de la cabaña. Dae apareció con Moonmon en brazos.

—Moon debe ir con nosotros, Sungguk —pidió—. Moonmon llorará, no le gusta estar solo.

Desbloqueó la camioneta.

—Está bien.

Dae abrió la puerta y se subió de un salto a la vez que Sungguk rodeaba el capó. De pronto, un olor fuerte le picó en la nariz. Sus pasos dudaron. Miró a Dae. Entonces, abrió la puerta del conductor y notó que la caja que contenía la carne estaba en el asiento de atrás, olvidada durante más de un día en pleno sol.

Y ese *olor*.

Sungguk recordó la última vez que lo había sentido.

En la casa de Moon Sunhee.

Era el olor indiscutible de la descomposición.

Ese mismo hedor a putrefacción que debió olfatear Daehyun durante días encerrado en aquel ático.

Sungguk sintió un vacío en el estómago y corrió de regreso a Dae. La expresión del chico era tan pálida que hasta sus labios habían perdido su color. Había soltado a Moonmon, quien ahora ladraba a un costado de la camioneta intentando subirse para alcanzar a su dueño. Dae no se inmutó cuando Sungguk le tocó las piernas para hacerlo reaccionar, sus ojos apenas enfocaban al afirmarle la barbilla.

—Dae —lo llamó—. Vamos, baja del auto.

Una vena le latía en la frente sudada. Preocupado, Sungguk lo afirmó por debajo de las axilas y lo sacó de la camioneta, cerrando la puerta con el pie. Aun así, el olor de la descomposición se mezclaba con el aroma salado del mar.

—¿Dae? —insistió.

Las piernas del chico temblaban.

Al llegar a la entrada de la casa, Dae se separó de Sungguk y corrió con torpeza por la cabaña. Vomitó en el baño.

Pero no lloró.

No lloró cuando se lavó el rostro ni cuando Sungguk lo llevó al sofá. No lloró cuando Sungguk lo acunó sobre su regazo ni cuando le acarició la espalda. No lloró cuando Moonmon comenzó a lamerle el tobillo mientras gimoteaba.

—Seojun dijo...

—Dae...

Su mirada estaba perdida, principalmente asustada.

—Seojun le dijo a Dae que la abuela hizo mal... él dijo eso porque el amor y el cariño no deben privar ni manipular y la abuela hizo ambas cosas con Dae. Y Dae entiende —susurró de pronto con la mirada brillante al enfocarse en él—. Yo entiendo, Sungguk, yo entiendo, pero...

No pudo continuar, sus labios se fruncieron intentando contener el llanto. Sus hombros temblaron y cerró los ojos con fuerza, un par de lágrimas se deslizaron por sus mejillas. Para Sungguk lo peor no fue verlo llorar con los puños contra su pecho como si su corazón doliese, lo peor fue verlo encogerse sobre su regazo muerto de miedo por sus propias emociones.

—¿Dae hace mal en extrañarla?

—No, Dae, por supuesto que no —se apresuró en responder—. Puedes extrañarla, siempre podrás extrañarla y no hay nada de malo en ello, ¿está bien? Nada de malo.

Dae se quedó paralizado unos instantes, luego escondió su rostro tras las manos y se largó a llorar. Las lágrimas se colaban entre sus dedos. Sungguk lo apegó a él y le acarició la espalda.

Lloró durante mucho tiempo.

Y cuando finalizó, su llanto se transformó en hipos y suspiros cansados que iban y venían.

—Sungguk, yo...

—¿Sí, Dae?

Apoyó la mejilla contra el hombro de Sungguk.

—¿Dae puede quererla todavía?

—Eso lo dices tú.

Daehyun sonrió adormilado.

—¿Para siempre?

—Puede ser para siempre.

Por su mejilla cayó la última lágrima y cerró los ojos con cansancio.

—La extraño mucho, Sungguk.

—Lo sé, Dae.

—No quiero olvidarla, ya casi no recuerdo su voz.

El cuerpo de Daehyun comenzaba a relajarse entre sus brazos.

—No tienes que hacerlo.

Finalmente, dio un suspiro aliviado antes de ser vencido por el sueño.

—Gracias.

30

Nervioso, errático, confundido y ansioso, era así como se sentía Minho sentado en el comedor que por años fue su casa. Con los hombros curvados hacia adelante y moviendo la pierna de arriba abajo, observaba a su madre darle de comer a un Daehyun de tres años. El pequeño tenía las mejillas sucias por la comida, porque solo la mitad del contenido terminaba en su boca.

Mordiéndose las uñas hasta que se le hizo doloroso, Minho por fin habló:

—¿El próximo año irá a la guardería?

—¿A la guardería? —cuestionó su madre.

Su pierna seguía moviéndose como loca, así que Minho colocó su mano sobre su rodilla.

—Sí.

—¿Cómo a va a ir a una guardería, Minho?

Minho se pasó la mano por el cabello. Exudaba tanta ansiedad que juraba podía olerse.

—La ley ya fue aprobada —balbuceó, repitiendo las palabras que Sehun le dijo la tarde anterior.

«La ley ya fue aprobada, Minho. Dae no necesita seguir encerrado».

—Se aprobó la ley, pero los laboratorios continúan operando.

Se rascó la cicatriz en su antebrazo con tanto ímpetu que parecía querer abrírsela una vez más.

—Sí, pero...

—Tú fuiste el que quiso esto, hijo.

Se lamió los labios secos sin saber qué más agregar. Un torbellino de sentimientos giraba en su cabeza y le apretaban el pecho, no lo dejaban pensar con tranquilidad. No lo dejaban. Nunca.

—No quiero que esté solo —susurró con cuidado.

—Daehyun no está solo, me tiene a mí.

Hubo una pausa tan larga que su madre continuó alimentando a Daehyun, quien ahora reía porque había agarrado la cuchara y la comida había caído en su sillita plástica.

Minho sentía que no podía respirar.

—Quiero que conozca a Sungguk.

—¿Sungguk? —se interesó.

—El hijo del doctor Jong.

Jong Sehun, su amigo, quien siempre lo ayudaba. La única vez que no pudo hacerlo fue porque estaba en Busan. Ese día, nació Daehyun.

—¿Sehun es bueno contigo? —preguntó su madre con suavidad, su expresión parecía ablandarse. Su atención fue de la pierna nerviosa de Minho hasta su rostro ansioso.

—Sí, es mi amigo.

Una nueva pausa, su madre arregló la ropa de Daehyun.

—¿Es Sehun quien mete esas ideas en tu cabeza?

—Sehun dice que la ley es buena.

Su madre ahora acariciaba el cabello de Daehyun.

—¿Quieres que le pase lo mismo que te pasó a ti?

Minho quería llorar.

Pasos pequeños, recordó que Sehun le decía, *mejor pasos pequeños y seguros que saltos enormes que terminarán en nada*. Por eso, al final aceptó.

—Está bien —susurró.

A los minutos, Minho se encontraba fuera de la casa en la que vivió casi toda su vida. El viento helado le pegaba de frente removiendo su cabello fuera de su rostro. Había avanzado un par de cuadras cuando alguien lo sujetó del brazo de manera sorpresiva. Al girarse, se encontró con dos hombres.

—No, por favor —suplicó Minho intentando soltarse con el pánico estallando en su cabeza.

Vino a su memoria el recuerdo de una situación similar hacía ya un par de años. Volvió el recuerdo de ser arrastrado a una camioneta blanca y no volver a ver a su mamá por mucho tiempo.

—Por favor, no —pidió—. Por favor, no.

Llorando, Minho se dejó caer de rodillas suplicando que no se lo llevasen de nuevo, que él ya no producía la hormona y que era un m-preg infértil e inútil, tonto y disfuncional, que no les serviría para nada porque era nada en ese momento.

Nada.

Solo un m-preg roto incapaz de embarazarse otra vez.

—Tranquilo —dijo uno de ellos con la expresión contraída al escucharlo sollozar—. No vinimos para llevarte.

—Somos de la nueva subdivisión del Departamento de Justicia —explicó el otro—. No te haremos nada, lo prometemos.

Por supuesto que Minho no iba a permitirse ser engañado de nuevo, por eso comprobó de reojo la calle analizando la posibilidad de huir. Antes de que pudiese intentarlo, uno de ellos se movió para bloquearle su otra salida.

—Sabemos que eres uno de los m-preg que estuvo encerrado en los laboratorios hasta el 99 —continuó el mismo hombre—. Como gobierno estamos haciendo un catastro de los tuyos. Solo eso. No vamos a encerrarte, solo queremos brindarte protección y solvencia económica como lo estipula el Art. 2 de la nueva Ley N° 19.734.

Proteger, esa palabra Minho la había oído mucho en los laboratorios.

«Solo queremos protegerte, lo hacemos por tu bien».

—Cuando se firmó tu autorización de salida del Laboratorio 5 —prosiguió el hombre que estaba a sus espaldas—, te realizaron los exámenes respectivos para ver si estabas en gestación.

El pánico se activó en el pecho de Minho.

Calma, se dijo a él mismo, *ellos no tienen cómo saber de Daehyun*. Era imposible que supiesen de él porque Minho fue liberado cuando un médico falsificó su examen declarándolo infértil. Pero si habían descubierto a ese médico, entonces Dae...

—La investigación realizada indica que varios documentos y exámenes fueron alterados —siguió el primer hombre—. Nosotros solamente queremos ayudarlos.

—No sé qué buscan de mí —habló Minho por fin. Se puso de pie con las rodillas adoloridas—, pero no sirvo. Soy un m-preg infértil, por eso me liberaron. Y no conozco a otros m-preg. Lo siento.

Los dos hombres se miraron.

—Entonces, ¿no tendrías problemas si te citamos a un examen físico?

Quieren comprobar si tengo una cicatriz de cesárea. Evitando el reflujo que quemaba en el fondo de la garganta, Minho asintió:

—Envíen una cita.

Horas más tarde, estaba sentado en el sofá de la casa de Sehun. Sungguk jugaba con unos bloques junto a su hermana Suni, dos segundos después luchaban para quedarse con el ferrocarril de Lego. Sin embargo, apenas Sungguk escuchó que Minho se sorbía la nariz entre lágrimas, el pequeño alzó la cabeza y dejó en el olvido el juguete.

—*Mino* no llore —pidió.

Aguantándose otro llanto, Minho acarició su melena oscura y lacia.

—No te gusta que llore, ¿cierto?

El rostro de Sungguk se contrajo.

—No —respondió con un puchero.

Minho se quedó acariciándole el cabello.

—Quiero que conozcas a un niño, Sungguk. Se llama Moon Daehyun. Algún día voy a presentártelo, ¿te parece bien?

Sungguk asintió sin entender.

Sonriendo, Minho se inclinó y le besó la mejilla regordeta con tanto sentimiento que Sungguk soltó una risita infantil. Esa fue la última vez que la escuchó. Un mes después, llegó a la morgue del hospital de Daegu un cuerpo calcinado producto de un choque automovilístico.

Esa madrugada, se constató la muerte legal de Moon Minho.

31

Sungguk había olvidado que esa misma tarde Minki y Jaebyu llegarían a la cabaña para pasar juntos lo que restaba de fin de semana. Cuando escuchó un automóvil estacionarse, se levantó de la cama de inmediato. Cerró la puerta de la habitación tras comprobar que Daehyun continuaba durmiendo. Al salir de la casa, Minki se le acercó moviendo los brazos con exageración.

—Con Jaebyu nos perdimos tres veces, ¿tanto te costaba enviarnos tu ubicación en tiempo real? —Minki calló al analizar que Sungguk estaba solo y que su expresión no era muy alegre—. ¿Pasó algo?

Instalados en la cocina, Sungguk terminó de contar lo ocurrido con Dae.

—¿Cómo se te pudo olvidar la carne en la camioneta? —cuestionó Minki—. Tu capacidad para hacer estupideces no tiene límites.

—Solo lo olvidó, querido —intervino Jaebyu.

Su novio bufó y abrió un paquete de obleas que estaba en la encimera.

—Pobre Daehyun —musitó Minki con aire perdido—. ¿Esto significará que se volverá vegetariano?

Al recibir una mirada molesta de Sungguk y de Jaebyu, Minki se devoró un par de galletas como si fuese un castor royendo un tronco. Todavía con las mejillas infladas, habló:

—Lo siento, lo siento, saben que digo estupideces cuando me pongo nervioso. Pero en el fondo soy una gran persona, lo juro.

Jaebyu suspiró.

—Muy en el fondo.

—¡Jaebyu! —se quejó Minki—. ¡Se supone que me amas!

Su novio se rio al besarle la sien.

La cocina había tomado una tonalidad naranja ante la puesta del sol cuando Sungguk escuchó que se abría una puerta. Mandó a callar a la pareja. A los segundos, unos pasos tímidos se acercaron por el pasillo hasta que un chico, con el cabello revuelto y los ojos hinchados de tanto llorar, apareció en la cocina.

—Hola, pequeño —lo saludó Sungguk.

Daehyun caminó hacia ellos todavía medio dormido. Sungguk lo abrazó por la cintura cuando estuvo a su alcance.

—¿Mejor? —preguntó con suavidad.

El chico asintió contra su cuello, devolviéndole el abrazo. Todavía afirmado a Sungguk, se volteó hacia los invitados.

—Traje un pastel para Sungguk —informó Minki con rapidez— y velas.

Como Daehyun no dijo ni una palabra, Minki comenzó a ponerse nervioso, su mirada claramente significaba un «ayúdenme, digan algo, lo que sea».

—Seojun nos contó que no pudiste terminar el pastel —habló Jaebyu luego de ser golpeado por Minki.

—No —susurró Dae sin mucho ánimo.

Ahora fue Jaebyu quien instó a que Minki siguiese.

—¿Y eso que querías probar con Sungguk, Dae? —preguntó Minki.

—Lo siento, lo mordí.

—¿Lo mordiste? —preguntó Jaebyu sin entender.

—Te dije que con los dientes no —lo reprendió Minki con expresión adolorida.

—Me provocó.

—Pero, Dae...

—Solo fue un poquito.

Jaebyu por fin entendió, porque le dirigió una mirada compasiva a Sungguk a la vez que soltaba un «aunch» poco audible.

Notando que Dae estaba recuperando su buen humor, Minki aprovechó de secuestrarlo y llevárselo de regreso al cuarto. A los pocos segundos, el aire de tristeza se rompió gracias a la charla incesante de Minki y a la risa suave y todavía temblorosa de Daehyun.

Dae iba a estar bien.

Sungguk siempre se aseguraría de eso.

Lo que restó de día, el estado anímico de Daehyun fue mejorando hasta que lo sucedido hacía unas horas pareció un mal sueño. No obstante, cuando Minki propuso beber algo para celebrar el cumpleaños de Sungguk, el mismo festejado se negó restándole importancia. Daehyun entendió demasiado rápido que la negación de Sungguk se debía a él, por lo que insistió en la celebración. Así, la mesita de centro terminó repleta de botellas de soju vacías.

Daehyun abrió su quinta bebida, pero Sungguk intentó detenerlo.

—Estoy bien —balbuceó con torpeza.

El chico le entregó su vaso para que se lo llenase. Como Sungguk se negó, volvió a quitarle la botella y se llenó el vaso con la desaprobación latente entre ellos. Pero Dae solo quería olvidar.

Olvidar la expresión preocupada de Sungguk.

Olvidar el *olor*.

Olvidar la sensación de tristeza que no lo dejaba tranquilo.

Olvidar, principalmente, a su abuela.

Por eso se bebió un vaso y a ese le siguió otro y otro. Sin embargo, por mucho que el alcohol nubló su visión, Dae continuó viendo la expresión preocupada de Sungguk.

—Al menos come algo —pidió Sungguk.

¿Podré comer algo sin vomitarlo? Negó con la cabeza y le dio un último sorbo a su vaso, sintiendo que el azúcar y el alcohol se le subían a la cabeza.

Al rato, Minki y Jaebyu se fueron a dormir al altillo mientras Sungguk y Daehyun se quedaban en el sofá recostados. Y en algún momento, sus bocas se encontraron más por desesperación de Dae que verdadero deseo.

Lograron caminar hasta el cuarto entre besos y caricias, la ropa de ambos fue quedando en el piso. La parte posterior de las rodillas de Dae tocó el colchón y cayó en la cama. Se deslizó sobre las mantas hasta que estuvo en el centro y Sungguk bajo él. Los besos continuaron, los movimientos también.

—Dae —suspiró Sungguk contra su piel—, debemos detenernos.

Lo silenció con otro beso, su lengua jugaba con la de Sungguk. Luego sus labios bajaron por la clavícula de Sungguk hasta que la pretina del pantalón le hizo cosquillas en la barbilla. Dae estiró la mano hacia la cómoda buscando el lubricante que Sungguk guardó la noche anterior. Lo agarró y se llenó la mano con el líquido viscoso y algo helado.

—Dae —balbuceó Sungguk apoyándose en los codos. Lo vio sacudir la cabeza algo atontado por el alcohol—. No deberíamos...

—Por favor —suplicó Dae sentándose sobre su entrepierna.

No quería algo lento ni bonito.

Su mano fue hacia la erección de Sungguk, deslizando los dedos por todo lo largo. Se acomodó sobre ella y bajó la cadera permitiéndole a la punta hacer presión contra él.

—No, no, no, Dae, no te he... —sus palabras finalizaron en un gemido.

Dae apoyó ambos brazos a los costados del rostro de Sungguk y se inclinó sobre él.

—Está bien —jadeó Dae contra sus labios—. Es-estoy bien.

Haciendo un poco más de presión, Dae sintió un ardor recorrerle las entrañas. Era un dolor que se mezclaba con estallidos de placer.

—Dae...

—Yo sé —lo cortó, su aliento acariciaba la mejilla de Sungguk—. Estoy bien.

Al instante siguiente, Dae se movió sobre él, sus muslos débiles y cansados apenas soportaban el trabajo de deslizarse arriba y abajo. Sungguk lo detuvo un segundo para posicionar una almohada entre la cabecera y la pared para evitar el ruido, pero los gruñidos y jadeos compartidos seguían repletando el cuarto.

Notando que sus músculos ya no soportaban el movimiento, Sungguk lo volteó y cayó de espaldas. Siendo sujetado por los muslos, Sungguk le alzó las piernas para buscar un mejor ángulo.

Y Dae simplemente sintió que perdía el rumbo.

32

Había trascurrido una semana desde su viaje a la playa, cuando Sungguk se encontró a Dae sentado en el medio de la sala de estar. Todos los muebles habían sido acomodados contra la pared para dejar el centro libre. Había un caballete pequeño frente a Dae, quien observaba el lienzo con expresión concentrada a pesar de que se encontraba en blanco. Seojun estaba con el chico. Sungguk fue a acercárseles, pero su cuñado le hizo un gesto para que se detuviese, luego le apuntó fuera. Desconcertado, salió de la casa sin entender mucho. A los segundos, su celular vibró indicando un nuevo mensaje.

Seojun:
Esto es importante, te avisaré cuando puedas regresar.

Sungguk terminó en la casa de Minki a pesar de las protestas de su amigo porque él sabía que, cuando Seojun y Dae tenían una de esas sesiones de pintura, podrían estar horas en eso.

No se equivocó.

Era casi medianoche cuando Seojun lo llamó.

—Ya puedes venir.

Se sintió intranquilo durante todo el camino hacia su casa. Roko fue el único que lo recibió al ingresar. En el centro de la sala todavía estaba el atril. La diferencia es que ahora el lienzo ya no estaba en blanco. Lo que al principio le parecieron manchas de tonalidad pastel, se transformaron en el rostro de una mujer mayor.

A pesar de que Sungguk solo la había visto una vez, pudo reconocerla de inmediato.

Era Moon Sunhee.

—¿Dae? —lo llamó preocupado buscándolo por el primer piso.

Al subir a su cuarto, lo encontró también vacío. Revisó también las habitaciones de Namsoo y Eunjin, pero nada.

Bajó nuevamente y se dirigió al patio trasero. Se encontró a Daehyun recostado en la hamaca que Sungguk instaló hace un tiempo. Tenía los brazos cruzados tras la cabeza y su camiseta se le había subido, dejando entrever un rastro de abdomen. Un pie estaba apoyado en la tela y con el otro se mecía. No parecía haberlo notado.

Al acercársele, Sungguk notó que tenía los ojos irritados y que observaba ensimismado las estrellas.

—Mi abuela me contó que esas siete estrellas —habló Dae alzando la mano para apuntar el cielo— siempre me ayudarían a regresar a casa. Pero yo solo veo un cometa.

Sungguk tomó asiento a su lado con mucho cuidado. Apoyó la cabeza en el brazo doblado de Dae.

—¿Y Seojun? —quiso saber.

—Ya se fue.

Se quedaron en silencio contemplando el cielo oscuro. Esa noche la luna apenas iluminaba el cielo y no hacía mucho calor. Sungguk meditó si debía preguntarle sobre el retrato de su abuela.

—Dae —comenzó diciendo.

—Seojun dijo que estaba bien.

—¿Sobre Sunhee?

Dae asintió, sus párpados escondiendo su mirada por unos instantes.

—Seojun dijo que Dae iba a extrañarla por mucho tiempo.

Sungguk se acomodó de costado para mirarlo mejor. Sus ojos recorrieron el perfil de Dae. Estaba tranquilo.

—Me dijo que posiblemente nunca deje de extrañarla.

—¿Y estás bien con esto?

Dae se quedó mirándolo unos instantes antes de contestar.

—No lo sé —admitió. Se movió hasta que apoyó la cabeza en el hombro de Sungguk.

—¿Te preocupa nunca dejar de extrañarla?

Dio un suspiro corto e inestable antes de continuar.

—Seojun dice que yo no sé si extraño a mi abuela o extraño tener una abuela.

Sungguk le acarició la mano, Daehyun se acomodó todavía más cerca suyo.

—¿Y tú qué crees, Dae?

El chico no respondió por tanto tiempo que Sungguk imaginó que no lo haría.

Pero se equivocó.

Sungguk muchas veces se equivocaba con Dae.

—Extraño tener una familia —confesó.

—Estoy yo. Lo sabes, ¿cierto?

Dae desvió la mirada, su atención otra vez en el cielo oscuro plagado de brillos blancos. Entonces, su susurro triste rompió la tranquilidad de la noche.

—No es lo mismo.

33

Los días que le siguieron a ese, Sungguk se encontró un nuevo cuadro en medio de la sala al llegar del trabajo. Todas las pinturas eran de una mujer mayor que se asemejaba demasiado a Moon Sunhee.

Cuatro semanas más tarde, el lienzo volvía a estar blanco.

A la otra tarde, se encontró a Daehyun todavía terminando una pintura con Roko recostado a su lado. Seojun lo observaba desde un sofá.

Esta vez no era una mujer.

Había dibujado un retrato de sí mismo con colores pasteles.

Cuando Sungguk se giró hacia su cuñado, este le asintió con una sonrisa. Dae estaba mejor.

34

Cuando el último laboratorio cerró, Minho volvió a visitar a Moon Sunhee. Mientras notaba que Daehyun asomaba la cabeza por la escalera para volver a esconderse, no pudo evitar sonreír y sorprenderse por lo mucho que había crecido.

—Él... ¿está bien?

En el pasado, Minho jamás preguntó por Daehyun, solo esperaba como un desesperado a que Lara lo mencionase en sus visitas esporádicas. Por eso, era extraño que fuese Minho quien empezase aquella conversación.

—¿Daehyun? —Sunhee sonreía ante su sola mención—. Ya se le soltaron los dientes frontales.

Minho se observó las manos, al continuar su voz albergaba duda.

—¿Es inteligente?

—Tú lo eras, pero él lo es más. Ya sabe escribir y leer. Habla muy bien y mucho —su madre soltó una carcajada—. Algunas veces pasa horas contándome cosas.

Minho tragó saliva, de pronto cayendo en aquel hecho.

—¿Qué tipo de cosas? —comprobó a su alrededor—. ¿Qué te puede contar un niño que nunca ha salido de casa?

Sus palabras hicieron que Lara frunciese el ceño.

—¿Vas a comenzar de nuevo con eso? Pensé que lo habías olvidado.

—Los laboratorios ya cerraron, mamá. Él podría salir de aquí.

Como respuesta, Moon Sunhee se limitó a recordarle el límite que él mismo trazó con su nacimiento.

—¿Ahora te preocupas por Daehyun?

No supo cómo contestar, así que el silencio se prolongó por casi un minuto. De algún modo, pudo continuar:

—Daehyun podría ir a la escuela.

Su madre se puso de pie.

—Es hora de que te vayas, Minho.

—Daehyun no necesita seguir encerrado.

—Vete.

Minho también se puso de pie, sus rodillas temblaban de nervios. Porque en los laboratorios, cada vez que insistió con algo, terminó mal. Por eso se cubrió el estómago con miedo cuando habló:

—Es mi hijo.

—¿Ahora lo es?

Siempre lo ha sido, quiso decir.

Solo que no pudo.

Nunca podía decirlo.

En el presente, ese mismo niño que Minho nunca pudo llamar *hijo*, se tocaba el vientre con ambas manos. Sus dedos largos estaban extendidos sobre su piel, la cual palpaba y observaba con el entrecejo fruncido.

—¿Qué haces? —apoyándose sobre el codo, Sungguk lo agarró por la cintura—. ¿Estás preocupado?

Faltaban dos horas para que Daehyun fuese internado en el hospital de Daegu para su operación: tras año y medio de espera, por fin tendría sus implantes cocleares. Su plaza en la universidad de Seúl había descuadrado por completo la planificación que tenían para Dae, obligándolos a adelantar el procedimiento y retrasar por lo menos cuatro semanas su ingreso a la universidad.

Pero ese no es el problema, pensó Sungguk.

El problema era que Daehyun todavía no estaba enterado sobre su pronta partida a la capital. Si bien había transcurrido un mes desde la noticia, Sungguk no tuvo el valor de contárselo. Y los intentos de Seojun de preguntarle a Dae si le gustaría vivir en otra ciudad siempre terminaban con la misma respuesta:

—Solo con Sungguk.

Así que estaban un poco atascados.

¿La solución? Sungguk se iría con Dae para ayudarlo a adaptarse a la gran ciudad y luego regresaría a Daegu, porque entendía que Dae nunca terminaría por desarrollarse si Sungguk continuaba cerca de él.

Es por su bien, pensó Sungguk observándolo. Pero iba a extrañarlo mucho.

Al escucharlo suspirar, Dae volteó la mirada hacia él. Sus cejas se fruncieron. Antes de que pudiese preguntarle por eso, Sungguk se inclinó y le mordió el hombro desnudo.

—¡Sungguk! —se quejó el chico.

—¿Ves que duele?

Dae bufó.

—Sungguk no es justo porque un día me dice «Dae, no vuelvas a morderme» y ¿ahora resulta que tú lo haces?

En respuesta, se rio entre dientes.

—Es cierto, no fui justo. —Entonces, se quitó la camiseta para quedar desnudo al igual que su novio—. *Ok*, hazlo.

Dae empequeñeció la mirada.

—¿Qué cosa?

—Muérdeme y así quedamos sin deudas entre nosotros.

Ignorando su ofrecimiento, Dae estiró los brazos por sobre su cabeza. Dio un bostezo.

—No quiero —contestó—. Prefiero que me debas un favor.

Su consentido y demandante novio, ¿quién se lo había cambiado?

Volvió a morderle el brazo solo para molestarlo.

—¡Sungguk!

—Ahora te debo dos favores.

Dae se limitó a suspirar.

Horas más tarde, se encontraban en el hospital de Daegu en la habitación donde Dae estaría por dos días. El chico todavía tenía el cabello un poco húmedo en la nuca tras la rápida ducha que alcanzó a tomar.

Minki estaba con ellos junto a Jaebyu, quien además sería el enfermero encargado de Dae. Ahora mismo, le sonreía de manera agradable a Dae al pedirle el brazo para colocarle una cinta sobre el codo que apretó lo suficiente para encontrar la vena. Al hacerlo, sacó la tapa a la jeringa y le introdujo la aguja metálica. El rostro de Dae se contrajo un poco, más por el horror de ver su sangre en frascos que por el dolor del pinchazo.

—Ahora tendrás oídos biónicos —bromeó Minki para distraer a su amigo—. Y vas a poder escucharme desde mi departamento.

—Minki, eso es imposible —le respondió don literal.

Jaebyu rotuló los frascos y les anunció a los chicos que apenas tuviesen los resultados de los exámenes preventivos podría ingresar a pabellón. A continuación, le entregó a Dae la ropa de hospital para que se cambiase y le colocó la pulsera plástica en la muñeca.

Daehyun esperó que Jaebyu abandonase el cuarto con el carrito de insumos para lanzar los zapatos bajo la cama y sacarse la camiseta.

—Dae, no te puedes ir desnudando así frente a la gente —le recordó Minki por décima vez en lo que llevaban de amistad.

El afectado observó a Sungguk y después a su amigo, ambos ocupaban su cama. El chico terminó encogiéndose de hombros.

—Pero si solo están Sungguk y Minki.

Dae se bajó los pantalones y se colocó la camisola que le tendió Sungguk, quien le pidió que se girase para amarrarle las cintas. Al finalizar, le depositó un beso en la nuca. Dae se rio en respuesta, en tanto Minki farfulló.

—Ahora te aguantas, Lee Minki, porque tú provocaste esto.

El resultado de los exámenes tardó más de lo esperado, y producto de la impaciencia y el aire acondicionado que secaba su boca, Sungguk se moría de sed. Observando a su novio, sacó unos billetes del bolsillo y se los entregó:

—¿Podrías comprarme un jugo de uvas en la cafetería? —le pidió—. Por favor, tengo mucha sed.

Daehyun se puso las pantuflas y una bata para cubrirse la espalda que quedaba visible entre los nudos de la camisola. Cuando el chico abandonó el cuarto, Minki se giró hacia Sungguk con el entrecejo tan fruncido que sus cejas casi se hicieron una.

—Mira, Jong Sungguk, te recuerdo que Daehyun es tu novio, no tu mula de carga.

Sungguk se recostó en las almohadas.

—Lo sé.

—¿Entonces tu actitud de mierda solo se debe a una actitud de mierda?

—Lo estoy ayudando.

—Ilumíname porque no noté eso.

Sungguk suspiró.

—En un mes Daehyun estará viviendo en Seúl y yo no estaré con él para siempre. Debe acostumbrarse a hacer las cosas por sí solo.

Al escuchar eso, Minki relajó de inmediato su expresión.

—Pensé que estabas en plan imbécil.

—Yo no tengo ese tipo de actitudes —se defendió Sungguk, ofendido—. De hecho, entre los dos, tú eres la sanguijuela.

—¿A quién le dices sanguijuela, animal?

—A ti.

—Soy un m-preg. Soy prácticamente una categoría nueva en la especie humana, no soy una sanguijuela. Y, además, Jaebyu y yo casi estamos casados y a él le gusta consentirme, ¿qué hay de malo en eso?

—No me metas en tus cosas, yo solo estaba intentando ayudar a Daehyun.

—Bien, entonces ninguno es culpable de nada.

—Bien.

No retomaron la conversación hasta que apareció Daehyun con una bebida. Era de uva, tal cual le pidió Sungguk, solo que de dos litros. Sungguk había olvidado que Dae se tomaba todo demasiado literal.

Había transcurrido al menos una hora desde el examen, cuando Jaebyu regresó al cuarto, esta vez con una expresión preocupada. Minki se puso de pie de inmediato y fue hacia él.

—¿Pasó algo, amor?

—¿Podríamos hablar, Sungguk? —pidió Jaebyu, al mismo instante que la puerta se abría nuevamente e ingresaba esta vez el doctor Lee, el mismo hombre que hacía meses viajó de Seúl para ver los audífonos de Dae.

—No podremos operar hoy a Daehyun —contó con rictus preocupado—, en este tipo de casos se recomienda esperar y volver a reagendar la cirugía.

—¿Reagendar? —cuestionó Sungguk—. ¿Por qué?

—Se debe atrasar por lo menos un año.

—¿Un año? —intervino ahora Minki—. ¿Por qué Dae debería esperar un año si está listo hoy?

El doctor Lee revisó el registro médico de Dae.

—Porque Moon Daehyun tiene cinco semanas de embarazo.

35

Un silencio sepulcral se asentó en la habitación. Un escalofrío le recorrió la nuca a Sungguk y le hizo temblar los músculos. Su visión era borrosa y algo lenta, como si el mundo a su alrededor se hubiese convertido en fotogramas pausados y no en una película continua.

—Hay que sacarle sangre a otra persona —pidió el doctor—. Vi a tu hermana Suni en los laboratorios, Sungguk, ella nos ayudará.

Jaebyu no necesitó más explicación. Salió del cuarto y regresó a los segundos con el mismo carrito con insumos. Acomodó todo en su lugar y le pidió a Minki que se subiese la manga de la camiseta. Minki no estaba mucho mejor que Sungguk, por lo que se limitó a pestañear sin entender qué estaba pasando. A pesar de que Jaebyu se inclinó hacia su novio para susurrarle aquello al oído, Sungguk de igual forma lo escuchó.

—Para hacer nuevos exámenes.

Necesitaban sacarle sangre a Minki para cambiar los resultados y que Dae no quedase registrado en el hospital con un embarazo, de lo contrario el gobierno iba a enterarse y las pocas opciones que tenían por delante se reducirían a una.

Al entender lo que sucedía, Minki se arremangó la camisa. Jaebyu le palpó la piel con cariño y cuidado en busca de la vena.

—Sé que no te gusta esto, querido —dijo Jaebyu con amabilidad—. Pero solo dolerá un instante, ¿está bien? Mejor no mires.

Minki asintió y apartó la vista justo cuando Jaebyu le introducía la punta de la jeringa y llenaba un frasco que luego rotuló con el nombre de Dae. Se quitó los guantes y salió nuevamente para llevarse la nueva muestra al laboratorio.

Sungguk rompió el silencio:

—Es imposible. Sin ciclo es imposible.

—Sin ciclo es imposible —aceptó el doctor Lee.

—Daehyun tuvo el suyo hace dos meses.

Sungguk sintió que Dae se escondía tras su espalda.

—Debió tener otro.

—No, no, no estás entendiendo —negó Sungguk con efusividad—. Repitan los exámenes, deben ser erróneos.

—Ya lo hicimos.

—¡Pues vuelvan a repetirlos! —exclamó perdiendo la cabeza.

—Fue tu hermana quien repitió los exámenes, Sungguk. ¿Crees que ella habría cometido un error?

El terror sabía a acre en su boca.

—Pero es imposible —insistió casi sin voz, la desesperación escalaba por las piernas de Sungguk como un monstruo muerto de hambre—. Daehyun solo ha tenido un ciclo de calor en su vida y fue hace dos meses. Dos meses y yo me cuidé. Lo juro, me cuidé.

La expresión del doctor Lee era compasiva.

—Estás asustando a Daehyun, Sungguk —avisó.

Daehyun.

Sungguk sabía que debería tranquilizar a Dae y no continuar alterándolo. Lo sabía, claro que sabía, pero simplemente no podía moverse, no podía voltearse hacia él y decirle que todo iba a estar bien, que solucionaría el pequeño gran problema que estaban viviendo y que ese futuro que había planificado para él seguiría siendo bonito y brillante. No podía, simplemente no podía mirarlo y pedirle disculpas por haberle arruinado la poca e inexistente vida que comenzaba a disfrutar.

Si el pánico sabía a acre, la culpa tenía un sabor a descompuesto. Un sentimiento oscuro y miserable se aferraba a la espalda de Sungguk y le susurraba al oído que acababa de quitarle una vez más la libertad a Dae.

No era justo.

No era justo, no lo era, no lo era, no lo era.

—Sungguk —escuchó que Dae susurraba tras su espalda, su voz era miedo y confusión.

Sungguk tragó saliva, observaba sus zapatos con los ojos ardiendo y las manos paralizadas en las rodillas.

No era justo, no lo era, claro que no lo era.

¿Pero cuándo la vida lo había sido?

Al sentir la mano de Dae tocando su hombro, Sungguk le acarició la muñeca y se la afirmó, los dedos de ambos se entrelazaron. Dae dio un suspiro entrecortado y se acomodó tras su espalda, acercándose tanto que sus rodillas le rodeaban la cadera.

Al alzar la mirada, Sungguk se encontró con la expresión incrédula de Minki.

—Dae pudo haber experimentado dos ciclos—explicó el doctor.

Antes de que alguien pudiera decir algo, Jaebyu regresó.

—Los nuevos resultados estarán en diez minutos —avisó—. Suni los cambiará.

—Debemos cancelar la cirugía —informó el doctor Lee—. Diré que Daehyun tuvo una crisis y no pudimos anestesiarlo. El doctor Kim Seojun dejó a un psicólogo suplente para la operación, pero es mejor que se contacten directamente con el doctor Kim para que venga a firmar su registro.

De la nada, el doctor Lee acarició el hombro libre de Sungguk y lo apretó, tal vez para darle ánimo, tal vez para hacerlo reaccionar, o posiblemente para ambas cosas.

—Llama a tu papá —le pidió—. Él te ayudará.

Se marchó dejando a los cuatro amigos sumergidos en un mutismo que parecía volverse más y más denso a medida que los segundos pasaban. Sungguk tenía claro que debía hablar con Dae. Sin embargo, no podía, las ganas de vomitar eran insoportables y las de llorar casi incontrolables. La culpa era asfixiante.

Lo había arruinado todo.

Otra vez.

—Creo que fue en la playa —Minki rompió el silencio—. No ocuparon condón, ¿cierto?

—No —aceptó, recordando aquella noche con Dae, de su cabeza intoxicada por el alcohol, de Dae sobre él...

Sungguk sintió que Dae le respiraba en la nuca, luego apoyó la frente en su espalda y lo abrazó por la cintura con fuerza, sus músculos estaban tiesos por el miedo.

—Sungguk —volvió a susurrar con temor.

No era justo, todavía era demasiado joven e inexperto, todavía sabía tan poco de la vida...

No era justo, no debía estar ocurriendo.

Así no, así no, así no.

Sungguk se volteó a mirar al chico. Daehyun estaba de rodillas en la cama, no quería soltarlo. Al notar a Sungguk, bajó la barbilla y posicionó sus puños sobre los muslos. Su piel había perdido su bonito color canela para dar paso a un blanco enfermizo.

Se veía pequeño y asustado.

También se veía culpable.

Culpa.

Eso sentía Dae.

Pero no era su culpa, era de Sungguk. Solo de Sungguk.

Dae estiró la mano para agarrar la suya y entrelazó sus dedos, notando que estaba helado y que temblaba nervioso. Dae se aferró a él con desesperación.

—Te quiero —susurró Sungguk e intentó sonreírle.

La expresión de Dae se relajó, después se movió otra vez hasta esconderse detrás suyo, su aliento le cosquilleaba en la oreja derecha. Dae no lo abrazó, ni tampoco lo tocó más que en sus manos unidas, sin embargo, su presencia era para Sungguk como una manta cálida.

Volteándose hacia Minki y Jaebyu, Sungguk recordó algo:

—Dae no quiso comer ese día.

La espalda de Minki se paralizó.

—A mí me rechazó un emparedado, lo recuerdo —dijo.

Un bufido pequeño de Jaebyu alivianó algo el ambiente.

—Querido, te amo, pero rechazó ese emparedado porque se veía asqueroso. ¿Cierto, Dae?

Sungguk agradeció que lo hubiese incluido en la conversación a pesar de que el chico no respondió.

—Qué desastre —susurró Minki todavía contrariado. Al suspirar, se peinó el cabello—. ¿Cómo pudiste ser tan estúpido, Sungguk? Te repetí como un millón de veces que te cuidaras.

—Lo sé.

Su respuesta irritó a su amigo todavía más. Colocándose algo rojo, apretó los puños al costado del cuerpo. Jaebyu notó el aviso de peligro y quiso interferir.

—Minki...

—¡No! —lo frenó en seco—. Él me va a escuchar.

Jaebyu lo sujetó por los hombros.

—Querido, no es tu pelea.

Minki pareció a punto de llorar. La ira le ganó y se soltó de su novio sin mucho cuidado. Apuntó a Sungguk con la respiración acelerada:

—Sabes que yo amo a los niños y siempre he querido uno. Pero yo, Sungguk, *yo*, porque soy una persona adulta que puede decidir tomar esa responsabilidad. Tú eres un adulto que puede decidir, pero Daehyun recién lo está aprendiendo. ¿Le tomas el peso a la situación? ¿Entiendes lo que hiciste? Le arruinaste la vida.

Sus palabras se perdieron en un barullo de lágrimas. Estaba tan alterado que Sungguk solo alcanzó a notar que Minki se le acercaba, después sintió la cachetada.

—Minki...

El chico se soltó de Jaebyu nuevamente.

—Todos sabíamos que Daehyun iba a cometer errores porque, ¡sorpresa!, está recién aprendiendo a tomar decisiones —continuó Minki pestañeando con fuerza y apretando la mandíbula—. Tú eras el responsable de que esos errores no arruinasen su vida. ¡Y mira lo que hiciste! Eras el responsable y...

—¡No!

Daehyun bajó de la cama. Todavía cubierto con la bata de hospital, se posicionó frente a Sungguk y estiró los brazos colocándose entre su amigo y su novio.

—Basta —repitió—. Basta, Minki.

Los ojos sorprendidos de Minki se dirigieron hacia Dae.

—Dae, no entiendes.

—Yo entiendo, ¡Dae entiende!

—Bebé —susurró Minki—, no puedes entender porque no tienes idea lo que son las responsabilidades. Y no sabes...

—No —lo cortó Dae negando con la cabeza.

—... recién estás aprendiendo. Por eso Sungguk debía evitar esto. Él...

—¡Basta! —pidió elevando la voz. Apuntó hacia la puerta—. Vete, Minki.

—Dae...

Ese mismo chico que hacía año y medio no hablaba y se escondía bajo las mantas si alguien ingresaba a su habitación, elevó la mandíbula.

—¡Que Minki se vaya!

Jaebyu fue el primero en moverse y tiró a su novio por la cintura. Minki luchó sin fuerza y terminó saliendo del cuarto. El sonido de la puerta cerrándose fue ensordecedor.

Daehyun todavía estaba frente a Sungguk cuando lo abrazó. Sintió que se paralizaba. El mundo de Sungguk de pronto estaba borroso. Era un desastre emocional.

—Perdóname, por favor —suplicó con la voz ahogada y entrecortada porque se hacía pedazos, la culpa lo hacía pedazos.

—Sungguk...

Daehyun se giró entre sus brazos. Sus manos grandes le acunaron el rostro. Su expresión se vio asustada cuando le intentó apartar las lágrimas con movimientos torpes y desesperados.

—Sungguk, no llore, por favor.

Fue incapaz de dejar de hacerlo. Enterrando su nariz contra el estómago de Daehyun, lo estrechó con más fuerza mientras continuaba llorando. Dae le acarició el cabello y los hombros.

—Sungguk, por favor —repitió confundido. Y claro que Sungguk malinterpretó esa confusión con ignorancia, porque por supuesto que Dae no terminaba de entender la situación, ¿cómo podría si no conocía lo que era una responsabilidad así?

—No me odies —suplicó débil, patético y desesperado.

—Nunca podría odiar a Sungguk.

A la hora, guardaban las cosas de Dae en la maleta y salían del hospital con un examen negativo y unos sueños destruidos bajo sus zapatos.

Cuando Sungguk revisó su celular, tenía diez llamadas perdidas de Suni. Las ignoró y le marcó a Seojun de camino a casa. Todos sus intentos terminaron en el buzón de voz. Al llegar, su hermana lo estaba esperando afuera. Roko, que se divisaba entre las cortinas, lloraba desesperado.

Daehyun se movió nervioso hacia la puerta. Saludó a Suni inclinando la cabeza y manteniéndola baja con los brazos cruzados sobre el estómago. Si bien no era la primera vez que Suni y Dae se encontraban, nunca habían cruzado más que un par de palabras. Hacía dos años que su hermana había asumido la jefatura de los laboratorios y su trabajo estaba consumiendo su vida, razón por la cual Sungguk veía más a Seojun que a ella.

—Hola, Daehyun —lo saludó de regreso—. Sungguk.

Ella iba vestida con bata blanca y con la credencial del laboratorio colgando del cuello.

—¿Podemos hablar, Sungguk?

Nada más Sungguk abrió la puerta de la casa, Daehyun ingresó y se perdió en el patio trasero. Roko olfateó a su hermana y luego siguió a Dae. La mirada de Suni recorrió su rostro cuando ambos tomaron asiento en la cocina.

—Lo siento —dijo ella.

El tono era de pésame, porque nada de esa noticia parecía ser algo bueno.

—¿Daehyun está bien con lo ocurrido?

—No hemos hablado.

Las cejas de Suni se fruncieron. Los hermanos no se parecían en lo más mínimo, ella era una viva imagen de su madre Yejin y eso era algo que les pesaba a ambos; a Suni, cada vez que se miraba al espejo; a Sungguk, cada vez que miraba a su hermana.

—Sungguk —susurró Suni sujetándolo por la muñeca—, sé que te sientes culpable.

—Porque lo soy.

—Nadie es culpable, pero los dos tienen responsabilidad.

Sungguk frunció los labios.

El sonido del reloj de la cocina le parecía irritante.

—Llama a papá —le recordó Suni—, él sabrá qué hacer.

—No hay mucho que hacer.

Suni le acarició la mano y la posicionó sobre la suya, con su dedo pulgar rozándole el dorso.

—Daehyun todavía tiene una opción, ¿sabes?

Sungguk tragó saliva.

—Solo Dae puede decidir eso.

—Lo sé —aceptó su hermana—. Yo también tuve esa opción a los dieciocho. Fue papá quien me la dio.

Alzó la mirada con sorpresa.

—Yo... no lo sabía.

Suni dio un suspiro pequeño.

—También era demasiado joven, Sungguk. Así que sé cómo te sientes, y sé también cómo debe sentirse Daehyun. Créeme.

Sungguk jugó con la mano de su hermana.

—¿Te arrepientes?

—Algunas veces, pero no lo suficiente. Seguiría tomando la misma decisión, Sungguk. Siempre.

Bajó el mentón y asintió soltando a su hermana.

—Gracias, Suni.

Su hermana le acarició la barbilla con el mismo cariño que lo hacía Daehyun. Sungguk no se dio cuenta de que había comenzado a llorar hasta que Suni le tocó la mejilla quitándole las lágrimas con el pulgar.

—No llores, Gukkie.

Se limpió las lágrimas con los puños.

—Lo siento.

—Seojun está visitando a un paciente a las afueras de Daegu, es un caso complicado. Regresará por la noche. Intenta tranquilizar a Daehyun, debe estar muy asustado.

—Sí.

—¿Y, Sungguk? —dijo Suni antes de marcharse—. Daehyun no es mamá, no le cargues sentimientos que no le pertenecen.

Sungguk se quedó observando el asiento vacío que dejó su hermana. Al rato, fue al baño y se mojó el rostro para intentar calmar su piel enrojecida.

Fue a buscar a Dae.

El chico todavía se encontraba en el jardín, a un costado Moonmon peleaba con Roko por una pelota. Daehyun estaba de rodillas plantando una de las flores que Sungguk le había comprado en la semana. Su ropa estaba cubierta de tierra y sudor. El cabello ondulado se le pegaba en la nuca.

Sungguk se quedó apreciando la escena con un nudo en el estómago. Se movió hacia Dae con lentitud. Al ubicarse a su espalda, se puso en cuclillas posicionando cada rodilla a un costado de su cuerpo. Lo abrazó con cuidado por los hombros, enterrando su cara en el cuello para acariciarle la piel con la nariz.

—Te quiero —susurró al oído que portaba el audífono.

Le besó la nuca sintiendo que se estremecía entre sus brazos.

Daehyun volteó la cabeza hacia él; seguía confundido. Sus ojos recorrieron el rostro de Sungguk, desde sus párpados hinchados hasta sus labios, y le dio un beso en la comisura de la boca.

—Yo también —respondió suavecito.

Sungguk apartó un mechón que se le pegaba en la sien.

—Te prometo que te explicaré todo —dijo, tragando con fuerzas—. Pero Seojun debe ayudarme, lo estoy esperando.

Dae asintió y su mirada rehuyó la suya.

—*Ok* —aceptó.

Volvió a girarse y regresó a su rutina de aplastar la tierra suelta con los nudillos. Al relajarse, apoyó la espalda contra el pecho de Sungguk. Se quedaron casi una hora así.

36

Una vez, Sungguk lo escuchó de su mamá.

—Deberías regresar —pedía su papá—. Hazlo por Sungguk.

Fue al finalizar su cumpleaños número nueve.

—Solo lo haré por Sungguk.

Su mamá se quedó tres días con ellos, pero ella siempre lloraba.

A la cuarta mañana, Sungguk la descubrió ordenando ese pequeño bolso que había traído consigo desde Busan. Sungguk se asustó cuando sintió unas manos sobre sus hombros. Al girarse, su padre le sonreía. Por ese tiempo, ese gesto nunca llegaba a sus ojos.

—Iremos al parque —le dijo—, Suni ya está en el auto.

Cuando regresaron por la tarde, la casa estaba oscura y vacía.

De igual forma, Sungguk corrió por todos lados buscando a su mamá. Al pasar por la sala para ir a investigar al patio, su padre lo sujetó.

—Sungguk, ella no está.

Su mirada fue de su hermana, que parecía aguantar las lágrimas, a Sehun.

—Es por mi culpa, ¿cierto?

Su padre le repitió muchas veces que no lo era.

Pero Sungguk nunca dejó de sentirse así.

Culpable de no ser suficiente.

Culpable por hacer a la gente infeliz.

Culpable por siempre arruinarlo todo.

37

Sungguk no tuvo noticias de Seojun ese día. Cuando se fueron a acostar, Dae lo buscó bajo las sábanas para abrazarlo y besarle el rostro, con una sonrisa confusa y nerviosa. A las horas, Daehyun se durmió intranquilo a su lado mientras Sungguk contemplaba el cielo del cuarto con las sábanas enrolladas en la cintura.

Ansioso, tomó el celular bajo la almohada y salió en silencio de la habitación. Sus pasos apenas se oyeron en el corredor y después en la escalera; la casa estaba tranquila, pues tanto Eunjin como Namsoo se encontraban en turnos nocturnos.

Se sentó en el sofá con Roko a su lado, mientras su celular giraba entre sus dedos. Sungguk sentía un nudo en el estómago al encender la televisión y dejarla con el volumen más bajo. Hizo girar el celular una vez más. Tomó aire y marcó a la única persona a la que siempre recurría.

—Estaba esperando a que me llamases —respondió su padre con voz calma y amable, Suni debió haberle contado.

Sorbió su nariz.

—Lo sabes, ¿verdad?

—Sí.

Sungguk tuvo que morder su labio unos instantes para dejarlo quieto.

—No sé qué hacer.

—Hijo...

—Le arruiné la vida.

—No, no lo hiciste.

—Él tenía que irse a estudiar a la universidad, hoy lo operarían y ya no tendría más problemas para oír. Pero yo arruiné todo.

—Sungguk...

—Se supone... se supone que Dae debía ser libre, quería que fuese libre y lo arruiné, papá.

—No es justo —aceptó Sehun—, pero tampoco estás siendo justo contigo.

—No entiendes, papá. Dae solo tiene veinte años y pasó toda su vida encerrado. Y ahora de nuevo está atado a algo.

—Sungguk —susurró Sehun con el mismo tono que utilizaba cuando Sungguk lloraba de pequeño—, yo podría hacer algo, ¿lo sabes, cierto?

Hubo una pausa antes de continuar.

—¿Puedes?

—Si Dae lo necesita, puedo ayudarle a abortar. Pero solo ofreceré esto si es Dae quien lo decide, solo él. Tú puedes opinar, Sungguk, pero no decidir en esto.

—*Ok* —aceptó con tono suave.

—Puedo viajar a Daegu y darle una pastilla. Como Dae es un m-preg, necesitará de todos modos una cirugía para eliminar los restos.

—Nunca le permitirán abortar, papá.

—Lo haría pasar por una apendicectomía, ¿lo entiendes?

El frío nuevamente comenzaba a escalar por las piernas de Sungguk.

—Entiendo.

—Quiero que quede claro que esto es una decisión que le corresponde solo a Dae. Creo haberte criado bien y no pensaré en que lo presionarás a aceptar la opción que tú consideras mejor para él.

Sungguk bajó la mirada a sus pies desnudos.

—Sí —se escuchó diciendo—. No lo haré.

—Bien, quería que supieran que puedo ayudarlos si me necesitan.

—Yo —tragó saliva con dificultad—, pensaba que querías un nieto.

—Quiero, Sungguk, siempre querré uno. Pero no quiero que Dae sufra porque se le obligó a ser padre cuando no podía o tal vez no quería serlo. Su salud mental es más importante —se corrigió con delicadeza—. La decisión de Dae es lo más importante.

—Dae es más importante —repitió Sungguk, asintiendo.

—Ahora bien, ¿cómo se está tomado Daehyun la noticia?

El nudo en su pecho se hizo más apretado.

—No lo sé.

—¿Cómo no puedes saberlo, hijo?

—Yo... —aire, necesitaba aire. Tragó saliva—. No he hablado con él sobre el tema.

—¿Por qué no?

—Yo... quería que estuviese Seojun. Ya le destruí muchas cosas, no quiero también ocasionarle una crisis porque soy un idiota que no sabe explicarle las cosas.

—Sungguk —lo frenó Sehun—. El error que estás cometiendo es esperar y no hablar con él. ¿Tienes idea del desastre emocional que le estás ocasionando? Dae es la persona más perspicaz e inteligente que he conocido y debe creer que hizo algo mal. Debe sentirse culpable, ¿no lo pensaste?

—No.

—Habla con él. Basta con que seas comprensivo y paciente, nada más. No necesitas un título universitario para conversar con tu pareja.

Una vez más, Sungguk se apartó el cabello del rostro.

—Yo solo... solo no quería arruinarlo más, papá, lo siento.

—Dae arrastra carencias emocionales, no problemas de aprendizaje. Entenderá si le explicas.

Un dolor de cabeza le había comenzado en la sien.

—Esto no debería estar ocurriendo —soltó ahogado, mareado—. No así.

—Ya está hecho, debiste pensar en esto antes.

—Es que no... no, no...

—Hijo.

Sungguk cerró los ojos con fuerza mientras apretaba el teléfono contra su oído.

—No debía ocurrir así. Se suponía que Dae debía irse a Seúl, ir a la universidad, conocer gente, tener experiencias y ser libre. Y luego, solo si él así lo quería, regresaría a Daegu y tal vez a mí. Eso debía pasar, no esto, no... *esto*.

El llanto se comió su última palabra. Desesperado, apretó la palma contra su boca para enmudecer el sollozo. Entonces, sintió que los cojines del sofá se hundían a su lado. Al voltear la mirada, encontró la expresión más triste del mundo. Sentado sobre sus piernas flexionadas con las manos en sus propios muslos, Dae lo observaba con los ojos brillantes y grandes.

—Puedo entender —escuchó que decía—. Sungguk, explícame y puedo entender.

Sungguk se quedó paralizado unos segundos.

—Papá, hablo contigo luego —cortó antes de recibir una respuesta—. Dae...

La mirada de Daehyun se inundó en lágrimas.

—¿Sungguk me va a dejar?

—No, no, no, no.

No obstante, Dae negó con la cabeza.

—Sungguk dijo, yo escuché desde la escalera, Dae no es bobo. Sungguk dijo que Dae debía irse. Pero no quiero, Sungguk, no quiero irme, no quiero.

Sungguk lo sujetó por la cintura y lo atrajo para abrazarlo. Dae lo evitó.

—Por favor, Sungguk, no me dejes —rogó—. No quiero irme.

—No voy a dejarte, Dae —prometió.

—No quiero irme, por favor, seré bueno... seré bonito... por favor, Sungguk, seré bueno —pidió desesperado.

—Dae, respira, por favor.

Pero el chico continuó temblando, suplicando y llorando.

—Solo quiero a Sungguk, solo a ti, nada más, por favor.

Le acarició el cabello de la nuca para intentar tranquilizarlo.

—No digas eso, Dae, hay mucha gente maravillosa en tu vida ahora.

—Dae no miente —balbuceó enterrando los dedos en los brazos de Sungguk—. Solo te quiero a ti, pero Sungguk no me quiere porque Dae se embarazó y no es bonito porque no fue bueno como se lo ordenó su abuela. Yo no quiero que Sungguk me deje, por favor.

Sungguk lo hizo cambiar de posición para acurrucarlo sobre su regazo. Le besó cada espacio de piel de su rostro, capturando las lágrimas que bajaban sin control.

—No digas eso, por favor.

—Seré bonito, lo juro, Sungguk, seré muy bonito.

—Ya eres bonito.

Un beso.

—Eres precioso e inteligente.

Otro beso.

—Y te amo mucho.

El último beso.

Su mano palpó el abdomen de Dae.

—Y si tú lo quieres, también yo lo querré.

Daehyun le devolvió el abrazo.

—No quiero una vida sin Sungguk —suplicó.

Y Sungguk tampoco quería una vida sin Dae, solo que tal vez lo entendió demasiado tarde.

38

Los párpados le pesaban cuando abrió los ojos. La respiración de Sungguk le hacía cosquillas en el cuello, se movió y sintió el brazo de su novio sobre su cintura. Se quedó contemplando el techo de la habitación, el cielo afuera de la ventana comenzaba a tornarse rosa. Notó que se encontraba recostado en el centro de la cama de dos plazas, pero no recordaba haberse ido a dormir ahí. Su último recuerdo era el de Sungguk prometiéndole que no lo dejaría.

Dae logró salir de la cama, sus pies desnudos avanzaron por el pasillo. Se cubrió la boca para acallar el sollozo. Al cerrar la puerta del baño, apoyó la espalda contra la madera y se deslizó por ella hasta terminar sentado sobre la fría baldosa. Afirmó sus piernas contra el pecho y apoyó la frente en sus rodillas.

¿Así se había sentido su padre cuando se enteró de él?

¿Así de horrible?

¿Así de sucio?

¿Así de malo?

Porque Dae ya no se sentía bonito, nada bonito.

Anudando su cintura con los brazos, lloró en silencio.

39

Un beso cerca de la oreja, luego unos labios que le acariciaban la curva de la mandíbula y subían hasta su boca ansiosa. Al abrir los ojos, Dae se encontró con el rostro de Sungguk eclipsando su mundo. Los párpados todavía le pesaban y los sentía irritados, le dolían al pestañear cuando intentó acostumbrar sus ojos a la luz blanca de la mañana. Y a pesar de todo, Dae no pudo evitar sonreír con timidez.

—Cumpliste —dijo con dolorosa ilusión.

Sus piernas se enredaron con las de Sungguk, como si quisiese sentirlo para recordarse que seguía con él, que no se había marchado.

—¿Mejor? —quiso saber Sungguk.

Apartó la mirada al recordar la baldosa fría del baño bajo sus piernas desnudas y su llanto silenciado, como si su boca hubiese regresado al pasado.

—Sí —mintió.

En el limitado espacio que le dejaban los brazos de Sungguk, Dae se estiró con una sensación pesada en el pecho. Era un sentimiento que sabía amargo en su lengua. Sungguk se quedó observándolo unos instantes y después se acercó más, besándole los párpados con tanto cuidado y cariño que Daehyun una vez más quiso llorar.

—¿Podemos despertar así siempre, Sungguk? —pidió, el «siempre» también sabía amargo.

—Siempre que quieras —aceptó Sungguk.

Siempre que quieras, repitió Daehyun para sus adentros.

¿Pero qué era lo que Dae realmente quería?

La pesadumbre de su pecho se asentó. Notó que sus manos se habían dirigido hacia su vientre de manera involuntaria. Las apartó de inmediato. Sungguk continuaba mirándolo.

—¿Es lo que quieres, Dae? —insistió Sungguk.

Dae no quería hablar del tema, por lo que se volteó en la cama para esconderse contra el cuello de su novio. Le gustaba el calor de Sungguk, tenía ese gusto familiar y reconfortante, como leche con chocolate en invierno. Aunque el olor de la piel de Sungguk, Daehyun ya no lo percibía tan bien como antes; su buen olfato se estaba perdiendo con el tiempo.

Pero eso era algo que Daehyun ya sabía.

Todo lo demás era lo confuso.

Cerró los ojos al sentir que Sungguk se movía. Se le hizo un nudo en el estómago cuando su novio tomó aire, Dae sabía lo que iba a continuar.

—Debemos hablar —pidió Sungguk. Había levantado la parte posterior de la camiseta de Daehyun y apoyaba la palma contra su espalda, acariciándolo con lentitud.

Intentaba tranquilizarlo.

Pero eso era algo que Daehyun también ya sabía.

—*Ok* —aceptó, a pesar de que no quería.

Tener conversaciones, eso era otra cosa que lo confundía.

—Quiero explicarte algo —siguió. Daehyun no tuvo que responder—. Necesito que tomes una decisión, Dae.

Decisiones, eso era otro concepto confuso para él. ¿Por qué la gente le pedía a otra que decidiese sobre algo cuando solo daban dos alternativas? Ese sentimiento de confusión y desconcierto era una sensación con la que Daehyun convivía día a día. Entender para no entender realmente. Como los sentimientos, que creía entender, pero no comprendía del todo.

—*Ok* —volvió a aceptar.

Vio que Sungguk se lamía los labios. Seojun le había explicado que ese tipo de comportamiento se daba cuando alguien estaba nervioso. Al parecer, Daehyun no era el único que tampoco quería tener esa conversación.

—¿Te acuerdas de ese día en la playa?

Más que recordar, Daehyun podía olerlo.

Asintió contando hacia atrás para evitar llorar, tal cual le había enseñado Seojun.

—Ese día no ocupamos preservativo y al parecer estabas teniendo un ciclo, que no notamos porque...

Sungguk no terminó su oración, pero Dae sabía a lo que se refería.

Su abuela.

La extrañaba.

¿Estaría enojada con él si estuviese viva?

—No entiendo muy bien sobre los ciclos... —se encogió de hombros—. ¿Sungguk no puede poner una alarma en el celular para recordarlo?

Eso le sacó una sonrisa triste a Sungguk.

—Creo que es tarde para eso.

Daehyun no tendría ciclos por varios meses. Eso también lo sabía.

—Mmm.

—Estás embarazado, Dae.

Dae asintió con lentitud.

Eso era otra cosa que entendía, pero no lograba terminar de comprender. Nunca se le había hecho tan difícil alcanzar el significado de una palabra.

—¿Por eso estás triste? —preguntó.

—Quiero que entiendas algo, Dae —Sungguk se quedó esperando a que lo mirase para continuar—. No estoy triste por eso.

—¿No? —susurró.

¿Entonces por qué el nudo en su garganta era tan persistente?

—No —repitió Sungguk—. Estoy triste por las circunstancias en las que se dio.

Frustrado, cerró los ojos.

—No comprendo —admitió derrotado y desesperado—, intento, pero no puedo.

Tal vez tampoco quería llegar a entenderlo.

Dae pensó otra vez en Minho.

¿Así se había sentido él?

—Un hijo puede ser maravilloso, Dae, pero también es una enorme responsabilidad. Y no es esa clase de responsabilidad que se va al llegar a la meta, es algo que estará siempre porque necesitará que lo cuidemos, lo amemos y le enseñemos. Y eso no es algo que se vaya a acabar. Una vez que se es padre, jamás dejas de serlo.

—Pero Sungguk me cuida, ama y enseña.

La mano en su cintura se quedó paralizada unos segundos.

—Sí, yo te cuido, amo y enseño —aceptó—. Pero es diferente.

—¿Por qué?

—Porque no eres mi hijo. Eres mi pareja.

Aquello hizo a Daehyun bajar la vista.

—Pero soy una responsabilidad para ti, yo sé. Entonces yo también puedo tener una responsabilidad.

—Sigue siendo diferente.

Dae negó con los ojos cerrados.

—No entiendo —susurró.

—Es diferente, Dae, porque un niño no tiene la capacidad para tomar decisiones. Tú puedes tomarlas, solo que no sabes cómo.

—Pero sigo siendo una responsabilidad —dijo en un suspiro.

—Es distinto. Yo te enseño cómo tomar decisiones, pero tú terminas eligiendo. Con un niño, tú debes tomar todas sus decisiones y por eso es una responsabilidad mucho mayor, que no tiene comparación con lo nuestro. Además, no eres una responsabilidad para mí, Dae. Lo hago porque te amo y quiero lo mejor para ti.

Los ojos comenzaban a picarle.

¿Por qué no podía entender?

¿Por qué?

¡¿Por qué?!

¿Por qué era tan difícil?

—No entiendo —jadeó desesperado.

—Dime y te puedo explicar.

Su labio inferior tembló al hablar.

—No entiendo, yo soy una responsabilidad, pero a ti no te molesta. Me quieres. ¿Por qué entonces me molestaría...?

—¿Qué cosa?

—A mí no me molestaría Osito.

La expresión de Sungguk se paralizó.

—¿Osito?

Dae se llevó una mano al vientre.

—Osito —repitió.

—¿Osito es nuestro hijo? —susurró Sungguk.

Tragando saliva, Dae asintió contra la almohada y cerró los ojos. Su cabello se desordenó contra la tela.

—Osito será una responsabilidad para mí, lo entiendo, en serio, Sungguk, pero si a Sungguk yo no le molesto, ¿por qué a mí me molestaría Osito?

Sungguk le tocó la barbilla. Dae sabía que era su solicitud para que lo mirase, pero no podía. O tal vez no quería.

De pronto, el chico sintió un beso en la punta de la nariz que lo desconcertó lo suficiente para volver a observarlo. Recién ahí Sungguk habló:

—No me temas, Dae. Necesito que me mires porque es algo importante.

A pesar de que quería olvidar que eso estaba ocurriendo, Daehyun asintió con cuidado.

—Dae, quiero que entiendas que viviste casi toda tu vida encerrado. Recién estás aprendiendo a vivir. No estás preparado para asumir la responsabilidad de un hijo. No es junto contigo. Debes conocerte para conocer a otra persona.

—¿Conocerme? —negó sin entender otra vez—. Pero yo me conozco.

Sungguk tocó la frente de Dae con cuidado.

—Me refiero a tus gustos, a lo que quieres ahora y a futuro.

—Me gustas y te quiero, ahora y en el futuro.

Pero si Dae dijo lo que su abuela le decía para hacerlo feliz, ¿por qué Sungguk se veía tan triste?

—Me refiero a otros gustos y preferencias. Cosas como pintar, ¿no querías aprender cosas nuevas?

—Sí —ganó confianza al notar que Sungguk sonreía—. A mí me gustaría eso.

—¿Y te gustaría aprender más? —Sungguk cambió de posición para que sus labios rozaran la frente desnuda de Dae—. Pero Osito conlleva responsabilidades y esfuerzo, mucho cuidado y dedicación, ¿lo entiendes? Podría interferir en tus deseos.

Daehyun se quedó unos segundos observando a Sungguk sin pestañear.

—Entiendo —dijo despacio.

—Por eso estoy triste, Dae —Sungguk inspiró y continuó lento, elegía cada palabra con cuidado—. Se suponía que debías tener el tiempo para hacer ese tipo de cosas sin tener que preocuparte por nada más. Quería que viajaras, que conocieras a gente, que estudiaras... que vivieras e hicieras todo eso sin tener que pensar más que en disfrutar, ¿me entiendes? Quería que fueras a la universidad.

—¿Por qué? Seojun dijo que podría aprender a pintar en Daegu. Yo podría ir a la escuela de artes, Sungguk.

—Sí, sí —dudó—. Pero en Seúl hay universidades mejores que el instituto de Daegu.

—¿Por qué?

—Hay prestigio, te da más oportunidades para encontrar trabajo y llegar lejos.

—¿Voy a trabajar?

—Solo si quieres —Sungguk hizo una pausa—. En tu caso, no creo que el prestigio sea muy importante.

Dae se encogió de hombros como pudo.

—Puedo trabajar en Daegu —dijo.

—Sí.

Sungguk le acarició la mejilla. Dae hizo un puchero mientras se estrechaba a él.

—Yo quiero aprender, pero también quiero estar contigo.

—Ahora lo entiendo, pequeño.

Dae se aferró a los brazos de Sungguk con un poco de fuerza, su mirada grande y ansiosa le recorrió el rostro.

—Pero querías enviarme lejos para eso, y no ibas a irte conmigo.

Sungguk tardó en asentir.

—Pensé que era lo mejor para ti, lo siento.

—No quiero hacer esas cosas si no estás conmigo.

Dae comprendió que había dicho algo malo porque la expresión de Sungguk volvía a ser triste. Daehyun no entendía por qué seguía siendo tan difícil. La ansiedad empezó como un cosquilleo en su nuca y una desesperación en sus brazos. Sentía la ropa pegada a su pecho y las sábanas aprisionando sus piernas.

—No debería ser así —respondió Sungguk.

A Dae comenzaba a cerrársele la garganta.

—Sungguk debe decirme lo que quiere y yo lo haré —suplicó—. Yo seré obediente, lo seré, superobediente, lo juro, solo dime. Seré bonito.

¿Pero por qué Sungguk se veía más y más triste?

—No tienes que ser bonito, Dae.

—Puedo ser obediente.

—Sé que lo serías, pequeño. Pero ese es el problema.

La confusión repletó la cabeza de Daehyun una vez más.

—Si yo hacía lo que la abuela decía, la abuela era feliz.

—No quiero que hagas lo que yo quiero, quiero que hagas lo que tú quieres.

—Quiero hacer lo que Sungguk quiere.

—Pequeño...

Sus ojos se llenaron de lágrimas y se llevó los puños apretados contra el rostro para ocultarse.

—N-no entiendo —tartamudeó—. Por favor, Sungguk, dime lo que quieres que haga.

Sungguk le acariciaba la espalda con cariño.

—Dae, no es lo que yo quiero que hagas, es lo que tú quieres hacer. Solo tú, sin incluir a otros en la oración.

Bajó los brazos para ahora aferrarse a la camiseta de Sungguk.

—No... Sungguk se va a ir como la abuela.

—Te prometo que no me iré. Lo siento por hacerte pensar que te dejaría. Soy un estúpido y lo lamento, Dae, en serio. No me iré, estaré contigo mientras tú lo quieras, ¿está bien?

Sungguk se quedó unos segundos en silencio para acercarse a él hasta que sus frentes volvieron a encontrarse.

—Tienes que aprender a querer cosas que no estén relacionadas conmigo —un beso aterrizó en la mejilla de Daehyun—. Pero todavía tenemos tiempo para eso. Por ahora, debes saber que no te dejaré y no me enojaré sean cuáles sean tus decisiones, ¿*ok*?

Con los ojos cerrados para aguantar las lágrimas de desesperación que se formaban otra vez tras sus párpados, Dae asintió con inseguridad.

—*Ok* —aceptó.

—Por eso, necesito que me digas si crees que Osito será mucha carga, Dae, solo dime y veremos juntos lo que haremos, ¿está bien? Cualquier cosa que digas, estará bien para ambos, ¿*ok*? No te dejaré si decides que Osito es mucho para ti, estamos juntos en esto. Pero para eso debes decírmelo.

Lamiéndose los labios irritados, Dae tomó una inspiración e intentó relajarse.

—¿Debo decirlo ahora?

La risa suave de Sungguk se sintió cálida como chocolate caliente en una noche fría.

—No ahora, piénsalo unos días. Todavía tenemos tiempo. Es una decisión importante, así que piénsalo mucho. Si crees que será mucho para ti, podemos hacer algo.

—¿Cómo sé que será mucho?

—Piensa en tu futuro y dime si te imaginas a Osito en él, dime cuáles son tus sueños y si te molesta o incómoda que Osito esté en ellos. Por lo demás —los labios de Sungguk aterrizaron contra la frente de Dae y susurró las siguientes palabras contra su piel—, Seojun te lo explicará mejor en unas horas.

—Pero ¿qué es lo que quieres tú?

—No te lo puedo decir.

—¡¿Por qué?! —se quejó.

—Porque si te digo lo que yo quiero, querrás eso.

—Pero...

—No te preocupes —lo interrumpió—. Seojun te explicará todo para que puedas tomar la mejor decisión, ¿está bien?

—¿Y si me equivoco?

—Cualquier decisión que tomes, será la correcta. ¿Y sabes por qué? Porque la vas a estar tomando tú. Además, todos nos equivocamos. Es algo humano.

No le quedó más que aceptar.

—*Ok*.

—Te amo, ¿lo sabes, cierto?

Bonito.

Dae se sentía bonito.

Todo estaría bien, ellos iban a estar bien.

40

Cargando en los brazos a Jong Sungguk, ojeroso y cansado por llevar días enfermo, Sehun observaba con atención la reacción ansiosa de Moon Minho. Ubicado en el sofá de la casa, se retorcía tan fuerte las manos que las articulaciones resonaban con cada movimiento.

—No fue un accidente, ¿cierto? —Minho se quedó paralizado contemplando el suelo—. Sungguk no se te escapó, fuiste tú quien lo llevó ese día al parque.

Minho inspiró entrecortadamente, porque si bien era capaz de ocultarle información, no podía mentirle a Sehun. El peso de la culpa siempre era mayor a sus deseos de mantener algo en secreto.

—Lo siento.

—¿Por qué lo hiciste?

Intentó mentir, no pudo.

—¿Qué pretendías, Minho? —insistió Sehun.

Seguía sin responder, se encogió más y más en el sofá.

—Sungguk podría haber contagiado a esos niños en el parque.

Pero a eso Minho no le importaba realmente, no cuando recordaba la expresión de Moon Daehyun cuando apareció en el parque. No podía importarle cuando todavía recordaba a Daehyun acercándose con timidez a los juegos, demasiado introvertido para hacer algo más que seguir a los niños y repetir lo que el resto hacía. Minho no lograba olvidar los ojos anhelantes y desesperados de Daehyun mientras Sungguk se le acercaba tras verlo caer y lastimarse las rodillas. Así que el mundo podía llamarlo egoísta, porque a Minho no le importaba que esos niños pudiesen salir afectados con tal de ayudarlo.

Por eso permaneció en silencio.

Sin embargo, cuatro días más tarde, Minho comenzaba a arrepentirse de no haberle confesado la verdad a Sehun. Al séptimo día, con Sehun paseando por la sala de la casa hablando con alguien por teléfono, Minho se mordía una vez más las uñas hasta hacerse daño. Los ojos ardientes y su pierna inquieta se movían al ritmo del reloj de la cocina.

Tik, arriba.

Tok, abajo.

Y de nuevo.

—Llegó otro niño al hospital contagiado por meningitis —informó Sehun, dando un suspiro cansado y agobiado—. Con este van seis.

—Lo siento.

Sehun se calmó antes de continuar.

—¿Cuántos niños había ese día en el parque?

—Seis —mintió.

—¿Solo seis? —dudó antes de asentir—. ¿Estás seguro?

Por supuesto que no.

Minho mentía.

Nunca fueron seis, eran siete y ese séptimo niño debía enfermar lo suficientemente grave para no que existiese más opción que ser llevado al hospital. Solo que eso no estaba ocurriendo.

—¿Cuál es la probabilidad de que un niño que haya jugado con Sungguk ese día...? —su voz enmudeció de golpe—. ¿No esté contagiado?

La expresión de Sehun se paralizó por la sorpresa.

—¿Qué hiciste, Minho?

—Yo solo... solo quería ayudarlo.

—La meningitis puede ser mortal, Minho —musitó Sehun negando con la cabeza a la vez que iba hacia la puerta y agarraba su maletín. Se detuvo en la entrada—. No puedo creer que hayas hecho algo así.

El dolor era agudo y punzante, y a la vez se propagaba por todo su cuerpo paralizándolo en ese sofá.

—Ella debía llevarlo al hospital —balbuceó.

Sehun alzó la vista hacia el cielo. Luego, la puerta se cerró tras él.

Cuando días después Sehun regresó y le contó que Daehyun había perdido la audición, Minho creyó que volvía a morir. Era la misma sensación desesperante que sintió la primera vez que un hombre ingresó a su cuarto en los laboratorios y la misma cuando el último de ellos abandonó su cama.

Y fue así como Minho pasó una vida completa esperando a que llegase el momento adecuado. Horas completas fingiendo que no le interesaba Dae, mientras se sentaba en el comedor de la casa en la que vivió durante dieciocho años y su madre se convertía finalmente en Lara. Lara, la que ahora llevaba las llaves de la casa atadas a la cintura y había sellado todas las ventanas con pegamento, la que mantenía escondido a Daehyun en alguna parte del segundo piso cada vez que Minho iba a visitarla.

Y si bien podría haberse llevado a Dae en todas esas oportunidades en las que fue de visita, no lo hizo porque Sehun se lo había prohibido. Minho ya no confiaba en sus propias decisiones, pues por ellas condenó a Dae a una vida de encierro y del más absoluto silencio.

Así que esperó hasta que Sehun depositó un frasco de pastillas frente a él.

—Será lento, pero es lo mejor. Nos dará el tiempo suficiente para que Sungguk salga de la academia. Debes entregárselas a Lara, con esto lograremos que Daehyun sea libre.

—¿Lo será?

Las miradas de ambos se encontraron.

—Cuando llegue el momento, tendremos que pedirle ayuda a Eunjin. Y llamar a la televisión.

Tanto esfuerzo y años de planificación para evitar justamente lo que temió desde que lo sostuvo entre sus brazos.

Moon Daehyun estaba embarazado.

Y todo era su culpa, Minho lo había permitido, le había dejado quedarse en esa casa cuando hace un tiempo ingresó para llevarse a Dae. Lo dejó escapar al segundo piso. Le permitió quedarse con Sungguk porque Daehyun había llorado y suplicado que lo dejase tranquilo, porque Sungguk era bueno y bonito.

Pero Sungguk no fue bonito, pensó Minho al recordar a Dae huyendo por las escaleras, luego sintiendo los dientes de ese perro cerrándose en su pierna y escapando apenas por la ventana de la cocina. No era bonito porque le había hecho eso a Dae. No lo era, no lo era, no lo era, por mucho que Sehun lo intentó convencer de lo contrario. Ese niño bonito y atento, siempre preocupado de Minho, solo se había convertido en otro monstruo.

Tal vez, se dijo Minho mordiéndose las uñas y vigilando que la puerta de la casa de Sungguk se abría esa madrugada, *como m-preg no podemos luchar contra nuestro destino.*

Ignorando las llamadas telefónicas de Sehun por días, Minho esperó y esperó afuera de la casa de Sungguk. Para una persona que llevaba muerta quince años, no le fue difícil aprender cómo pasar inadvertido ante las cámaras.

Esperó hasta que Dae se quedó solo. Saltó primero al jardín del vecino, pisando con suavidad y moviéndose por alrededor de la casa hasta que llegó al patio trasero. De ahí, saltó a la casa de Sungguk.

Daehyun se encontraba frente un rosal mal plantado manchado con tierra. Un enorme sombrero de paja lo protegía del sol y sacaba un poquito la lengua. A pesar de que sus ojos estaban ocultos por el ángulo, Minho sabía que estaba ensimismado en la flor, así como de pequeño se abstrajo al jugar con Sungguk en el parque.

Observó unos segundos la casa captando cualquier ruido proveniente desde el interior. No había nada, porque Minho sabía que Sungguk estaba en ronda al igual que Eunjin, y Namsoo durmiendo tras un interminable turno.

Daehyun aplastaba la tierra con los nudillos cuando Minho saltó la reja y se le acercó. Dae estaba demasiado ensimismado para notar la respiración acelerada de Minho y sus ojos grandes y atentos siguiendo sus manos que plantaban con tanta dedicación.

—Dae —lo llamó.

Los movimientos del chico se detuvieron en segundos. Alzó el mentón, dejando al descubierto su mirada repleta de temor.

—Juro que no te haré nada —prometió, alzando los brazos y cayendo de rodillas a pocos metros de él—. Te juro que no... solo vengo... yo vengo a conversar.

Las manos de Dae abandonaron la tierra y se apoyaron sobre sus pantalones cortos que evidenciaban sus largas piernas ahora doradas. Y a pesar de la notable ansiedad que recorría su cuerpo y el obvio miedo que dominaba su expresión, no se veía triste, no estaba llorando, ni tenía moretones oscuros en las muñecas. Sus tobillos tampoco estaban magullados.

Dae no dijo nada, se limitó a quedarse sentado frente a él. Entonces, su vista recorrió la pierna de Minho, la que Roko había mordido cuando se le acercó ese día en la cocina.

—Estoy bien —dijo—. Solo cojeo un poco.

La atención de Daehyun fluctuaba entre la casa y él.

—Roko anda suelto —advirtió.

—No vendrá si no lo llamas.

Esta vez Dae volvió a guardar silencio.

—Lo siento por asustarte ese día —dijo Minho. Su voz se perdió y sus ojos cayeron hacia el vientre de Dae—. Yo solo... yo solo... solo quería evitar *eso*.

Dae continuaba sin hablar, aunque cambió de posición para esconder su abdomen con los brazos. En ese momento, la hilera de pensamientos que venían gestándose dentro de Minho escapó entre sus labios en un monólogo poco coherente, repleto de desesperación y angustia en partes iguales.

—No quería que te pasase lo mismo que a mí, pero pasó. Yo tenía razón con Jong Sungguk. Tenía razón, pero Sehun me dijo, él me prometió que Sungguk era bueno. Le creí y confié en él porque es Sehun. Pero yo tenía razón, él te hizo esto, él te hizo lo mismo que me hicieron a mí. Y te juro que luché e hice todo lo que podía para que no te pasara y ahora... mírate.

Un estremecimiento le recorrió el cuerpo mientras se arrastraba de rodillas hacia Daehyun, luego se detuvo.

—Yo soy el culpable, no debí confiar, sigo siendo el mismo idiota de siempre... yo no aprendo, no aprendo. Confié en ese guardia, confié en Lara, confié en Sehun y mírate ahora.

Continuó arrastrándose para terminar de acercarse a Dae, sus rodillas se lastimaban con la tierra, le dolían, solo que ese dolor no logró superar lo que sintió en el pecho al detenerse frente a Daehyun y tocar sus piernas por primera vez en años.

—Lo siento. Por favor, perdóname, yo no quería... no quería que pasaras por lo mismo, no quería esto, te juro que intenté todo y yo...

—Dae está bien —lo interrumpió, sus ojos enormes y asustados recorriendo el rostro de Minho—. Estoy bien.

Minho negó con la cabeza, presionando los músculos de Daehyun con los dedos.

—No, no, no, él te hizo eso igual que a mí y yo... yo...

—No, no... —musitó Dae, alejándose de él y aplastando de paso las rosas—. Sungguk es bonito y me quiere. Es precioso para mí y nunca me haría daño. Sungguk me ama, me cuida y me quiere mucho, como nadie más ha querido a Dae. Yo solo quiero a Sungguk. Solo eso, por favor... no quiero irme.

Minho tragó saliva intentando entender.

—Te embarazó.

Daehyun asintió, la mirada de miedo todavía brillaba en su cara cuando se encontró con la de Minho. Se apartó unos centímetros al sentir las manos de Minho cerrándose con un poco más de fuerza en sus muslos. Dae se cubrió el vientre con ambas manos.

—Sí. Sungguk dijo que podíamos hacer algo si yo no lo quería, pero yo...

—Abórtalo —lo cortó Minho. En la desesperación, tiró de los pantalones de Daehyun hasta que estuvo posicionado casi sobre él.

—No, no...

—Abórtalo, te lo suplico —susurró Minho e intentó llegar al vientre que Daehyun todavía se protegía y luchaba casi sin fuerzas para que Minho no lo alcanzara—. No cometas el mismo error que yo.

El sombrero de paja cayó al suelo.

—Por favor —volvió a rogar—. Te lo suplico, Dae, abórtalo. Puedo decirle a Sehun y él va a ayudarnos, él te lo va a quitar y no tendrás que pasar por lo mismo que yo. Por favor.... *por favor.*

De pronto, Daehyun había dejado de luchar. Su mirada ahora estaba clavada en las rosas aplastadas, mientras Minho todavía sujetaba su camiseta.

—Yo amo a Osito —susurró.

Minho tembló desesperado.

—Daehyun, por favor...

—Minho nunca quiso a Dae, pero yo sí voy a quererlo. No quiero que Osito termine encerrado como yo.

Y en medio del rosal medio destruido, Minho comenzó a llorar inclinándose tanto que su rostro quedó enterrado en el pecho de Dae, mientras se aferraba a esos hombros delgados. Pero por mucho que suplicó y pidió disculpas, Daehyun se mantuvo en silencio. Porque un «lo siento» y una muestra de cariño algunas veces no eran suficientes para perdonar.

—Dae, yo... por favor —insistió por última vez—. No seas yo.

Unos dedos tímidos tocaron el cabello de Minho. Sorprendido, alzó la mirada hacia Dae. Y entonces Moon Daehyun lo estaba abrazando mientras lloraba con una intensidad que solo su padre podría entender.

41

Cuando Sungguk regresó del trabajo, se encontró a Dae llorando sobre el rosal destrozado. Se afirmaba el estómago con los brazos y Roko daba vueltas a su alrededor gimiendo desesperado. Repetía una y otra vez lo mismo.

—Osito.

Y otra vez.

—Osito.

Lo perdió, pensó Sungguk desesperado.

Al correr hacia él, Daehyun alzó el mentón con las mejillas sucias y manchadas de lágrimas y tierra. Y dijo la alternativa que Sungguk no quería que tomase jamás.

—Dae ama a Osito, esa es mi decisión.

42

Por primera vez desde que ambos compartían la misma cama, Daehyun no estaba abrazado, acariciando o besando a Sungguk. Recostado sobre su espalda y con las piernas fuera de las sábanas, el chico observaba su celular concentrado. Sus pies jugaban entre ellos como si buscase consolarse de manera inconsciente. Extrañado, Sungguk cambió de posición para apoyarse en su costado izquierdo y observar lo que hacía su novio.

—¿Qué ves? —quiso saber, su mano fue hacia el vientre de Dae y levantó su camiseta unos centímetros para descansar su palma sobre su piel.

Dae tarareó feliz.

—Cosas —respondió.

Los dedos de Sungguk jugaron con el borde de su ropa interior y se estiró para besar su hombro cubierto por la camiseta de dormir.

—¿Qué cosas? Debe ser algo importante si por esa razón me estás ignorando.

Ni siquiera esas palabras lo hicieron dejar el celular a un lado, continuaba tarareando feliz y leyendo concentrado.

—Estoy buscando un nombre para Osito.

La mano de Sungguk se paralizó ahora apoyada justo bajo el ombligo de Dae.

—Todavía es pronto para eso —dijo Sungguk en voz baja.

Su novio simplemente se encogió de hombros.

—Quiero el nombre perfecto.

Sungguk suspiró y apoyó su frente en el brazo de Dae, recostándose sobre él para alcanzar a divisar parte de la pantalla.

—¿Y te ha gustado alguno?

Ahora era Dae quien daba un suspiro y dejaba caer el celular contra su pecho, volteando el rostro para observar de soslayo a Sungguk.

—Ninguno es perfecto.

—¿Por qué?

—Porque quiero que el nombre diga todo lo que siento cuando pienso en él.

Sungguk lo observó con los párpados caídos.

—¿Y qué es lo que sientes por él?

Daehyun jugueteó con los dedos de Sungguk, que estaban sobre su estómago.

—Amor —dijo suavecito.

—¿Lo quieres?

Una sonrisa igual de pequeña asomó en sus labios.

—Sí.

Horas más tarde, cuando se levantó a las cuatro de la madrugada para ir a trabajar, Sungguk pensó en esa conversación una y otra vez. A diferencia de Daehyun, él no podía hacerse la idea de lo que estaba ocurriendo.

Frustrado, se acomodó tras el volante. Minki dejó de enviar mensajes por su celular y lo miró por el rabillo del ojo. Había transcurrido algo más de una semana desde la cachetada que le había propinado. Todos aquellos días sucedieron tensos. Y esa mañana, sin mucho movimiento, la tensión se sentía aún más cargada. Sentados en el coche policial a la espera de alguna llamada de la central, se mantenían cada uno en su mundo. Ambos estaban demasiado enojados con el otro para ser el primero en hablar.

No obstante, fue Minki quien cedió primero.

—¿Cómo lo está llevando Dae?

De haber sido una pregunta sobre él, Sungguk se habría limitado a responder «bien» seco y cortante. Sin embargo, no quería que la amistad entre Minki y Dae se viese afectada por su pelea, así que se obligó a dejar el rencor atrás y responder:

—Daehyun ya tomó una decisión.

Las cejas de Minki se alzaron levemente.

—Por tu expresión...

—Le dice Osito.

La atención de Minki, que estuvo centrada en el parabrisas, se volcó en Sungguk.

—Oh, no, Sungguk...

—Lo sé —asintió con debilidad y pesimismo—. Todo fue mi culpa.

—Sungguk...

—Me escuchó hablando con papá, supo que quería enviarlo lejos y comenzó a llorar. ¿Qué otra cosa podía hacer? Daehyun se sentía rechazado y pensaba que lo odiaba por embarazarse.

—Ay, no, Sungguk.

—Y yo le dije que iba a quererlo si él lo quería.

El silencio fue tan pesado que Sungguk pudo oír el jadeo consternado de Minki. Continuó tras tomar aliento:

—Así que, de manera inconsciente, Dae asoció la situación como algo bueno porque se supone que yo quiero a Osito y... —su voz se quebró.

Llevándose las manos al rostro, se lo restregó como si quisiese quitarse una capa de piel. Ojalá pudiera sacarse de encima esa sensación y aceptar al futuro bebé de la misma manera que Dae. Ojalá pudiese, solo que él entendía el mundo, sabía la enorme responsabilidad que sería y lo mucho que limitaría el futuro de Dae. No era justo.

—¿No lograron hablar sobre el aborto?

—Lo hicimos. Seojun se lo explicó mejor que yo. Y pensé que podría aceptar —la comisura de sus labios se fue hacia abajo mientras clavaba su mirada en el amanecer afuera de la ventana—. En serio pensé que iba a aceptar, Minki.

—¿Y qué sucedió?

Sungguk negó con suavidad.

—No lo sé. Ayer llegué del trabajo y Daehyun estaba llorando en el patio. Pensé que... —se observó las manos, que no dejaban de temblar—. Pensé que estaba teniendo un aborto y me sentí aliviado. ¿Eso me convierte en un monstruo?

Minki apoyó la mejilla contra el asiento al voltear el cuerpo hacia él.

—No, solo te vuelve una persona asustada.

Sungguk se negó a aceptar la salida que le estaba dando su amigo.

—Debo ser un monstruo porque todavía sigo pensando que es un error.

—Puedo intentar hablar con Dae. Él me va a escuchar y...

—Le dice Osito, Minki —lo interrumpió—. Dae ya lo ama.

Esta vez era Minki quien asentía casi sin fuerza.

—Pero Dae no entiende lo que conlleva una decisión así.

—Pero sigue siendo su decisión—refutó Sungguk—. Solo suya. Nunca fue capaz de tomar decisiones en su vida y ahora lo hizo, así que solo nos queda respetarla y estar con él.

Minki trastabilló al hablar.

—¿Pero le explicaron la responsabilidad y... y...?

—Por supuesto que lo hicimos. ¿Pero cómo le haces entender algo así a alguien como él? Dae ve el mundo con simpleza. La responsabilidad de ser padre está romantizada para él y cree que todo será bonito, como en los doramas —perdiendo el control y la paciencia por unos instantes, Sungguk le dio un golpe al manubrio y activó la sirena. El ruido los hizo saltar en sus asientos—. Lo siento, lo siento.

Minki comenzó a llorar de manera tan sorpresiva que la frustración de Sungguk se esfumó con un suspiro.

—No tenía derecho a enojarme contigo —dijo con los ojos aguados—. Solo me enojé tanto porque era algo que se podría haber evitado.

—¿Crees que no tengo el mismo sentimiento de culpa?

Bajando el mentón para rehuir de su escrutinio, Minki lo aceptó.

—Jaebyu me hizo entenderlo.

—Todo es un desastre.

La tristeza de Minki casi era palpable.

—No es justo —lo escuchó susurrar a la vez que negaba con suavidad y mantenía los ojos fuertemente cerrados—. No es justo.

—Minki.

Su amigo se tocó el pecho. No se sentía como un dolor reciente, sino más bien como un sentimiento que llevaba años anidado en su interior.

—Él no está preparado pero yo sí, yo sí, yo sí. ¿Qué hay de malo en mí?

—No hay nada malo en ti.

Negó con el rostro contraído por la tristeza.

—¿Por qué él sí puede y yo no? No es justo.

Sin saber qué más hacer, Sungguk tiró de Minki y lo abrazó con fuerza. Era una posición incómoda porque ambos estaban doblados en sus asientos, pero nunca un abrazo se había sentido tan correcto.

Al separarse, el pecho de Minki no dejó de hipar. Sungguk le secó las lágrimas que le quedaban con los pulgares y le dio un empujón juguetón para que regresase a su asiento. Minki se mantuvo cabizbajo. Parecía estar haciendo su mejor esfuerzo por no romper en llanto una vez más.

—Minki —lo llamó con cuidado—, ¿Jaebyu sabe esto?

La boca de su amigo se frunció en disgusto, su pecho continuaba dando brincos pequeños.

—Sí —admitió.

—¿Y qué dijo?

—Que no le importa... que a él no le importa que yo no pueda darle hijos. Él solo quiere estar conmigo.

—Porque te ama.

La expresión de Minki se vio todavía más miserable.

—Ese es el problema.

—No digas eso.

—La familia de Jaebyu siempre quiso que él se casase y tuviese hijos. Y yo no puedo darle hijos y tampoco puedo casarme con él, no sirvo para nada. Él estaría mejor sin mí.

—No estaría mejor.

—Sí lo estaría.

Sungguk le tocó la mejilla con cariño.

—Jaebyu no estaría mejor porque tú no estarías en su vida. Él decide seguir contigo. Es *su* decisión, Minki.

Se quedaron en silencio. El hipo de Minki se había detenido del todo tras beberse una botella de agua.

—Sungguk —dijo con tono suave y todavía triste—, sé que te molesta toda esta situación porque no quieres que Dae tenga que asumir una responsabilidad que no debería tener por todo lo que pasó. Pero Dae no va a pasar esto solo. Te tendrá a ti, estarás con él.

—Lo estaré.

—Y también yo.

—No estará solo.

—E incluso estará Jaebyu.

—¿Jaebyu dijo eso o lo estás asumiendo?

Minki sonrió, era la primera sonrisa que veía en él en días.

—Puede que lo segundo, lo obligaré a ser un tío presente. Pero el punto, Sungguk, es que Dae no estará solo, podrá seguir creciendo a su ritmo si lo ayudamos, solo necesitará más ayuda. Además, mi mamá me crio sola y mira lo decente que salí.

—Bueno, así decente, decente, no podría asegurarlo.

Minki le dio un golpe en el brazo, pero sonreía.

—Espero que Osito salga a Dae y no a ti.

Sungguk le regresó el gesto.

Su amigo cambió el tema.

—¿Y qué va a pasar con las clases de artes de Dae?

—Seojun logró que Dae fuese aceptado en la escuela de Daegu. Comenzará las clases la semana entrante.

—Eso es muy bueno.

—Sí.

—¿Y Dae ya lo sabe?

—Me hizo comprarle unas boinas porque dijo que no podía asistir a una clase sin una de ellas. Ha visto mucha televisión.

Minki suspiró con ternura, después le dio un golpe ligero en el brazo que terminó por espantar los malos sentimientos en ambos.

—Piensa positivo, Sungguk. Al menos ya terminaste de pagar las seis cuotas del celular.

Con la risa de ambos flotando en esa madrugada que anunciaba un otoño cercano, Sungguk sintió por fin alivio. Había extrañado a su amigo, sobre todo porque él olvidaba preocuparse por sí mismo y Minki era quien siempre se lo recordaba. Por eso, no le sorprendió que Minki lo volviese a hacer.

—Hablamos de Dae, pero nunca de ti.

—Porque no hay mucho que decir de mí.

—Sungguk.

—Minki —se burló en respuesta.

—¿Cómo lo estás llevando tú? Dae no es el único que va a tener un hijo, ¿sabes?

Sungguk se ajustó el cinturón de seguridad y luego tamborileó el manubrio. Minki esperó con expresión resignada.

—Lo sé —al final contestó.

—¿Y te parece bien la idea?

—Dae...

—Quitemos a Dae de la conversación. Ya hablamos de él y dijimos todo. Ahora te estoy preguntando a ti y solo a ti. ¿Estás bien con la idea de ser padre? Solo tienes veintitrés años. Eres joven.

—No hay mucho que decir —le restó importancia.

—¿No tienes miedo?

—No.

—Sungguk —lo regañó.

Se observó las manos unos instantes, ¿por qué sus dedos temblaban?

Tragó saliva.

—Claro que tengo miedo. Pero nunca he tenido problemas con asumir responsabilidades.

Porque lo hizo con su hermana cuando su madre se marchó, después lo hizo con los animales y le siguió el propio Minki. Sungguk estaba acostumbrado a lidiar con problemas y ser el responsable.

Pero esta vez se sentía diferente.

Era una responsabilidad casi asfixiante.

—Has estado tan centrado en Dae que te dejaste de lado —notó Minki—. Siempre te dejas de lado. Y eso no está bien, Sungguk.

—Lo sé —fue su escueta respuesta.

Solo un «lo sé» y la conversación terminó del todo.

Al finalizar su turno al mediodía, Sungguk fue arrastrado por Minki a una tienda. Al ingresar, sus piernas frenaron. Cada rincón de ese sitio estaba decorado con tonos pasteles, además había ropa minúscula colgada en ganchos, junto a cunas, sillas y asientos para el automóvil. Sungguk se sorprendió acariciando un traje no más grande que sus manos unidas. Lo dejó caer. Por primera vez desde que lo supo, se preguntó si el bebé en camino sería Osito, como le decía Dae, o una Osita.

O tal vez un m-preg, así tal cual como Dae.

Sungguk estuvo dando vueltas por la tienda y revisando los precios de las cosas, hasta que Minki regresó a su lado.

—¿La otra vez te dije o no que sería el mejor tío del mundo?

Minki llevó los brazos hacia adelante. Sostenía unas zapatillas Converse de color azul. Eran tan pequeñas que no medían más que un dedo de Sungguk.

—Si le llevo esto a Dae, ¿crees que me perdone por golpearte?

—No lo sé —bromeó Sungguk—, Daehyun es muy sobreprotector.

Minki jugó con las zapatillas.

—¿No crees que me perdone?

—Dae sería incapaz de odiar a alguien. Solo estaba jugando contigo.

Terminaron de dar vueltas por la tienda y se fueron a casa. Al estacionar, Minki se volteó hacia él.

—Sungguk, sobre lo que hablamos esta mañana...

—No quieres que Jaebyu lo sepa, ¿no?

—Por favor.

—Jaebyu no lo sabe todo, ¿cierto?

Minki se bajó del coche sin contestar.

En la sala se encontraron a Dae y Seojun sentados en la mesa del comedor charlando sobre las clases de artes. Con mucha cautela, Seojun le explicaba el tipo de personas con las que se encontraría en la escuela. Le aseguró, también, que no debía entristecerse por no hacer amigos la primera semana.

—La gente puede ser igual de tímida que tú, Dae —finalizó justo cuando los tres perros de Sungguk empezaron a ladrar al ver a su dueño aparecer.

Dae se volteó de inmediato hacia la entrada. Su emoción se diluyó al notar a Minki.

—Sungguk ya me disculpó —se apresuró en aclarar Minki.

Los ojos de Daehyun se dirigieron de Minki a Sungguk, preguntando en silencio si era así o no. Sungguk tocó los hombros temblorosos de su amigo y lo empujó hacia adelante.

—Minki ya dijo lo siento y te trae un regalo.

Daehyun dudó un instante antes de ponerse de pie e ir hacia ellos. Cuando se detuvo al frente, Minki arrastró a Dae a un abrazo apretado.

—Lo siento mucho —dijo contra su oído izquierdo para que pudiese oírlo—. No debí haber reaccionado así. Lo siento, en serio. Soy feliz si tú lo estás. Y si quieres a Osito, ya está, yo también lo querré, te lo prometo.

Daehyun sonreía por sobre el hombro de Minki.

—Lo quiero.

—Sí, sí, mi bebé, sé que lo quieres —y dejándolo ir por fin, le tendió su regalo—. Le traje algo.

Seojun se había acercado hasta ellos y observaba con el entrecejo fruncido el paquete que Minki le estaba tendiendo a Dae, quien lo agarró y abrió con ansiedad. El papel morado cayó al suelo con Roko intentando comerse un trozo mientras Sungguk se lo quitaba del hocico. De la sorpresa, Dae se quedó quietísimo.

Mientras los amigos se perdonaban, Seojun le pidió a Sungguk que lo acompañase al patio trasero. Nada más cerrarse la puerta, Seojun lo encaró.

—¿Llevaste a Dae a hacerse la ecografía como te pedí?

—No —soltó de inmediato—. Si lo llevo al hospital, el gobierno se enterará. ¿Y qué sucede si Daehyun se arrepiente de su decisión y quiere abortar?

—Sungguk... —susurró Seojun desolado. Apuntó con exaltación hacia la casa, desde donde provenían risas fuertes y felices—. Le dice Osito.

—Lo sé —soltó sin entender—. ¿Pero qué otra cosa querías que hiciera? Dae fue quien decidió.

—¿Pero y si Osito no está, Sungguk?

La sensación de frío se intensificó en sus piernas.

—Los exámenes...

—Sé lo que dicen los exámenes.

—¿Entonces?

—Existen los embarazos psicológicos, Sungguk.

El dolor en su pecho explotó.

—Pero el examen dice que está embarazado, ¿de qué estás hablando?

—Un embarazo psicológico puede dar positivo en un examen, Sungguk. Por eso siempre se deben confirmar con una ecografía. Y en una persona como Daehyun, no es anormal que ocurra algo así. Por eso te pedí y te expliqué que no le hicieran ilusiones hasta que estuviese confirmado.

Sungguk tragó saliva.

—Por favor, dime que esto es una de tus bromas.

—¿Cómo podría bromear con algo así? —Seojun le pidió paciencia al cielo—. Ambos sabemos que Dae tiene una codependencia emocional contigo. Y para una persona que creció conociendo el mundo por la televisión, donde todos los problemas y situaciones se solucionan con un hijo, ¿piensas que no desarrollaría un embarazo psicológico?

La risa de Daehyun se filtraba al patio cuando Seojun tocó los hombros de Sungguk con cuidado y cariño.

—Llévalo a un doctor.

Embarazo psicológico, pensaba Sungguk horas más tarde, al tomar asiento en la cama de Namsoo y contarle lo ocurrido.

—¿Creen que Dae no está embarazado? —preguntó Namsoo con cuidado.

Sungguk hundió los hombros, porque lo cierto era que jamás creyó que un concepto podía asustarlo y aliviarlo tanto al mismo tiempo.

—Seojun dice que puede ser un embarazo psicológico —entonces, se encogió aún más en su posición—. Pero no sé ni siquiera qué es eso.

Se sintió más diminuto y tonto.

—Para detectar un embarazo, lo que hacen en los exámenes de sangre y de orina es buscar la aparición de una hormona llamada «gonadotropina coriónica humana» o HCG.

Nada más terminar de escuchar ese nombre tan complicado, Sungguk ya lo había olvidado.

—Esta hormona, Sungguk, comienza a ser producida por el

cuerpo tras aproximadamente diez días desde la concepción. Por eso, las instrucciones de los test desechables indican que deben ser realizados cinco semanas después de la última regla. De lo contrario, podría marcar un falso negativo. Las semanas de gestación, de hecho, se calculan según la cantidad de HCG que se detecte en la orina o en la sangre.

Cinco semanas, pensó. A Daehyun le habían dicho que tenía cinco semanas. Ahora seis, si es que Osito realmente existía. A Sungguk se le cayó el celular al suelo al entender hacia dónde iba la conversación. Lo agarró y lo dejó sobre el regazo.

Namsoo se acomodó los lentes antes de seguir.

—El problema de los embarazos psicológicos, Sungguk, es que el cerebro es capaz de engañar al cuerpo de tal forma que no solo lo hace padecer de los síntomas de una posible gestación, sino que incluso lo engaña para generar la HCG.

—¿Incluso si no están realmente embarazados?

—Incluso si no están embarazados —le dio una caricia compasiva en el hombro—. Por eso siempre se debe realizar una ecografía para confirmar el diagnóstico. Lo siento, Sungguk, pensé que ustedes ya lo sabían.

Las palabras de Namsoo todavía le retumbaban en el oído cuando regresó a la cama para acostarse al lado de Dae. Pensativo, abrazó a su novio por la cintura y se apegó a su cuerpo; Daehyun se quejó entre sueños.

Sintió un terror que lo congelaba por dentro.

Y a la vez alivio.

Un alivio que lo hizo sentirse un monstruo.

Al otro día, Sungguk y Daehyun esperaban en el pasillo del hospital a ser atendidos. Junto a ellos estaban Minki, Jaebyu y Seojun, este último ingresaría a la sala en caso de que...

Sungguk no quiso siquiera pensarlo.

Finalmente llamaron a Dae al box cinco. Daehyun, ajeno a la preocupación, tiró de la mano de Sungguk con impaciencia.

—Suerte —soltó Minki alzando los pulgares.

Seojun los siguió por el pasillo.

En la sala los esperaba la doctora, presentada como Hani, que les pidió que tomasen asiento. La mujer no hizo ninguna mención ante el hecho de que un hombre estuviese yendo a una cita ginecológica. Su expresión fue amable al leer sus nombres en la ficha y preguntarles con naturalidad cuál de los dos tenía la cita, luego le indicó a Dae que se subiese a la camilla.

Mientras Daehyun moría de la risa al sentir el líquido espeso y viscoso en su estómago, la doctora Hani acomodó la pantalla del monitor hacia ellos. Sungguk, con el corazón en la garganta, solo notó un cono gris inverso cuando el mango se apoyó en el vientre de Dae.

Fueron los segundos más largos de su vida.

—No veo a Osito —avisó Dae con el entrecejo fruncido.

Sungguk se sintió enfermo y con ganas de vomitar, porque no podía quitarse de la cabeza la detestable idea de que eso sería lo mejor para Dae.

La doctora Hani no se inmutó, tarareó algo en voz baja antes de alzarla para una pregunta amable.

—¿Osito le llaman?

—Sí —respondió Daehyun—. Pero no lo veo.

La doctora continuó moviendo el mango por el vientre hasta que lo detuvo justo bajo el ombligo. En ese momento, sonrió.

—Es ese de ahí, Daehyun, ese es tu Osito.

El mentón de Sungguk subió como un resorte. No obstante, la pantalla seguía mostrando aquella imagen en grises.

—Ese no es Osito —insistió Dae, frunciendo el ceño—. Eso es un punto.

La doctora se rio y apuntó el monitor justo en el centro de la imagen, después agrandó la panorámica hasta que el diminuto punto tuvo el tamaño de una moneda.

—¿Notas su cabeza? Y ese es el cuerpo.

Sungguk sintió que iba a desmayarse, los sentimientos contradictorios jugaban en su cabeza. Notó que Seojun se había marchado en silencio.

—Yo investigué —protestó Dae, sacando su celular y pasando imágenes con el dedo hasta que llegó a una y se la mostró a la doctora—. Así debería ser Osito.

—Efectivamente, así es —explicó con calma—. Tu Osito en una ecografía, que es mucho menos nítida, se ve así. Osito tiene un tamaño perfecto para sus seis semanas. Mide 0,5 centímetros.

Dae persistía con un puchero descontento en los labios. Todavía no se convencía de que ese punto era su tan esperado Osito.

—Ustedes son afortunados. En algunas ecografías, a la sexta semana aún no se logra visualizar el embrión —Sungguk se rio al notar que Dae observaba aún la pantalla con expresión de haber sido estafado—. Podríamos intentar escuchar sus latidos.

—¿Latidos? —repitió Dae, más interesado.

—No se asusten si no podemos hacerlo, todavía es un poco pronto. Pero está la posibilidad, ¿les gustaría intentar?

Dae asintió con tanta fuerza e impaciencia que se llegó a levantar de la camilla. Los dedos de Sungguk viajaron hacia su cabello y se lo apartó de la frente. Tenía la piel algo sudada, lo que demostraba que también estuvo igual de nervioso que él. Se le encogió el corazón al sentir la caricia de la nariz de Dae en su palma. Lo consolaba.

De pronto, el sonido de un tambor se oyó en la sala.

Pum, pum, pum.

Sungguk rompió a llorar mucho más rápido que Dae. La doctora dejó la habitación tras indicarles con buen humor que regresaría dentro de unos minutos. Dae le acarició la nuca y los omóplatos a Sungguk. Luego le limpió las mejillas con los pulgares.

—Sungguk, ¿qué sucede?

Le dio un abrazo con tanto cariño que Daehyun se rio contra su oído.

—Estaba muy preocupado.

Más bien, agotado. ¿Cómo podía sentirse aliviado y decepcionado a la misma vez?

—Osito está bien, Sungguk, está superbién.

Recibió un beso de regalo.

—Osito está bien —repitió, más para sí mismo.

—No llores, a Dae no le gusta ver a Sungguk así.

Lo había puesto nervioso. Daehyun había mejorado tanto que ahora solo volvía a hablar en tercera persona cuando las emociones lo estaban confundiendo o saturando.

—Estoy bien —dijo. Le devolvió el beso, esta vez en los labios—. Estoy bien.

Y por primera vez desde hacía una semana, creyó ser sincero.

Al salir de la sala minutos más tarde, ninguno de sus amigos estaba. Sungguk vio un mensaje de audio de Minki entre sus notificaciones, por lo que asumía que Seojun les había contado y habían decidido marcharse para dejarlos disfrutar de la noticia en privado.

Al salir del hospital con la mano de Daehyun entrelazada con la suya, Sungguk tiró de él con cuidado.

—¿Te gustaría ir al parque que está cerca?

Dae aceptó apretando su mano, se sentía cómodo y familiar. Y si bien ambos medían lo mismo, la mano de Daehyun siempre lograba engullir la suya.

—Quiero ver a los niños, Osito será como ellos.

En el parque solo había tres menores con sus padres vigilándolos desde las bancas aledañas. En uno de los asientos, una madre cargaba a un bebé de meses. Tirando de Dae, que se había distraído con los juegos y le pedía a Sungguk que lo columpiase, tomaron asiento al lado de la mujer. Sungguk ubicó a Dae entre ambos, quien se sentó con una exhalación y una protesta.

—Eres aburrido, yo quería...

Su voz se perdió de golpe. Los dedos curiosos del bebé

habían alcanzado uno de los mechones del chico. Los ojos de Dae se abrieron por la sorpresa, su cabeza se inclinó hacia un lado para aplacar el dolor. Cuando la madre se dio cuenta, lo soltó.

—Lo siento, lo siento, es que...

Daehyun la interrumpió al girarse hacia el bebé y sacarle la lengua.

—Eres un bebé como él —bromeó Sungguk.

La mujer arrugó el entrecejo cuando Dae hizo un puchero molesto.

—Yo tengo veinte años, Sungguk, y él ¿meses?

—Once meses —respondió la mamá.

—¿Ves? No somos iguales.

Su pequeño novio literal que nunca entendía las bromas.

—Osito será así, ¿no, Sungguk? —quiso saber tocando la punta de la nariz del bebé, a quien se le formaba una burbuja de saliva en la boca.

—Más pequeño —aclaró—. Pesará unos tres kilos, tal vez menos.

La boca de Dae se abrió. Su mirada recorrió el cuerpo del niño.

—¿Osito será más pequeñito?

—¿Osito? —se rio la mujer siendo incapaz de ignorarlos—. ¿Es un hermano o sobrino?

Dae se apresuró a negar.

—No, Osito es mío.

—¿Suyo?

—Nuestro hijo —corrigió Sungguk.

La expresión de la mujer cambió de golpe.

—Ah, ¿tú eres uno de esos?

Por suerte, Dae estaba concentrado en hacerle morisquetas al bebé. La mujer se apresuró en guardar sus cosas y dejó al niño en su coche. Se disculpó apresuradamente y se marchó como si de pronto hubiese visto a un fantasma.

La ira sabía amarga en boca de Sungguk. La tristeza de que Daehyun tuviese que pasar por situaciones como aquella era mucho más agria.

Daehyun, todavía ajeno a la reacción de la mujer, se puso de pie de un brinco y tiró de Sungguk para que fuesen a los juegos. Al minuto reía alto y despreocupado a medida que el columpio iba y venía al igual que las emociones de Sungguk: en ocasiones tocaban la cumbre más alta, otras rozaban el miedo más terrible.

El problema era que Sungguk seguía cometiendo el error de subestimar la capacidad de Dae para entender las cosas. Tal vez, y con el tiempo lo aprendería mejor, Dae comprendía el mundo mucho mejor que el mismo Sungguk. Porque, en ese momento, detuvo el columpio apoyando ambos pies sobre la tierra y se giró hacia él con los ojos enormes.

—¿Seremos una familia cuando llegue Osito? —entonces preguntó.

Descolocado por el cambio de conversación, Sungguk giró alrededor del columpio y se puso en cuclillas frente a su novio. Le tocó las rodillas.

—Ya somos una familia.

Dae no pestañó por unos segundos, luego se tocó el pecho.

—Dae nunca ha tenido una familia.

—Tu abuela era tu familia, Dae.

Sin embargo, Dae negó.

—No, la abuela me encerró. Seojun dijo que eso no es amor, la abuela no quería a Dae, entonces no es familia.

Sungguk le acarició el cabello para tranquilizarlo.

—Está bien, Dae.

—Porque ella...

Sungguk le mordió la nariz para sacarle una sonrisa.

—Osito y yo ahora somos tu familia. Está bien, Dae, está bien.

Lo vio aguantar la respiración unos instantes, y al segundo después lo abrazaba por el cuello.

Familia.

Esa noche, su madre lo llamó. Tras comprobar que Dae continuaba leyendo acerca de sus clases de artes, Sungguk se puso de pie. El celular todavía le vibraba en la mano al llegar al cuarto que debió ser de Daehyun. Cerró la puerta tras su espalda y tomó asiento en la cama. Tocándose una rodilla con actitud nerviosa, contestó.

—¿Aló?

—Hola, Sungguk.

Hizo una mueca al escuchar esa voz que estuvo desaparecida por dos años. Lo peor de todo fue el anhelo que vino de la mano de la rabia. Cuando se trataba de su madre, Sungguk nunca podía reducir sus emociones a una.

—Hola —respondió.

La incomodidad era evidente.

Sungguk quiso cortar la llamada tan pronto empezó.

—Te enteraste, ¿cierto? —cuestionó con tono cansado.

—Suni me contó.

Porque Suni, a diferencia de Sungguk, continuaba en contacto con Yejin. Aunque era más una rutina que genuino interés. En cambio, Sungguk ni por deber era capaz de llamar. Él funcionaba mejor ignorando su existencia.

—Es un m-preg —siguió ella—, tu padre debe estar fascinado con eso.

Apretó los puños para contener la rabia que comenzaba a burbujearle en el estómago. Nunca tenía demasiada paciencia con los comentarios de Yejin, sobre todo si estos se dirigían contra su papá.

—Está contento —se limitó a decir.

Su madre debió haber suspirado porque el micrófono se saturó. Se escuchó de fondo un niño hablando. Debía ser su hermano pequeño, después se sumó la voz de un hombre.

«Yongmin, tu madre está ocupada. Déjala», escuchó al otro lado de la línea.

Se desconcentró tanto que tuvo que sacudir la cabeza para volver a la tierra.

—¿Tu padre no te enseñó a cuidarte, Sungguk? Tienes recién veintitrés años, ¿cómo vas a ser padre tan pronto?

—Recordaste que fue mi cumpleaños.

—Sungguk...

—¿En serio te crees con el derecho de cuestionarme?

Notó que la puerta del cuarto se había abierto. Daehyun asomó la cabeza, era evidente que estaba preocupado. Dudó en la entrada si acercársele o no, sus labios mudos hicieron una pregunta que Sungguk no comprendió porque su mamá volvía a hablar.

—Sungguk, no puedes utilizar ese tono conmigo. Soy tu familia.

Debió haber cambiado su expresión, porque Dae dejó de dudar e ingresó al cuarto. Se subió a la cama por los pies y se arrodilló tras él. Sus brazos largos lo rodearon por la cintura y lo apegaron a su cuerpo. Sintió un beso en la nuca.

—Yejin —Sungguk se atrevió a continuar. Se recostó contra el pecho de Daehyun y permitió que lo rodease con su cariño y preocupación—, tú no eres mi familia. Dejaste de serlo cuando olvidaste que yo existía.

Su mamá comenzó a llorar. Alguien le preguntó si estaba bien. Yongmin repetía su nombre llamándola.

—Si no vas a estar presente en mi vida, por favor, no vuelvas a llamar —pidió.

Tras eso, cortó.

Se quedó lo que parecieron horas abrazado a su novio.

Familia.

Daehyun se sentía como su familia.

Era también su familia.

43

Sungguk imaginó que aquello podría ocurrir, por lo que no se sorprendió cuando, de camino a su camioneta en plena madrugada, se encontró a una mujer apoyada contra el capó: era Kim Jiwoo, la representante de la nueva subunidad del Departamento de Justicia. Y si ella estaba esperándolo a esa hora, era porque el gobierno ya sabía de la noticia.

—Oficial Jong —dijo como saludo al pasar por su lado.

—¿Qué quieres? —preguntó con malhumor—. Sé que ya lo saben.

—Vengo a felicitarlos por tan grata noticia.

—¿Es una buena noticia quedar embarazado a los veinte años? —cuestionó. Jiwoo se movió a su lado—. Bah, ¡¿pero qué podría importarle eso a ustedes?! Daehyun es solo un número, ¿no?

Intentó apartarla. Jiwoo se posicionó contra la puerta del piloto impidiéndole abrirla.

—Tampoco me gusta venir aquí —protestó ella con apuro.

—Entonces, márchese.

—Tengo que hacer mi trabajo. Solo escúchame un segundo y no tendrás que verme por meses.

—Hasta el nacimiento, ¿no?

—Nuestra misión es velar por el cuidado de los m-preg. Por supuesto que estaremos en un momento tan importante.

Sungguk soltó la manilla.

—Solo dilo rápido.

—Como sabes, tenemos un plan completo de ayuda para incentivar el embarazo m-preg, el cual consiste en darles una mano con el dinero y...

—Ya recibo dinero de ustedes —la cortó—. No quiero más.

—Eso es por el cuidado de Moon Daehyun, este plan es para... ¿Osito?

Escuchar el sobrenombre con el que Dae llamaba a su hijo le puso los pelos de punta. Apoyando una mano al costado del rostro sorprendido de Jiwoo, se le acercó hasta que sus alientos se combinaron.

—¿Quién te dio esa información?

—Estamos... protegiendo a Moon Daehyun —tartamudeó—. Debemos asegurarnos de que esté bien y...

—Está perfecto.

—Eso no es algo que podríamos asegurar a menos que hagamos seguimiento. Protegemos a los m-preg de malas intenciones, eso incluye las suyas, oficial.

—Las únicas malas intenciones que veo aquí son las del gobierno. Quieren a los m-preg únicamente por su capacidad reproductiva.

Jiwoo tragó saliva.

—Yo solo cumplo con la ley.

—Intente cumplirla lejos de nosotros.

Sungguk la apartó unos centímetros y abrió la puerta de la camioneta. Se subió y encendió con rapidez el motor. Esperó a que se moviese del costado para apretar el acelerador. Horas después, Sungguk tenía un nuevo depósito en su cuenta bancaria titulado «Osito».

Aquella situación le seguía molestando al mediodía, cuando fue a dejar a un emocionado Daehyun a la escuela de artes. Al bajarse del automóvil y ver a los estudiantes que se dirigían al edificio grande y antiguo, con el estilo arquitectónico tradicional de un *hanok*, su novio se ajustó la boina con actitud nerviosa y le preguntó a Sungguk una y otra vez si se veía como un estudiante de arte.

—Te ves precioso.

Dae casi puso los ojos en blanco.

—No eres objetivo porque me quieres.

Sonriendo, movió el abrigo café de Dae lo suficiente para acariciar su cintura y atraerlo hacia él. Sus labios se encontraron mientras los estudiantes pasaban por su alrededor y se detenían un segundo para darles una mirada de rechazo. Dae fue el primero en apartarse, arreglándose otra vez la boina negra y moviendo un mechón fuera de su frente.

—La gente nos ve, Sungguk —dijo tímido.

¿Dónde había quedado su novio exhibicionista? Porque alguien se lo había cambiado por esa masita sonrojada y avergonzada, que se tocaba el codo por encima del abrigo y sonreía suavecito observando a su alrededor. No pudo evitarlo y le dio otro beso que lo hizo sonrojarse todavía más.

—Pensarán que tengo un novio al que quiero mucho, no es para tanto.

Sonó una campana anunciando el inicio de clases. Los estudiantes, portando algunos grandes lienzos, corrieron hacia el interior para no llegar tarde. La impaciencia le ganó a Dae y dio brincos pequeños.

—Debo irme, debo irme, llegaré tarde.

—¿Sabes cuál es tu sala?

Puso mala cara.

—No soy bobo.

Tras su reclamo, se le acercó para darle un beso rápido en la mejilla y salió corriendo hacia el edificio con el resto de los estudiantes. Finalmente, su boina negra desapareció tras las puertas de madera.

Dae no iba a cursar una carrera completa en la escuela de artes, solo iba a tener unas clases para adaptarse y aprender, la posibilidad de ingresar oficialmente no sería sino hasta el año entrante.

Sungguk se quedó dando vueltas por la ciudad y pasó al departamento de Minki. Su amigo parecía mucho más animado que la última vez, sobre todo porque Jaebyu no estaba en turno y lo mimaba como el consentido que era. Los tres comieron y conversaron hasta que el cielo se tornó naranja.

Sungguk se levantó para ir por Dae. Se quedó afuera de la escuela esperándolo apoyado contra la puerta de su camioneta. En ese momento, la alarma de su teléfono sonó anunciando el final de jornada. Un par de estudiantes cruzaron la entrada con rostros cansados.

Sungguk esperó unos instantes.

La puerta se abrió otra vez y apareció Dae medio desarreglado. A Sungguk le dio un vuelco tanto en el corazón como en el estómago. Venía cargando un lienzo.

—¡Dae!

La cabeza de su novio se alzó y su rostro cambió de inmediato. Su mirada se iluminó y quedó en el pasado su expresión contrariada.

—¡Sungguk!

Corrió con torpeza mientras se afirmaba la boina con una mano para que no se le volara. Sus zapatos resonaban en el cemento. Al detenerse frente a él para respirar, Sungguk lo abrazó. Se sentía cómodo y a la vez bonito, familiar, feliz.

Dae dio un paso hacia atrás.

—Mira lo que hice —contó con orgullo.

Sungguk miró concentrado lo que parecía un retrato abstracto: ojos grandes, nariz y labios prominentes. Él simplemente no entendía el arte.

—Muy bonito, pequeño.

—Al profesor le encantó y dijo: «Dae, eres muy talentoso». Pero no hice amigos, Sungguk, nadie me habló. Llamé a Seojun para contarle, pero él dijo que no importaba, que no había nada de malo en mí y que pronto tendría amigos. Dijo que debía ser paciente.

Cuánto ha crecido, pensó de pronto asfixiado por la intensidad del sentimiento que le vino al observar a ese chico que hacía año y medio no existía en su vida.

—Ya verás que serás el más popular y todos querrán ser tus amigos.

Dae finalmente se subió a la camioneta de Sungguk tras acomodar su cuadro en el asiento trasero. Todavía hablaba sobre lo emocionante que había sido y que esperaba que fuese el siguiente día de clases. Sungguk sonreía al escucharlo conversar sin parar; era como si jamás hubiera perdido el habla.

Al notar que cerca de la barbilla tenía una mancha de pintura amarilla, el deseo de quitársela con los labios se volvió tan intenso que tamborileó con impaciencia el manubrio. Con la noche ya alcanzando al atardecer y la oscuridad comiéndose las calles, Sungguk cambió de dirección y se dirigió a una de las colinas que rodeaban Daegu. Estacionó en un sitio apartado y apagó las luces del auto. Dae se giró sin entender.

—Esta no es nuestra casa, Sungguk —avisó como si no fuese obvio.

—Sucede —comenzó Sungguk quitándose el cinturón— que en la casa hay mucha gente y no puedo hacer lo que quiero hacer.

—¿Qué cosa?

Sungguk sonrió buscando la palanca del asiento.

—Quítate los pantalones.

Dae pestañeó desorientado y observó a su alrededor, notando que estaban escondidos en la oscuridad.

—Este no es nuestro cuarto —volvió a indicar lo obvio.

—Lo sé.

—Pero dijiste que *eso* era privado.

—Podemos hacer algunas excepciones —dijo desabrochándose el cinturón.

Daehyun tragó saliva siguiendo el movimiento de las manos de Sungguk, que ahora se bajaba el cierre del pantalón.

—¿Pero y Osito?

—¿No dijiste que a Osito le gustaba que te besara?

—Bueno... sí.

Dejando los zapatos lejos, Dae se desabrochó el cinturón de seguridad y su propio pantalón, de paso tiró su boina al asiento trasero.

Sungguk por fin encontró la palanca y movió el asiento hacia atrás, dejando todo el espacio que le permitiese la camioneta entre su cuerpo y el manubrio. Dae, en tanto, ya se quitaba los pantalones. Se reía como un diablillo haciendo una travesura.

—La ropa interior también afuera —ordenó Sungguk—. Y ven, móntame.

Dae obedeció y se quitó la ropa interior dejándola caer a sus pies. Pasó por sobre la palanca de cambio y posicionó cada pierna a un costado de Sungguk.

—Bésame.

La boca de Daehyun encontró la de su novio a medio camino. Sus manos grandes le acariciaban el cuello a un ritmo similar a sus labios, que capturaban su lengua y jugaban con ella. Dae jadeaba entre dientes a la vez que se acomodaba mejor sobre el regazo de Sungguk, quien se estiraba hacia la guantera, donde había guardado condones antes de ir por él.

No fue lento ni cómodo, el deseo era mucho más poderoso. Los alientos calientes y jadeantes se entremezclan entre gemidos, los de Sungguk mucho más contenidos que los de Dae cuando le acarició la erección, hasta que sintió que los muslos le empezaban a temblar.

—Ahora.

Mientras Dae besaba el cuello de Sungguk, este logró abrir el preservativo y colocárselo, más para no ensuciar a su novio que para evitar algo que ya había ocurrido. Después, deslizó otro en la erección de Dae.

—Para no ensuciarte —logró balbucear cuando Dae se alejó al sentir el látex apretándolo.

—Pero me gusta eso —protestó.

—¿Quieres llegar a casa manchado? —Dae se apresuró en negar, las manos de Sungguk masajearon su trasero y lo posicionó sobre su erección, que latía como loca—. Va a doler un poco. No estás dilatado.

Dae se fue soltando a medida que Sungguk lo penetraba con cuidado. Fue rápido y descuidado, las piernas débiles de Dae subían y bajaban en un ritmo poco claro que hacía tambalear el automóvil. Pronto los vidrios quedaron empañados y con una marca de una mano cuando Dae se recostó sobre el manubrio, mientras se afirmaba del vidrio y del estómago de Sungguk para ayudarse a marcar un ritmo más apresurado.

Sungguk buscó la boca hambrienta de Dae para acallar de algún modo sus súplicas, a la vez que sentía sus músculos temblar y sus piernas estrechándose en su cadera en una pronta liberación a la que le siguió rápidamente la de Sungguk. Luego solo quedaron sus respiraciones aceleradas intentando recuperar el aliento. Sungguk le dio un beso justo al lado de la mancha amarilla, sus palabras escaparon antes de que pudiese pensarlas:

—Te amo, Dae.

Lo amaba con esa intensidad y fuerza que siempre temió, con esa potencia que hacía un tiempo le cuestionó a Seojun. *¿También sientes miedo de amar a alguien así de intensamente?*, recordó.

Y por un instante, un segundo tan corto como un suspiro, Sungguk se preguntó en qué terminaría su relación. Se preguntó si la historia de sus padres volvería a repetirse con ellos.

Por eso, cuando su expresión cambió y se volvió triste, no fue capaz de explicarle a Dae lo que ocurría. De pronto, aquella oración, la misma que Dae le pronunció sin problemas hace un tiempo, se atascó en su garganta, pero no murió en sus pensamientos.

Por favor, no me dejes, solo que Sungguk jamás pudo decírselo y después fue demasiado tarde para hacerlo.

44

Minki fue el encargado de llevar a Daehyun a un *mudang*. Si querían saber el sexo del bebé o conocer el primer carácter de su nombre, se lo preguntaban siempre a ellos. Por suerte, a dos cuadras del departamento de Minki vivía la *mudang* más popular del lugar. Era una mujer mayor, que se había convertido en chamán por vocación familiar. Según contaban, había heredado las facultades de su madre, quien había sido otra gran *mudang* a la que muchos coreanos le confiaron sus decisiones más importantes. Pero, por alguna razón, Daehyun no quedó contento con ella.

Cuando Minki fue a dejarlo a casa tras la visita y Sungguk le preguntó cómo les había ido, Daehyun frunció la boca y dio un largo suspiro. Sin más palabras, se encerró en el baño.

—Simplemente no está acostumbrado —lo excusó Minki—. Creo que se asustó un poco cuando la mujer entró en trance y comenzó a comunicarse con los espíritus.

Esa noche en la cama, Sungguk insistió en el tema.

—No me gustó el nombre que eligió, Sungguk —protestó—. ¿Podemos cambiarlo?

—¿Por qué no te gustó?

Daehyun arrugó la nariz. Observó el cielo falso unos instantes y suspiró.

—Porque la bruja dijo que Osito no será Osito.

—¿Te dijo que sería humano? —bromeó.

—Dijo que sería Osita —y en ese momento, se cruzó de brazos y bajó la mirada—. Pero será Osito, Sungguk, yo estoy superseguro de eso.

—Ella podría haberse equivocado.

—Ella se equivocó. Te lo juro, Sungguk.

Así, los días se fueron acumulando entre ellos al igual que las noches de conversaciones, ya fuera tendidos en el sofá o en la cama hablando de un millón de temas mientras Sungguk le subía la camiseta a Dae y acariciaba su estómago, que empezaba a tomar una forma ovalada.

Las mañanas, en tanto, eran escandalosas y apresuradas por alcanzar el baño, donde Dae terminaba afirmándose al inodoro que Sungguk aprendió a dejar limpio cada noche por lo mismo. A pesar de eso, al terminar de vomitar, Daehyun apoyaba la frente sudorosa en la pierna de Sungguk y sonreía tranquilo.

—Estoy bien —decía—, es solo Osito diciéndome que está creciendo.

Al contrario de las mañanas alocadas y de las largas noches de conversaciones, las tardes sabían a derrota. Porque cada día, Daehyun regresaba de la escuela de artes con la misma expresión triste y desconcertada.

—Nadie le habla a Dae —balbuceaba al abrazar a Sungguk.

El hecho de que siempre se refiriera a sí mismo en tercera persona para contarle eso decía mucho más que sus palabras.

—Hacer amigos es difícil, no te pongas triste —intentaba consolarlo—. Mañana será un mejor día.

No obstante, llegaba otra tarde y Dae volvía con ganas de llorar.

—¿Por qué es tan difícil? —preguntó un día de camino a casa—. Tú me hablaste en el parque, no tuviste mayor problema. ¿Por qué el resto no hace lo mismo que Sungguk?

Bajó la velocidad del automóvil hasta estacionar a un costado de la calle. Al voltearse hacia él, se lo encontró con los brazos cruzados. No se notaba que, debajo de la camisa blanca y el abrigo marrón, escondía un pequeño vientre que la mayoría del tiempo acariciaba con aire protector.

—¿Por qué no les hablas tú?

—¿Yo? Nooooo.

—Háblales y verás lo fácil que es hacer amigos.

Dae dejó caer los brazos y apoyó uno sobre su estómago. Tenía los ojos abiertos por el desconcierto.

—Me da vergüenza y miedo, Sungguk.

—Tus compañeros deben sentirse igual.

El chico bufó frustrado.

—Seojun y Sungguk siempre dicen lo mismo.

Sungguk se rio.

—Intenta hablar con uno de ellos. Si mañana me cuentas que lo hiciste, te prometo que Osito podrá dormir con nosotros cuando nazca.

—¿No me estás mintiendo?

—Promesa de meñique.

La siguiente tarde, Dae reapareció en la salida de la escuela con la misma expresión consternada.

—¿Y? —Sungguk quiso saber.

Haciendo un puchero, Dae abrió la puerta del copiloto.

—Osito dormirá en su cuna —declaró.

El día crítico no llegó hasta que faltaron dos semanas para el cumpleaños número veintiuno de Moon Daehyun y el espíritu navideño se apoderó de la ciudad. Las temperaturas bajaron tanto que la respiración se condensaba frente a los rostros de las personas. El pronóstico del tiempo anunciaba que, por primera vez en diecisiete años, caería agua nieve sobre Daegu.

El embarazo de Dae iba increíble y ya comenzaban a notarse los tres meses. Aun así, parecía más un chico intolerante que ingirió mucha lactosa que un m-preg felizmente embarazado que marcaba cada día en el calendario en la cocina, mientras tarareaba y le informaba por décima vez a Sungguk que Osito posiblemente sería Tauro y que iría superbién con Virgo y Capricornio. A pesar de que Sungguk nunca entendía las referencias zodiacales, asentía con una sonrisa. Era un poco extraño que Dae supiese tanto de algo ligado más a la cultura occidental que oriental, sobre todo cuando en Corea lo que primaba era el grupo sanguíneo para analizar compatibilidades.

Pero Dae era Dae.

Las cosas iban bien y tranquilas, por eso Sungguk no se imaginó que ocurriría algo al finalizar su ronda de servicio y regresar a casa. Había alcanzado a recostarse en el sofá con sus tres perros a los pies y Betsy en su hombro, cuando su celular sonó. Sacó el aparato de la chaqueta azul de policía y leyó la pantalla.

Era Seojun.

—¿Aló?

—¿Podrías venir por Dae?

Se puso de pie, tirando de paso a Betsy. Fue por las llaves de la camioneta a la vez que se colocaba los zapatos y Roko intentaba tirar de sus cordones.

—¿Pasó algo?

—Unas personas le dijeron algo a Dae.

Los minutos que Sungguk tardó en estacionarse fuera del edificio y subir las escaleras de la escuela se le hicieron eternos. Los pasillos estaban al aire libre y rodeaban un patio central que contenía otras estructuras más pequeñas. Sería un sitio precioso de no ser porque Sungguk lo odiaba un poco.

Se encontró a Seojun y a Dae sentados en una banca al costado de un *hanok* mucho más pequeño y antiguo que el principal. El árbol de cerezos ubicado a un costado estaba sin hojas y sus ramas desnudas no los protegían del débil sol de invierno. Estaban solos. Los pocos estudiantes que transitaban por ahí le dirigían miradas poco disimuladas a Daehyun.

—Dae —dijo Sungguk caminando hacia él.

El chico tenía los ojos y la nariz roja. Todavía le temblaba la mandíbula al alzar la mirada. Su boina amarilla estaba mal acomodada y los mechones de su cabello desordenados.

Bastó que Sungguk estirara los brazos para que Dae fuese hacia él, escondiendo su rostro en su cuello. La boina cayó al suelo.

—La gente es mala —susurró Dae con tristeza.

—¿Qué pasó?

Seojun se les había acercado para hablar, pero Dae lo interrumpió.

—Dae no es un monstruo, porque los monstruos no son amados por nadie y Sungguk me ama, entonces no soy uno, no lo soy.

Volvía a utilizar su nombre.

—Claro que no lo eres, Dae. Eres maravilloso. ¿Pero podrías explicarme mejor lo que ocurrió?

Separándose de él lo suficiente para ver su rostro contraído por las emociones, Dae tragó saliva con dificultad.

—Hacía mucho calor en la sala y me quité la chaqueta, Sungguk. Ellos vieron a Osito y una compañera dijo que yo soy un monstruo, pero yo no soy un monstruo, solo soy Dae.

—Dae...

—Pero otros compañeros defendieron a Dae y me ayudaron a ir al baño.

Sungguk puso expresión triste.

—Esa gente no entiende, Dae. Y como no entienden, tienen miedo y ese miedo los hace ser así. Pero no hay nada malo en ti.

Dae asintió despacio.

—Yo sé, Seojun me explicó. Solo no entiendo algo.

—¿Qué cosa?

—Osito y yo no somos malos, no le hemos hecho nada a esa compañera, ¿entonces por qué me dice eso? Ella no me conoce, ella no sabe.

—No eres malo, Dae. Ser diferente no te hace ser malo.

Dae volvió a asentir, sus ojos grandes y asustados ya no lloraban.

—Yo sé, por eso no comprendo.

—Ella habla sin saber.

—Osito es lo más importante para mí, eso no me hace un monstruo.

Sungguk le dio un beso y agarró la boina que le tendía Seojun para volver a colocársela. Apartó los mechones de su frente para dejarla al descubierto.

—No, pequeño, eres maravilloso. Un ángel, diría yo.

Dae se sonrojó.

—Los ángeles no existen —respondió.

—Y los monstruos tampoco.

Quedándose unos segundos en silencio, Dae se arregló la chaqueta y le tendió la mano a Sungguk.

—Es cierto, mi compañera es boba, los monstruos no existen.

Pensó que el tema había quedado ahí. Sin embargo, tras subir a la camioneta y pasar a comer helado a pesar del frío, Daehyun volvió a aquella conversación mientras tomaban asiento en el parque.

—Yo entiendo que soy diferente, pero Seojun dice que todos somos diferentes.

—Todos lo somos, por eso es complicado. A ciertas personas les cuesta entender eso.

Girándose hacia él, el helado quedó olvidado en la mano de Dae.

—Entiendo eso, Sungguk, pero no comprendo lo otro... Osito y yo no hemos hecho nada, ¿entonces por qué nos odian? No hablamos con ellos, no los molestamos, no somos parte de su vida y eso es lo que no comprendo. ¿Por qué se molestan conmigo por algo que es nuestro? Osito no es de ellos.

Sungguk dio un largo suspiro.

—Me encantaría darte una respuesta, Dae, pero no la tengo. Yo tampoco entiendo a todas las personas.

Dae volvió a quedarse otro instante en silencio. Observaba con atención a un niño que jugaba en el columpio.

—¿Por eso la abuela me encerró? —Sungguk quiso responder, pero Dae continuó de manera apresurada y un tanto ansiosa—.

La abuela no quería que a Dae le dijesen esas cosas, pero Seojun dice que eso no justifica que me haya encerrado. Entiendo por qué la abuela lo hizo, pero ¿no habría sido mejor enseñarme? —y entonces negó con la cabeza y le dio otra lamida a su helado—. Yo no le haré eso a Osito.

Esa noche, mientras Dae se recostaba sobre un montón de almohadas y comenzaba a leer con mucha atención unos documentos para su clase del día siguiente, con los destacadores de colores desperdigados por toda la cama, Sungguk se recostó a su lado y subió su camiseta para tocarle la piel cálida. Moviéndose para apoyar su cabeza sobre el vientre que escondía a Osito, cerró los ojos para permitirse sentir. Llevaba tanto tiempo preocupándose por Dae, que Sungguk no se había dado el tiempo para vivir la situación.

Porque recién en ese instante cayó en cuenta de que él, Jong Sungguk, iba a ser padre.

Papá.

Alguien lo llamaría papá.

El mar de sentimientos fue abrumador y poderoso, tan potente como hermoso.

—Te amo —dijo.

—Yo sé —respondió Dae.

Por primera vez, ese «te amo» no iba dirigido a Dae.

Era para su hijo.

45

Diecisiete años transcurrieron desde la última vez que precipitó agua nieve y casi veinte desde que los habitantes apreciaron una nevazón lo suficientemente abundante para cubrir las calles de blanco. Era un fenómeno de la naturaleza extraño para un lugar ubicado tan abajo de Corea del Sur como lo era Daegu.

Cuando el 24 de diciembre comenzó a nevar a las once de la noche, Sungguk no se dio por enterado. Acurrucado contra el cuerpo cálido de su novio, dormía plácidamente en los brazos de Dae, quien, por cierto, lo sostenía con demasiada fuerza. Por eso, cuando alguien lo movió por el hombro e intentó despertarlo repitiendo su nombre, solo pudo soltar un ronquido.

—Sungguk.

Medio reaccionó, medio siguió durmiendo.

—Vamos, Sungguk, despierta.

Musitó algo incoherente. Abrió un ojo para notar que el rostro somnoliento de Namsoo flotaba sobre él.

—Está nevando.

Sungguk sintió que Dae se apegaba más a su cuerpo, la nariz del chico le hacía cosquillas en el cuello de lo cerca que estaba. Contra su cadera, Sungguk sentía el borde de ese vientre ya más abultado.

—¿Qué? —balbuceó con su mente aún en sueños.

—Está nevando, despierta a Dae.

Namsoo había corrido las cortinas de la ventana dejando entrever el vidrio congelado. Por la dirección en la que apuntaba el cuarto de Sungguk, la luz de la calle iluminaba tenuemente los copos de nieve que caían del cielo negro.

—Comenzó a nevar hace unas horas, ya hay una capa delgada.

Sungguk se movió para sentarse en la cama y así observar el paisaje. Tal como le había contado su amigo, un manto suave y aparentemente esponjoso escondía tejados y jardines.

—Despierta a Dae —insistió Namsoo—, creo que querrá verla. Voy a preparar chocolate caliente para cuando regresen, hace mucho frío afuera.

Sungguk bostezó a la misma vez que Dae se quejaba por no encontrarlo bajo las sábanas.

—Creo que es mejor que yo haga el chocolate caliente, *hyung*. No es que quiera ofender tus habilidades culinarias, pero es un hecho que quemas todo.

—No puedo refutar lo obvio —le restó importancia.

Salió del cuarto dejando la puerta entreabierta; Sungguk pudo divisar a Roko pasear por el pasillo a la espera de que saliese. Acarició la cabeza de Dae para despertarlo.

—Dae, despierta.

Volvió a quejarse, sus labios se fruncieron un poco más.

—Está nevando.

Los ojos del chico se abrieron de golpe. Todavía un poco desconcertado por el sueño, aunque a la vez enormemente atento.

—¿Ah?

—Está nevando.

Un segundo bastó para que se sentara en la cama y se girase para apoyar las manos en el vidrio congelado.

—¡Es verdad!

Desesperado, se movió entre el desorden de mantas para bajarse de la cama. Su cuerpo delgado estaba cubierto solo por ropa interior y una camiseta que se alzaba dejando al descubierto su vientre. Sonriéndole, Sungguk lo vio agarrar a toda velocidad calcetines, pantalón y camiseta. Seguía balbuceando cosas sin sentido.

—Abrígate bien —pidió también poniéndose de pie para vestirse.

Dae rebuscó en el ropero su chaqueta más gruesa, tirando al suelo de paso la ropa que le molestaba. Hizo un gran desastre hasta que encontró también una bufanda y un gorro.

—Vamos, vamos, Sungguk, apúrate.

—Tranquilo, no dejará de nevar de la nada.

—De hecho, podría pasar porque la nieve...

Sungguk lo silenció con un beso para no escuchar la explicación de los fenómenos naturales, que por cierto nunca entendió demasiado bien porque siempre se dormía en clases.

—Debes estar abrigado para que Osito también lo esté —le recordó subiéndole la bufanda hasta que solo quedaron visibles sus ojos emocionados.

Dae se acomodó mejor el gorro de lana morado.

—¿Podemos ir ahora? —quiso saber con voz ahogada por la bufanda.

Sungguk alcanzó a agarrar su propia chaqueta y unos guantes antes de ser tirado fuera del cuarto por Dae. Roko los siguió por el pasillo aullando como si fuese mediodía. Al llegar a la sala de estar, se encontraron a Moonmon y Mantequilla acurrucados en el sofá pequeño. Estaban despiertos, pero ninguno de los dos parecía con ánimo de moverse.

Tras cambiarse los zapatos y dejar tiradas las pantuflas a un lado, para mala suerte de Moonmon, Dae lo agarró contra su perruna voluntad.

—¡La nieve, Moonie! ¡La nieve!

Bastó con que Sungguk abriese la puerta para que fuese empujado por Roko y Dae, ambos igual de ansiosos y desesperados por conocer la nieve.

La risa de Dae fue lo primero que escuchó Sungguk, un poco entrecortada y jadeante. Al salir se lo encontró con los ojos enormes y estrechando a Moonmon contra el pecho. Su bufanda dejaba al descubierto su boca sorprendida. Sus pies estaban hundidos en la capa de nieve que había caído en cuestión de horas, todavía lo suficientemente delgada para divisar el cemento bajo sus pisadas, pero lo suficientemente abundante para que las huellas oscuras quedaran impregnadas en el manto blanco.

—Sungguk, mírame, mírame —repetía Dae una y otra vez, su pecho se agitaba al correr en zigzag. Dejando en el suelo a Moonmon, se agachó para agarrar un montón de nieve con los dedos sonrojados por el frío. Formó una bola que tiró a un metro de Sungguk; ambos se quedaron observándola unos segundos.

—Creo que la otra saldrá mejor —lo animó Sungguk.

Arrodillado sobre la nieve, Dae se sopló los dedos tiesos hasta que Sungguk se quitó los guantes y fue hacia él.

—Dame tus manos —pidió, ambos en medio del patio repleto de huellas grandes y desordenadas de Roko, y pequeñas y casi inexistentes de Moonmon.

La piel de Dae estaba roja y congelada, sus dedos temblaban. Sungguk le puso sus guantes.

Entonces, revisó la hora.

Daehyun se movía para ponerse de pie cuando alcanzó su bufanda y tiró de ella. Su boca encontró la otra a medio camino. Al separarse, le dio otro beso en la punta de la nariz.

—Feliz Navidad, Dae.

Entre ellos nunca hablaban sobre el día que Sungguk lo encontró en el ático, porque como pareja eran más que ese momento de encuentro. Pero mientras los ojos de Daehyun brillaban por las lágrimas contenidas, fue inevitable que ese instante se hiciese presente en sus cabezas. Comenzó con un sentimiento que iba más allá del simple agradecimiento, más allá de esa sencilla palabra que todo y nada decía.

—Gracias.

Daehyun todavía mantenía a Sungguk afirmado por las mejillas.

—Gracias por encontrarme.

—Dae...

—Te amo.

Sungguk volvería a escuchar otras tres veces esas palabras en el mismo día: al tomar una ducha una hora más tarde, al entregarle una taza de chocolate caliente a su novio y finalmente al sentarse junto a Eunjin y Namsoo en medio de la sala de estar con un árbol artísticamente decorado por Dae.

Ya había amanecido cuando empezaron con la entrega de regalos.

Sentado detrás de Daehyun y rodeándolo con los brazos, Sungguk le entregó su regalo. Dae se quedó observando el paquete morado con expresión acongojada.

—Ábrelo —susurró Sungguk contra su audífono.

El chico tragó saliva. Entonces, rompió el paquete y apareció una boina diminuta que hacía juego con una escocesa que Dae tenía. Alcanzó a agarrarla antes de que cayese al suelo. Dio un grito de sorpresa tan fuerte que asustó a Eunjin y Namsoo.

—Tú dijiste que querías que Osito tuviese una boina igual que la tuya, ¿no?

—Sungguk me escucha... tú me escuchas.

—Siempre te escucho, Dae.

Y al girar para quedar de rodillas entre las piernas de Sungguk, fue cuando Dae lo dijo otra vez.

—Te amo mucho.

Amor.

Ese era el sentimiento que Daehyun sentía por Sungguk, pero que también seguía sintiendo por su abuela.

La extrañaba.

La seguía extrañando cada día, aunque ya no lograba recordar su olor.

46

Daehyun estaba de cumpleaños el penúltimo día del año. Era domingo, pero le había tocado ir al hospital por un chequeo general. Contrario a lo normal, Eunjin fue a buscarlo. Dae se desconcertó al subirse al auto y no encontrar a su novio por ninguna parte.

—¿Y Sungguk?

—Está ocupado en la comisaría.

La desilusión fue grande. El chico sacó el celular de su abrigo oscuro y volvió a comprobar la pantalla.

30 de diciembre
Hoy es tu cumpleaños
¡Felicidades!

Felicidades. ¿Por qué Dae no se sentía así?

Intentó no darle importancia a pesar de que tenía un enorme nudo en la garganta. Pero entre más intentó, más recordó sus cumpleaños anteriores donde su abuela pasaba gran parte del día cocinándole un pastel, para después despertarlo puntualmente a la medianoche con una rebanada y un regalo. Intentó olvidar ese recuerdo, pero cada cierto rato venía su abuela a la mente deseándole un feliz cumpleaños en lengua de señas. También recordó su cumpleaños anterior cuando fue despertado por Sungguk y Minki, quien se había colado en la casa en la madrugada.

Intentó alejar su tristeza.

Y fracasó.

Jugó con sus manos aguantando las ganas de llorar.

Pero también fracasó en eso.

Comenzó a llorar cubriéndose la boca con la palma. Eunjin no lo notó hasta que se detuvieron en un semáforo y volteó a mirarlo. Su sonrisa se esfumó de golpe.

—¿Dae...?

Se descubrió el rostro para afirmarse el vientre con ambos brazos.

—Sungguk olvidó mi cumpleaños, ¿cierto?

—No llores, Dae... Sungguk... no sé, ha estado ocupado. Es fin de año y hay mucho trabajo.

Dae asintió con tristeza y se secó las lágrimas con las muñecas. Eunjin le entregó un pañuelo desechable y le tocó la cabeza al igual que lo hacía con Mantequilla.

—Sungguk nunca olvidó algo mío —susurró.

Eunjin también puso expresión triste y aceleró con brusquedad al escuchar que alguien tocaba la bocina, ya que el semáforo había cambiado de color y ellos seguía sin moverse.

—Dae, no es algo contigo —explicó con torpeza—. Como te dije, es una época complicada. Lo creas o no, mucha gente se suicida por estas fechas y... sí, creo que no debí decirte eso. Solo... no llores, Sungguk te quiere muchísimo.

Al estacionar afuera de casa, Dae continuaba secándose las lágrimas. Una vez más, intentó convencerse de que solo era un cumpleaños, de que Sungguk siempre recordaba todo lo que decía y de que no era para tanto. Todos se equivocaban. Además, podrían celebrarlo al otro día, o al año siguiente, no era para tanto.

Se bajó del coche cabizbajo y pensativo, por lo que no notó que una cortina se había movido, tampoco alcanzó a escuchar el escándalo dentro de la casa ni los ladridos de Roko. Eunjin lo apuró por el camino y lo hizo ingresar primero.

El grito de muchas voces resonó tan fuerte que su audífono hizo interferencia, produciendo un pitido terrible que lo hizo inclinarse hacia un costado. Se quitó el aparato a la vez que veía a todos saltar y chillar cosas que Daehyun no captó.

Desorientado, notó que Sungguk tenía un gorro y unas guirnaldas moradas en el cuello y que Minki y Jaebyu se habían golpeado al salir a la misma vez detrás de un sillón. Incluso estaban sus compañeras de la escuela de arte, esas que lo habían ayudado con Osito. Se volvió a colocar el audífono y volvieron los sonidos de voces alegres que se entremezclaban.

Se escuchaba como la felicidad.

—Feliz cumpleaños —repitió Sungguk deteniéndose frente a él—. Creo que no lo oíste la primera vez.

Dae observó una vez más la sala. Minki había agarrado un montón de guirnaldas y las lanzaba por el aire, la mayoría de ellas cayendo sobre Jaebyu. Todavía sorprendido, cruzó sus brazos en forma de equis sobre su pecho.

—¿No lo olvidaste? —susurró.

—No —aseguró.

—Pero...

—¿No me dijiste el año pasado que querías una fiesta sorpresa? Pensé que lo habías adivinado en la mañana cuando me tropecé cargando la caja de dulces. No fui precisamente discreto.

A las horas y cansado de tanta celebración, Dae se recostó contra el cuerpo de Sungguk. Si cerraba los ojos, todavía recordaba a la multitud cantándole cumpleaños feliz y el pastel morado en las manos de Minki. Le dolían los pies y la espalda baja, por lo que apoyó la barbilla en el hombro de Sungguk.

—Tus amigas nuevas te están esperando —dijo Sungguk contra su audífono.

—Estoy cansado, Sungguk —se quejó al sentir que se alejaba.

—Vamos, vamos, tienes invitados que atender. Además, debo ir a buscar más *soju* a la cocina. Minki se bebió cinco botellas, ¿cuántas dijo Jaebyu que necesitaba para ponerse a bailar sobre la mesa? Pregunto para llenarle una botella con agua y engañarlo. Definitivamente no quiero ver eso.

Minki ya iba por su sexta bebida, por lo que Sungguk se disculpó con Dae para ir tras su amigo. El chico alcanzó a estar solo poco tiempo, porque sus dos compañeras se le acercaron. Una de ellas era japonesa. Se llamaban Saya y Hana.

—¿Tu novio siempre es así? —quiso saber Saya.

—¿Sungguk? —Dae se quedó desconcertado observando a su novio, que cargaba unas botellas con las protestas de Minki de fondo—. ¿Mmm? Eh, sí, creo, pero se cambia de ropa todos los días, lo juro.

Sus amigas rieron.

Amigas, él realmente tenía personas a las que podía decirles amigas.

—Nos referimos a que si siempre es así de tierno y amoroso contigo.

—Y así de guapo —agregó Hana.

—Ah, sí. Sungguk me quiere mucho. Sungguk es precioso para mí y para Osito.

—Osito —un largo suspiro de Saya—, bendecido por la genética de sus padres.

Eso fue lo que pensó Dae al irse a la cama. Le besó todo el rostro a Sungguk, afirmándolo por las mejillas para que no se le pudiese escapar. Contento con ello, se acomodó hasta quedar sentado sobre su regazo.

—Para mi próximo cumpleaños quiero una fiesta de disfraces —pidió.

—¿De disfraces?

—Sí, sí, por favor, Sungguk, di que sí, por favor. Nunca he tenido una.

Sungguk siempre le acariciaba las piernas para tranquilizarlo, esta vez no fue diferente.

—Está bien, Dae, el año que viene será de disfraces.

—¿No hay problema?

—¿Por qué lo habría?

Dae se encogió de hombros.

—Porque seré papá. La gente dirá que soy inmaduro e infantil.

—La gente siempre dirá cosas, no puedes estar pendiente de ellos.

Lo meditó unos instantes, la caricia en sus muslos continuaba.

—¿Y podemos disfrazarnos de príncipes?

—¿Y Osito qué será?

—Otro príncipe, obvio.

Unas semanas más tarde, Dae, que hacía tan pocos días se encontraba animado al hablar de un simple disfraz de príncipe, se removía intranquilo en la camilla de la doctora Hani. Tenía la camiseta remangada hasta el pecho, dejando al descubierto la barriga de cuatro meses y medio. Al ver que Dae no se quedaba quieto, Sungguk se apoyó a su lado.

—¿Por qué estás tan nervioso?

—Porque, ¿y si me equivoqué y es Osita y no Osito, Sungguk?

—¿Y habría algún problema?

El ceño de Dae se marcó entre sus bonitas cejas.

—Bueno, no, obvio.

—Obvio —repitió Sungguk de buen humor.

—Pero será Osito, estoy muy seguro.

—¿Tan seguro como para hacer una apuesta?

—¿Apuesta de qué? —preguntó con sospecha.

—Si es Osita, llevará mi apellido.

La ley no era clara respecto a los apellidos del hijo de un m-preg, por lo que Osito podría portar el de Dae o Sungguk.

—Está bien, pero si es Osito, llevará el apellido de Dae, mío, Sungguk, mío.

Asintiendo con una sonrisa, Sungguk aceptó a pesar de que hacía mucho tiempo había decidido que quería que su bebé llevase el apellido de Daehyun. Le parecía lo mejor, lo más correcto, lo que realmente quería. Para él solo era un apellido, pero para Daehyun significaba más. Era identidad.

Antes de que pudiesen continuar, la doctora Hani regresó al cuarto.

—Así que, ¿los padres realmente quieren saber el sexo?

Desde 1988 en Corea del Sur estaba prohibido por ley que los médicos revelasen el sexo del feto, esto para evitar el aborto selectivo que padecía el país por la preferencia de las familias por tener hijos hombres. En la actualidad, si bien la ley seguía vigente, ya no existía una prohibición tan estricta. Por eso, no todos los médicos accedían a revelar el sexo antes del nacimiento.

Pero la doctora Hani tenía una clara debilidad por Daehyun. Sumado a ello, había una obvia presión por parte del gobierno para saber si había posibilidades de un nuevo m-preg. Pero eso último nadie lo sabría con seguridad hasta el nacimiento.

—Yo sé que es Osito, doctora Hani —contó Dae con normalidad—. Solo quiero confirmarlo.

La doctora se rio acercando la máquina.

—¿Solo quieres confirmarlo?

—Ajá.

La doctora aplicó el líquido viscoso sobre el vientre de Dae.

—No creerás la cantidad de padres que vienen segurísimos de que será un Osito y terminan yéndose con la sorpresa de una Osita.

Sungguk aprovechó para entrelazar sus manos con las de Dae, de pronto el nerviosismo se hizo presente. Solo iban a saber el sexo de Osito, ¿por qué eso lo ponía tan nervioso?

Cosas de padres, pensó.

Colocándose guantes, la doctora Hani agarró el ultrasonido y lo acercó al vientre de Dae.

—Bueno, veamos si será Osito u Osita.

—Osito —insistió Dae.

—¿Y qué dice el papá Sungguk? —quiso saber la doctora con los ojos enfocados en la imagen grisácea de la pantalla.

—Solo quiero que esté bien —respondió. Repentinamente, le dio risa su propia respuesta porque, ¿no había oído eso un montón de veces y siempre lo encontró un poco ridículo?

Pero si realmente tuviese la posibilidad de elegir, Sungguk pediría una niña.

—Ahí está —cantó la doctora Hani.

Había dejado la imagen estática y se podía divisar a la perfección a su hijo en posición fetal: una cabeza grande y un cuerpo finalizaba en dos delgadas y casi difuminadas piernas.

—¿Es Osita? —jadeó Dae.

¿Osita? ¿Significaba que no iban a tener que pasar por el miedo de que fuera un m-preg? ¿Significaba que...?

La doctora Hani sonrió.

—Felicidades a ambos, es Osito.

47

Fue una brillante pero fría tarde de febrero cuando Namsoo se puso frente a todos interrumpiendo la película. El primero en reaccionar fue Eunjin, quien le lanzó una almohada a la cabeza y se quejó para que se apartase. El segundo fue Sungguk, preguntando qué sucedía. Finalmente, Dae se enderezó en el asiento con la mano en su vientre redondo de cinco meses y medio. Era una bonita curvatura que quedaba escondida tras las camisetas anchas que había comenzado a robarle a Sungguk.

—Regreso a mi ciudad —contó, la película ahora solo era un ruido de fondo—. Mi residencia finalizó hace ya un tiempo, es el momento de regresar a mi casa.

Nadie se movió hasta que Dae se puso de pie con dificultad. Fue hacia Namsoo y lo abrazó con tanta fuerza que solo la curvatura de su estómago interrumpió el contacto entre ambos cuerpos. Namsoo se quedó observando a Sungguk anonadado y luego le devolvió el gesto.

Eunjin no tardó en imitar a Dae y se unió a ellos, seguido rápidamente por Sungguk. Los cuatro se abrazaron en medio de la sala de estar que dentro de nada se volvería más tranquila y menos transitada.

Pero estaba bien.

Despedirse de gente, dejar que emprendiesen su propio camino, era parte de lo bonito de la vida. Querer y dejar, ambos sentimientos estaban tan atados que debían considerarse uno solo.

A la semana de aquel abrazo, el cuarto de Namsoo quedó vacío. El silencio poco a poco comenzaba a apoderarse de la casa.

Bastó solo otra semana para que Eunjin también tomase una decisión. Al golpear la puerta del cuarto y asomar la cabeza, Sungguk entendió lo que estaba por suceder.

—Osito nacerá en menos de dos meses —dijo sentándose a los pies de la cama— y serán una familia. Creo que es el momento de que yo también parta.

—No tienes que irte.

Eunjin le sonrió con tristeza a Sungguk, no obstante, su respuesta fue para Dae.

—Creo que mi habitación debería ser la de Osito —tocó un pie de Daehyun por sobre las mantas—. No he olvidado que prometí ayudarte a pintarla.

Y salió del cuarto con la misma tranquilidad con la que ingresó.

Sungguk se dejó caer contra las almohadas con un sentimiento pesado y tirante en el pecho, porque esos cambios implicaban dejar ir una etapa que duró años. Algunas cosas estaban llegando a su fin, mientras otras recién empezaban.

De igual forma, no sabía cómo sentirse.

Tras la partida de Eunjin, Sungguk intentó no prestar atención a lo vacía que se sentía la casa ahora. Con Dae decidieron, entonces, centrarse en lo bonito y pensar en que pronto esas cuatro paredes volverían a llenarse de caos y comidas a las tres de la mañana.

Sin embargo, tal vez ambos se estaban tomado con demasiada tranquilidad la llegada de Osito, postergando las compras esenciales hasta que llegaron al sexto mes de embarazo. Pero el tiempo transcurría rápido y Sungguk no lo entendió hasta que Minki se le acercó en la comisaría y apoyó ambas manos sobre su escritorio.

—Mira, Jong Sungguk —dijo con un tono que rozaba la irritación—, ¿no crees que he sido lo suficientemente paciente?

Extrañado, Sungguk atinó a levantar la vista del papeleo que intentaba completar.

—Hoy mercurio retrógrado debe estar lejos porque no te leo los pensamientos, Minki.

—¿Mercurio-qué?

Le restó importancia con un movimiento de muñeca.

—Es algo que dice Dae. No me mires así que yo tampoco lo entiendo.

Dando un largo suspiro, Minki se movió alrededor del escritorio hasta que estuvo a su lado. Le pateó las rueditas del asiento para alejarlo de los papeles.

—Bueno, ¿y? ¿Nada que decirme?

—¿No te expliqué recién que no leo tus pensamientos?

—¿Cuándo me lo vas a proponer?

Sungguk se cruzó de brazos y se reclinó contra el respaldo de la silla.

—Mira, Minki, sé que pasamos mucho tiempo juntos y tal vez por eso te confundiste.

—¿Qué dices?

—Lamento que te hayas hecho una idea errónea, pero no, bajo ningún punto. Malinterpretaste las cosas y lo siento.

Minki asintió con expresión adolorida.

—Bien, entonces no. Lo siento por malpensar sobre la relación que teníamos.

Minki regresó a su propio escritorio para agarrar un montón de papeles y tirarlos sobre la mesa, cada movimiento lo gesticuló con ira. De la nada, se volvió a girar en su asiento con tanta brusquedad que golpeó una pata del escritorio y este se tambaleó.

—Es Eunjin, ¿cierto?

—¿Qué?

—Estoy seguro de que lo elegiste porque tiene más dinero que yo y también es más simpático.

Tal vez se debía a que era de madrugada y acumulaba un mal dormir porque Dae no conciliaba el sueño por las molestias de su abultado vientre, pero Sungguk no terminaba por entender la conversación.

—Pero si es Dae, ¿no es obvio?

Las ruedas de la silla de Minki sonaron al deslizarse por el suelo. Parecía que iba en una canoa nadando a contracorriente.

—¿Dae me traicionó?

—¿De qué estás hablando? Dae siempre ha sido mi novio. ¿Cómo crees que voy a proponerte algo indecente si sabes lo enamorado que estoy de él?

Una risa floja provino de Minki.

—Ese discurso habría sido muy bonito, ¡si pensases como un ser humano normal!

—Oye, no me insultes que yo no te insulté.

Recostado en su asiento como si fuese un trono, la expresión de Minki era caprichosa.

—Entre todo lo que pudiste pensar, ¿cómo se te ocurrió eso? No eres del todo feo, pero ¿crees que dejaría a Jaebyu por ti?

Sintiéndose ofendido, Sungguk dejó caer el lápiz.

—Maravilloso, porque yo tampoco dejaría a Dae por ti.

Ambos se volvieron a ignorar. Minki se giró otra vez en su asiento, y por segunda vez golpeó la pata de su escritorio metálico. La mitad de sus papeles cayeron al suelo. Comenzó a recogerlo refunfuñando en voz baja.

Sungguk había cerrado un par de documentos cuando analizó la ridícula discusión que acababan de tener.

—Espérate, ¿entonces qué es lo que querías que te propusiera?

Minki tiró en la mesa los papeles que había recogido.

—Ser el padrino de Osito, idiota.

—Ah.

—Llevo esperando cinco meses la propuesta.

—Ah.

—¿No tienes nada más que decir?

—Bueno, no pensé que debía preguntártelo.

A Minki le latió un músculo en la mejilla.

—¿Cómo que no?

—Pensé que era obvio.

Su amigo dudó unos segundos antes de seguir.

—¿Estás intentando decirme que soy el padrino?

—O madrina, no sé, ahí con Jaebyu deberán decidir quién será —dijo en broma.

Sungguk no pudo continuar porque Minki se puso de pie y corrió hacia él para abrazarlo tan fuerte que Sungguk no sabía si eso era una muestra de cariño o si Minki estaba intentando estrangularlo.

—Te prometo que seré el mejor padrino del mundo y Jaebyu la mejor madrina.

Tras tranquilizarse lo suficiente para regresar a su puesto de trabajo y sacar una agenda donde comenzó a anotar cosas mientras hablaba como loco, Sungguk regresó a lo suyo hasta que fue interrumpido una vez más.

—¿Ahora qué? —pidió con exasperación porque, entre más tardase en hacer ese papeleo, más demoraría en ir a casa. Quería ser mimado por su novio antes de que se fuese a clases, ¿era tanto pedir?

—¿Qué es lo que les falta comprar?

—¿Para Osito?

—Claramente para ti no.

—Mmm, bueno...

—¿Tienen ropa, pañales, cuna, el coche, la silla del auto? Eso es lo básico.

—¿Lo básico? —jadeó.

—¿Te faltan muchas cosas?

—Nos falta todo.

Minki se puso furioso.

—¡¿Acaso ese pobre niño va a vivir solo con los zapatos que yo le regalé y la boina de la Navidad?!

Sungguk entendió que no podía dilatar más el tiempo.

El sábado por la tarde Sungguk arrastró a Dae a una tienda departamental decidido a no salir de ella hasta tener lo básico. Si el lunes no regresaba con la lista completa de Minki comprada, su amigo era capaz de robarle la billetera y hacer él las compras, eligiendo lo más costoso solo para molestarlo.

Pasaron una hora completa observando cunas con Dae repitiendo, una y otra vez, que según sus investigaciones en internet ninguna de las camas que ofrecía la tienda eran buenas para Osito. Tras negarse a comprar el último modelo que vieron, Sungguk se llevó a Dae a un rincón apartado para alejarse de la curiosidad de las vendedoras. Después de todo, uno de ellos claramente parecía ser un m-preg muy embarazado.

—Dae, mi amor —dijo afirmándolo por los hombros—. Entiendo que investigaste y que ninguna cuna te guste, pero Osito no puede dormir en el suelo.

—Yo sé —contestó testarudo.

—Por eso debemos comprar hoy una cuna u Osito dormirá en el piso.

—Podría dormir con nosotros, bobo.

—Osito debe acostumbrarse a dormir solo.

—Sí, pero...

—No pongas ese puchero, no voy a ceder.

—Sungguk...

—No me vas a convencer, he ganado experiencia contigo.

Dae se cruzó de brazos y puso los ojos en blanco, dando un suspiro que le levantó un mechón largo que caía por su frente.

—Que la escoja Sungguk entonces.

Lo había irritado.

La frustración empezaba a cobrarles factura.

—¿Qué sucede, Dae? Esto no es por la cuna, ¿verdad?

El labio de Dae tembló y tragó saliva.

—Dae quiere —se corrigió rápidamente—. Yo solo quiero que todo sea perfecto para Osito, es importante para mí.

Porque él no lo tuvo.

Nadie lo había esperado con ansias, nadie le había comprado

nada nuevo. Dae ocupó las cosas que sobraron, tuvo el cariño que también sobró. Por eso era importante para Daehyun.

—Nada va a ser perfecto, Dae, solo debe ser bonito.

—Pero bonito...

—No es sinónimo de perfecto, ¿recuerdas?

—Yo sé —dijo con voz suave, apegando la mejilla al hombro de Sungguk—. Bonito es sinónimo de precioso, pero precioso no es sinónimo de perfecto porque lo bonito depende de quien lo mire. Yo entiendo.

Sungguk acarició el abdomen de Dae y, en ese preciso instante, algo se movió ahí dentro. Dae brincó sorprendido.

—¿Ese fue...?

—Osito te pateó, Sungguk.

No era la primera vez que Osito se movía en el vientre de Dae, aunque la sensación era tan extraña que continuaba siendo maravillosa. Un mes antes habían visitado de sorpresa a la doctora Hani porque Dae había leído en internet que no era normal que el feto nunca se moviese. «Osito está bien, puede que sea muy tranquilo», comentó la doctora. «Como Sungguk», dijo Sehun cuando Dae lo llamó esa noche. «Nunca molestó durante el embarazo, ni una sola vez».

Al llegar a casa Dae se recostó en la cama; cada vez soportaba menos estar de pie. Al levantarse la camiseta, Sungguk notó que la piel de su novio se levantaba en el costado derecho del estómago.

—¿Viste eso? —jadeó.

El aire se deslizó entre los dientes de Dae.

—Yo lo siento.

—Debe estar agradecido, por fin sus padres le compraron una cuna y ropa —bromeó Sungguk inclinándose para besar el ombligo de Dae—. Menos mal tenemos al insoportable y controlador de Minki como padrino.

Días después, al regresar de un atareado turno con la cabeza bombeándole por un dolor punzante en la sien, oyó la voz de

Dae y de su padre. Ambos estaban recostados en el sofá de tres cuerpos, observando algo que Sungguk no alcanzaba a divisar.

—¿Diferencias? —preguntaba Sehun—. Los m-preg no terminan por desarrollar las glándulas mamarias, por lo que Osito solo se alimentará de leche formulada.

—¿Hay más?

—El parto también.

—¿El parto?

—La cadera masculina no solo es demasiado estrecha para un parto natural, ustedes los m-preg tampoco tienen canal vaginal. Un recto jamás podrá dilatarse tanto para un nacimiento, ¿entiendes? Por eso, antes de que se supiese todo esto, muchos m-preg morían por un shock séptico.

—¿Shock séptico?

—Es una infección en la sangre. Como la cadera masculina es demasiado estrecha y no tienen canal vaginal, obligatoriamente se debe realizar una cesárea. Pero antes no se sabía eso, por lo que el feto terminaba muriendo y eso le producía un shock séptico al padre.

—¿Él moría?

—Sí, Dae, lamentablemente los dos morían. Aunque pudiesen tener un parto natural, morirían desangrados al desgarrarse. Por eso, como te contaba hace un rato, se te realizará una pequeña incisión como una mano por debajo del ombligo.

—¿Estaré despierto?

—Solo te dormirán de aquí —le tocó la cintura— hasta los pies.

—¿Y dolerá?

—Para nada, Daehyun. Estarás consciente, pero te prometo que no sentirás ningún dolor, para eso es la anestesia.

Como la conversación parecía haber llegado a su fin, Sungguk decidió acercarse. Colando su cabeza entre la de ambos, los saludó.

—Hola, familia.

Dae se llevó una mano al corazón al mismo tiempo que Sungguk besaba su mejilla, luego le dio otro beso a su papá, quien parecía igual de sorprendido.

—No te escuchamos llegar —avisó Sehun.

Bostezando, Sungguk fue hacia un sillón libre y se sentó, recostando a Mantequilla en su regazo.

—Lo siento por interrumpir, parecían ocupados.

—Tranquilo, Dae solo me estaba haciendo unas consultas.

—Estuve leyendo, Sungguk —continuó Dae animado—, pero Sehun me explicó mejor.

—Aprendes rápido porque eres muy inteligente, Daehyun —lo animó Sehun con una sonrisa que Dae le devolvió.

—No sabía que ibas a venir a Daegu —interrumpió Sungguk bostezando—. Tendrás que dormir en la habitación que era de Dae, la de Eunjin ahora es de Osito y la de Namsoo la trasformamos en un estudio.

—¿El estudio que me comentaste la otra vez? —quiso saber Sehun.

—Sí —respondió Dae—, ahora puedo pintar ahí y hacer todo lo que quiero. Sungguk dijo que era todo para mí.

Dae y Sehun hablaban casi todas las noches por videollamada. Sungguk se sentía algo celoso, pero era Dae y amaba que tuviese la atención que merecía. Además, Sehun y Dae se entendían mucho mejor que el mismo Sungguk con su padre. Y es que a su padre le gustaba leer y a Dae aprender, y a Sungguk simplemente le gustaba Dae.

—No me voy a quedar aquí —aclaró su papá.

—Papá, no es necesario que vayas a un hotel, no eres molestia y Dae se siente solo algunas veces.

—No es por eso —tocándole la punta de la nariz a Dae, continuó—. Dae ya lo sabe. Era un secreto de ambos, ¿cierto?

Dae asintió travieso.

—Yo lo sé, Sungguk, hace mucho tiempo que sé.

—¿Qué cosa?

—Pasaré la noche en mi nueva casa —anunció su papá.

Sungguk observó alrededor de la sala de estar.

—Bueno, esta es tu casa.

—No, esta es tu casa —lo corrigió su papá.

Arrugando el entrecejo, se masajeó la sien.

—No estoy entendiendo.

—Quiero ser de ayuda para ustedes, así que compré la casa que estaban vendiendo en el barrio.

—¿La de la esquina?

Su padre asintió.

—La estuve remodelando el último mes, Dae me ayudó a escoger muchas cosas.

—Los sillones, las cortinas, el color de la pintura y también los cuadros. Pinté uno para Sehun ¡y me dio dinero por eso! —contó Daehyun riéndose por el nerviosismo—. Yo lo habría hecho gratis, pero Sehun insistió en que debo valorar mi trabajo y me dio dinero.

Sehun se distrajo unos segundos sonriéndole a Dae. Sungguk recordó su infancia, era esa misma sonrisa que recibía cuando su padre llegaba a casa. Sehun siempre fue el mejor papá que pudo haber tenido. ¿Osito pensaría eso de él cuando creciese? ¿Pensaría que Sungguk había sido el mejor papá y lo recordaría con ese mismo anhelo y cariño que él tenía por su padre?

Él esperaba que sí.

48

El calendario anunció el fin de un tibio mes de abril. Como ya era costumbre para Dae, se despertó recordando la despedida de Sungguk antes de marcharse al turno de las nueve. Logró estirarse en la cama antes de que un dolor punzante, agudo e intermitente, le embargase la parte baja del estómago.

—Hola, tú —saludó a su estómago con una sonrisa dormida.

Dae volvió a caer en un sueño ligero. Se despertó de nuevo gracias a la misma aflicción que le recorrió la espalda. Asustado, se hizo un ovillo y palpó a Osito, encontrándolo de inmediato. Se quedó acariciándolo unos minutos. Más tranquilo, tomó asiento. Pero el dolor reapareció con incluso más potencia. El nerviosismo hizo que se le acelerase el corazón. Sosteniendo su vientre con ambos brazos, hizo lo posible por tranquilizarse. El calvario se esfumó con la misma rapidez con la que vino.

Hacía exactamente una semana le había ocurrido algo similar. Asustado, había llamado a Sehun para pedirle ayuda. Al final, terminaron siendo cólicos por haber bebido mucha gaseosa.

Esperaba que esto fuese lo mismo.

Tomando otra larga inspiración, se puso de pie.

Mientras se duchaba, el sufrimiento regresó con tanta intensidad que se le contrajeron las rodillas de manera involuntaria. Jadeando, apoyó la mejilla en el azulejo mojado y frío, su brazo sujetaba su vientre.

Logró terminar de ducharse y vestirse, luego fue hasta el sofá de la casa con el cabello todavía mojado y estilando sobre sus hombros. Decidió recostarse unos minutos, lo dolores iban y venían, aunque todavía no podría identificarlas como las contracciones que el papá de Sungguk le explicó. De igual forma, agarró el celular y fue a la cocina por lápiz y papel, tomando asiento en la mesa. Su mirada se enfocó en el calendario que marcaba el nacimiento de Osito, todavía quedaba un mes más.

Era pronto.

Demasiado pronto.

No podía ser todavía.

Osito aún era muy pequeño.

Todavía faltaba para que naciese.

Sin embargo, otro dolor horrible lo hizo cerrar los ojos y contraerse tanto que terminó con la mejilla apoyada en la mesa. Con la mente torpe y confusa, logró desbloquear el celular y poner el temporizador.

Esperó y anotó.

Entonces, vio que el tiempo entre contracciones iba disminuyendo hasta que las últimas tres estuvieron separadas solo por cinco minutos. Respirando con dificultad y un poco mareado, buscó en su teléfono las notas que tenía.

«Intervalos de cinco minutos y sin pausas en el dolor:
Inicio labor de parto».

El terror fue denso y asfixiante, incluso fue más fuerte que el dolor que se apoderaba de su cuerpo. Apoyando la frente en la mesa, intentó tomar inspiraciones largas y pausadas como le enseñaron. Osito quería conocer el mundo el mismo día que Dae se encontraba solo y confundido, sin saber qué hacer porque estaba demasiado asustado para recordar lo que había aprendido esos meses. El ataque de pánico le cerraba la garganta y lo instaba a apretar su cabello entre sus dedos hasta que un nuevo dolor estalló en su cráneo, punzando a una velocidad distinta a la de su vientre.

¿Su padre se habría sentido de la misma forma cuando él nació? ¿Habría experimentado el mismo miedo que le contraía las tripas al punto de querer vomitar? ¿Habría sentido tanto pánico que no podía respirar? ¿Se habría sentido igual de desesperado?

¿Igual de débil, patético, pequeño e inútil?

Dependiente.

A Dae se le cerró la garganta ante las ganas de llorar. Golpeó su teléfono en su afán por agarrarlo y lo desbloqueó. Buscó en sus llamadas recientes aquel único nombre que podía pensar en ese momento: «Jong Sungguk».

El tono sonó una vez.

Dos.

Tres.

Cuatro.

Y entonces:

—Lo sentimos, el teléfono que usted está marcando no se encuentra disponible o se encuentra fuera del área de cobertura.

Cortó y volvió a llamar.

—Lo sentimos, el teléfono que usted está marcando no se encuentra disponible o se encuentra fuera del área de cobertura.

Cortó una segunda vez y repitió.

Por favor, por favor, por favor.

—Lo sentimos, el teléfono que usted está marcando no se encuentra disponible o...

Cortó y se quedó con la mejilla pegada contra la mesa, las lágrimas se mezclaban con su sudor mientras la desesperación empezaba poco a poco a dormirle las piernas. Con las manos apoyadas en su vientre, tocó donde debería estar la cabeza de Osito y jadeó, cerrando los ojos y mordiéndose el labio.

Por favor, no, todavía no.

—Osito —balbuceó confundido, triste—. Todavía no, Osito, todavía no. Yo...

Él no estaba preparado todavía.

No estaba Sungguk con él.

Necesitaba a Sungguk.

Ni siquiera había escogido nombre porque se suponía que todavía le quedaba un mes para decidir antes de que naciese Osito.

Su hijo.

Ese mismo que ahora le apretaba la vejiga y los intestinos, buscando de manera desesperada una salida, quería conocer el mundo tanto como Dae quería conocerlo; solo que no era el momento correcto porque Dae estaba solo y había olvidado todo lo que tenía que hacer.

Pero estaba sucediendo y Dae solo no podía con eso.

Encogido y llorando, soltó un gruñido cuando el dolor lo congeló.

Pensó en Minki.

Deslizó su dedo por la pantalla con la visión borrosa.

El tono sonó una vez.

Dos.

Tres.

Cuatro.

Y nuevamente:

—Lo sentimos, el teléfono que usted está marcando no se encuentra disponible o se encuentra fuera del área de cobertura.

Cortó y repitió.

—Lo sentimos, el teléfono que usted está marcando no se encuentra...

Las contracciones eran cada vez más intensas y seguidas, no alcanzaba a recuperarse de una para que la otra lo atacase con la misma fuerza.

Debió haber vomitado al costado de la mesa porque tropezó con algo resbaladizo al ponerse de pie. Llegó hasta una pared y se apoyó en ella, dando una larga inspiración antes de que otra contracción llegase. El grito ahogado se atascó en su garganta; Roko se paseaba nervioso a su lado y Moonmon ladraba.

—Ayuda —suplicó.

No sabía qué hacer, estaba demasiado adolorido y asustado para pensar correctamente, para darse cuenta de que Sehun vivía a unas casas o que podía llamar a Eunjin o a sus amigas de la escuela, o incluso a su vecino de ocho años con el que Dae hablaba siempre.

Si algún día te pasa algo o me pasa algo a mí y estamos solos, debes llamar siempre a ese número. 119, no lo olvides nunca, por favor, la voz de Sungguk le hizo eco en su mente entorpecida.

Cambiando de posición para apoyar la espalda en la pared, marcó el número con un dedo tembloroso: uno, otro uno y un nueve.

—Servicio de emergencia, ¿en qué podemos ayudarle?

—Ayuda —balbuceó con los dientes apretados—. Mi bebé... ayúdeme, por favor... Osito...

Estuvo consciente el tiempo suficiente para dar su dirección y escuchar que una ambulancia llegaría en minutos para llevarlo al hospital más cercano.

Cuando el ruido de la sirena fue inminente, Dae se arrastró de rodillas hacia la entrada y abrió. Dos personas lo esperaban con una camilla, ayudándolo de inmediato a colocarse de pie. Lo recostaron, los vecinos preguntaban qué ocurría y decían que debían llamar a Jong Sungguk.

Con los ojos clavados en el techo de la ambulancia, Dae se dijo que debía ser fuerte, que Osito necesitaba de él, que no podía dejar que sus miedos lo abrumaran porque de momento estaba solo en eso y si él se rendía, su hijo también lo haría.

—Vas a estar bien —dijo uno de los paramédicos al verlo llorar.

—Tengo miedo —admitió.

—Está bien tener miedo siempre y cuando ese miedo no te paralice. Intentemos que eso no ocurra, ¿está bien?

Dae asintió, tragando saliva para volver a enfocar la mirada en el techo de la ambulancia. Hacía lo posible por no volver a llorar.

—Debes ser fuerte por tu pequeño —insistió el paramédico—, ¿cómo se llama?

—N-no sé... y-yo... Osito no debía nacer todavía...

La mano del desconocido acarició la suya.

—Calma, está bien.

Llegaron al hospital. Dae alcanzó a divisar el cielo celeste que anunciaba un bonito día antes de encontrarse con las luces artificiales de la sala de Urgencia.

—¡¿Dae?! —alguien exclamó a lo lejos.

Lo trasladaron a una habitación privada. De inmediato una doctora, cubierta con una bata desechable de color amarillo, se le acercó y le indicó con voz amable que debían comprobar los latidos fetales. El chico sintió el frío metálico, a la vez que una contracción mucho más dolorosa y duradera le dormía el cuerpo.

—¿Algún familiar que debamos llamar? —preguntó la doctora.

—Sung... Jong Sungguk —dijo al recuperar la conciencia.

—Sungguk, perfecto, ¿aparece en tu historial?

—Yo... no sé, creo.

—No te preocupes, lo averiguaremos. La doctora Hani ya llegó, están preparando el quirófano para llevarte a él.

—¿Q-quirófano? —se aferró a la mano de la doctora para que no se alejase—. No... no, no, por favor, no.

Otra caricia en su mano.

—No tienes de qué preocuparte.

Dae no la dejaba ir.

—Por favor —suplicó llorando—. Sungguk... Jong Sungguk.

Moviéndose con torpeza por los músculos contraídos, buscó su celular en el bolsillo mientras otra contracción lo invadía. En ese momento, la puerta de la sala se abrió y Dae observó la expresión de sorpresa de Yoon Jaebyu al ingresar al cuarto.

—¡Daehyun!

Llevándose los puños a los ojos, aguantó las lágrimas.

—Osito —suplicó.

Escuchó que Jaebyu y la doctora hablaban. Entonces, Jaebyu sacó su celular.

—Minki no me contesta —suspiró tras unos segundos. Se mordió la uña y volvió a llevarse el aparato a la oreja—. Vamos, vamos, Sungguk, contesta, tu hijo viene en camino.

Pero nada, llamó una tercera vez.

—¿Eunjin? ¿Dónde demonios están Sungguk y Minki...? En... ¿qué? Por favor, contáctate con alguien, Dae está en el hospital porque está en labor de parto. Es urgente, lo van a ingresar a pabellón.

Tras cortar, se acercó a Dae y le tomó la mano.

—Debemos ingresarlo a pabellón ahora —anunció la doctora negando con la cabeza al observar la hora—. Tiene contracciones cada dos minutos y...

—No, no, no —suplicó Dae desesperado y con los dientes apretados—. Sungguk...

Jaebyu se llevó otra vez el celular a la oreja.

—Eunjin, ¿dónde está Sungguk...? Por favor, que venga pronto.

Al guardarse el teléfono en el pantalón, le acarició la cabeza sudada de Dae.

—Dae, necesitamos que seas fuerte por tu hijo —pidió—. ¿Cuál iba a ser su nombre?

—Y-yo... n-no... no sé...

—No importa, Moon Osito será por ahora —apretando las manos de Dae contra su pecho, se acercó para observarlo con expresión preocupada—. Dae, lo siento mucho, pero Sungguk no va a estar.

—¿No? —susurró Dae confundido.

—No podemos esperarlo más, necesitamos llevarte al quirófano ahora. Primero te van a anestesiar, ¿está bien?

—Yo sé.

—Te prometo que no vas a sentir nada. Pero debes ser valiente, por favor, esto es por Osito.

—Osito.

Le apartó otro mechón del rostro sudoroso.

—¿Estás listo?

Dae tragó saliva, su mano se fue a su estómago tenso.

—Sí.

Destrabaron las ruedas de la camilla y lo sacaron de la sala, Jaebyu trotaba al lado de su cuerpo hecho un ovillo. En el ascensor, Jaebyu se giró hacia la expresión angustiada y temerosa de Dae.

—Puedo entrar contigo al quirófano, ¿te gustaría...?

—Por favor —suplicó.

—No tengas miedo, Dae. Voy a estar contigo y luego Sungguk lo estará, ¿está bien?

Dae afirmó silenciosamente restregando su mejilla contra la almohada.

Al rato, enfermeros del hospital lo asistieron para que lograse sentarse en la camilla. Sus zapatos cayeron al suelo, al igual que su ropa. Jaebyu lo ayudó a inclinarse hacia adelante para dejar al descubierto su columna. Alguien le tocó cada vértebra. La mano de Dae todavía sostenía la de Jaebyu cuando sintió la aguja directo en su espalda, parecía como si le estuviesen atravesando el cuerpo. Al finalizar, Jaebyu le colocó con cuidado y cariño una bata quirúrgica, un gorro y la mascarilla. El sufrimiento se había acabado. Se recostó otra vez.

—Estarás bien —recordó Jaebyu tocándole la parte del pómulo que quedaba al descubierto por la mascarilla—. Te lo prometo.

Lo ingresaron a una sala repleta de máquinas, donde la doctora Hani lo esperaba.

—¿Estamos listos para recibir a Osito? —dijo.

Lo cambiaron de camilla, una tela separaba su cuerpo en dos. Las voces bajas y confusas rodeaban a Dae, que apenas entendía lo que decían. Sintió ganas de vomitar al escuchar los instrumentos metálicos cayendo en bandejas y al ver gasas con su sangre depositadas en cubículos que iba contando una enfermera con cuidado.

Y, de pronto, cuando Dae cerraba los ojos con fuerza y el brazo le temblaba por el miedo, Jaebyu lo soltó. Antes de que pudiese suplicarle que no lo dejase solo, que era valiente pero no tanto, una mano cálida y enormemente familiar se deslizó por sobre la suya.

Era Sungguk.

—¿Emocionado, bonito? Seremos papás.

Dae observó su mirada sonriente y brillante, su boca escondida tras una mascarilla verde.

Había llegado, él había llegado.

—Viniste.

—Por supuesto, todavía estoy contigo.

Lloró en silencio. En ese momento, su audífono izquierdo le permitió escuchar por primera vez el llanto de un bebé.

Era Osito, su hijo.

Y era hermoso.

49

Cuando a Moon Daehyun, con la ayuda de Minki y Jaebyu, lo sentaron con mucho cuidado en una silla de ruedas, todavía percibía la mitad de su cuerpo dormido y paralizado. Sentía la cabeza pesada y algo aturdida, mientras lo sacaban del cuarto individual que se asemejaba demasiado a la habitación en la que estuvo hacía dos años. Luego lo movilizaron por un pasillo con luces muy brillantes hasta que llegaron a unas puertas abatibles que tenían un cartel sobre ellas.

Unidad de Cuidados Intensivos Neonatales

Daehyun se colocó el audífono con ayuda de Minki y lo encendió con dedos temblorosos, de pronto se le hizo pesado respirar. Las manos de Jaebyu eran amables sobre sus hombros cuando finalmente se detuvieron frente a un cuarto cuya pared divisoria era de vidrio. Dentro se podía divisar una docena de incubadoras, aunque menos de la mitad de ellas estaban ocupadas. Y dándole la espalda, estaba Sungguk inclinado sobre una.

—Sungguk —musitó Dae estirando el brazo.

Jaebyu reapareció a los segundos con una bata plástica color rosa y un gorro, que colocó en Daehyun con mucho cuidado.

—No te asustes —le recordó—. Él está bien, Osito solo está en observación.

El segundo par de puertas se cerró tras ellos al ingresar a la habitación, y Minki se quedó en el pasillo observando la escena con las manos apoyadas en el vidrio.

Las luces del cuarto eran tenues y cálidas, no había ninguna ventana. Las máquinas sonaban casi de manera rítmica marcando los latidos de unos corazones tan pequeños como una moneda.

Unas enfermeras, de uniformes también rosados, monitoreaban a uno de los recién nacidos. Y en medio de todo eso, Sungguk se volteó a mirarlo.

Tenía la mitad del rostro cubierto por una mascarilla y el cabello recogido con un gorro, sus ojos parecían cansados aunque brillantes, las esquinas de ellos se curvaban al sonreír. Uno de sus brazos estaba dentro de la incubadora y no llevaba guantes. Y aferrado a uno de los dedos de Sungguk, apareció la mano más pequeña que Moon Daehyun había visto en su vida.

Era la de su hijo.

—Dae, te presento a Osito.

El pequeño tenía los párpados cerrados bordeados por pestañas cortas y delgadas, sus ojos coronados por cejas poco pobladas hacían juego con la nariz consentida y la boca fruncida. De pronto, sus ojos se abrieron dejando entrever un iris brillante al que se le reflejaban las luces bajas del cuarto.

Eran ojitos brillantes e inocentes.

Eran...

—Ojitos de Sungguk —susurró Dae.

Eran los mismos ojos bonitos que observó encerrado en aquel ático. Eran, para Dae, el significado del final de una vida de diecinueve años. Por eso, cuando Dae también metió el brazo en la incubadora para tocar el estómago desnudo de Osito, y el puño regordete del bebé soltó el dedo de Sungguk para aferrarse al suyo, Dae supo que así también se sentía la felicidad.

Porque esa sensación era el significado de bonito.

Era la belleza de la vida.

Su todo.

50

Existe una palabra en coreano para describir distintos tipos de emociones: *jeong*, creada para definir un conjunto de sentimientos que inicia en el cariño, sigue con el afecto y termina en la profunda pasión de amar y ser amado. La primera vez que una persona experimenta el *jeong* es al ser sostenida por los brazos de su madre. Por eso, los expertos consideraban que su significado es incluso preverbal, antes de siquiera experimentar el lenguaje.

Jeong era una palabra que Moon Daehyun nunca experimentó antes del lenguaje, sino que lo hizo muchísimo después, cuando le entregaron un bulto de puños apretado. El amor y las lágrimas fueron instantáneas al ver el rostro pequeño y regordete de su bebé.

Ese mismo bulto precioso, cubierto con ropa blanca y decorada con la boina más pequeña del mundo, tras veinticuatro horas en cuidado intensivos, ahora dormía sobre las piernas de ese papá que experimentaba por primera vez el *jeong*. Y en su muñeca delgada, un brazalete que indicaba:

Moon Jeong Gyu
29 de abril, 15:21

Bajo su nombre, en una letra apretada y apresurada, una palabra que había definido la vida entera de Moon Daehyun.

m-preg

Era la cosa más diminuta que Moon Daehyun había tocado en toda su vida. Dae no podía dejar de acariciarlo y Sungguk no podía dejar de mirarlos. Al inclinarse hacia Osito, Sungguk le dio un beso sobre los mechones oscuros de cabello que a Jeonggyu se le ondulaban en la frente tal cual le ocurría ahora a Dae.

Era suyo.

Era de ambos.

Ese pequeñín que por meses llamaron Osito era Jeonggyu.

Su hijo.

De ambos.

Y pensar que Sungguk casi se perdió su nacimiento pues estaba ocupado en un operativo al otro lado de la ciudad, en una exfábrica donde la señal de teléfonos apenas llegaba. Cuando Eunjin logró contactarlo, emprendió una loca carrera al hospital donde se encontró a su papá cargando el bolso preparado para el nacimiento de Osito. Alcanzó a ingresar al quirófano en el preciso instante en que el mundo le daba la bienvenida a Jeonggyu. Ahora ese mismo pequeño, que tantas preocupaciones le trajo, se acurrucaba muy feliz y cálido sobre las piernas de Dae que, a pesar del dolor, no dejaba de sonreír y tomarle los puños, soltando carcajadas sorpresivas cada vez que su dedo índice quedaba apresado por su hijo.

—Es precioso —repetía Dae una y otra vez—. Osito es bonito.

Son preciosos, pensó Sungguk.

En ese momento alguien ansioso golpeó la puerta. Era Minki con los ojos enormes y emocionados; primero observó con expectación a Dae y después al bulto que tenía en sus brazos.

—¿Puede el tío Minki conocer a su sobrino? —preguntó—. Como padrino les he dado su espacio y privacidad, pero estoy muriendo de ansiedad. Llevo esperando más de un día, tengan compasión por mi pobre corazón.

Dae le hizo un gesto para que ingresara y Minki no perdió la oportunidad. Al igual que Sungguk, todavía llevaba el uniforme de policía, el cual estaba bastante arrugado. Ambos iban a cumplir cuarenta y ocho horas ahí.

—La madrina ya viene —comentó Minki al acercarse.

La puerta volvió a abrirse e ingresó Jaebyu. Iba vestido con su uniforme de enfermero que resaltaba sus enormes ojeras. Su turno extenso había terminado el día anterior, pero fue incapaz de abandonar el hospital mientras se encontraban a la espera del avance de Osito en la sala de cuidados intensivos.

Cuando Minki alcanzó la cabecera de la cama y contempló el rostro dormido de Jeonggyu, se llevó de inmediato las manos a la cara para recalcar su expresión de absoluta sorpresa y maravilla.

—Tan bonito —dijo en voz baja—. Osito, estuvimos tan preocupados por ti.

Jaebyu lo alcanzó y abrazó por el hombro a su novio. Minki se giró hacia él.

—Hazme uno —le rogó.

Jaebyu se quedó desconcertado sin entender el cambio de conversación.

—¿Qué dices, querido?

—También quiero un Osito, pero al nuestro le diremos Mini.

—Minki...

—Dae puede ser el padrino y Sungguk la madrina.

—Minki...

—Solo hazme un hijo, te lo suplico, Yoon Jaebyu, por favor. No hay nada que quiera más en la vida que esto.

La expresión de Jaebyu se relajó. Si Sungguk pudiese catalogar una mirada de amor, sería la que el enfermero le dio a su novio al acercársele para besarle la sien.

—Está bien, querido, tengamos a nuestro hijo.

Con los balbuceos incoherentes de Minki llenando la habitación, Dae se inclinó hacia Sungguk.

—Sungguk —lo llamó suavecito—, yo ya estoy bien.

—¿Cómo?

—¿Quieres cargarlo?

Dae agarró con cuidado a Jeonggyu. Sungguk lo ayudó a sostener la cabeza de Osito, que se iba hacia atrás por el peso.

El cosquilleo comenzó en la boca del estómago de Sungguk, una risita nerviosa se le escapó al agarrar el cuerpo pequeño de su hijo. Lo meció con cuidado, sus ojos iban desde el rostro ya no tan dormido de Osito hasta el de Dae, que parecía agotado pero feliz.

Y bonito.

Muy bonito.

Minki y Jaebyu se acercaron para observar mejor al bebé a la vez que Seojun y Suni entraban a la habitación; tras ellos apareció Sehun cargando una bolsa de pañales. Jeonggyu debió sentirse el centro de atención, pues arrugó sus párpados y su boca se abrió, un llanto bajito y poco firme escapó de su boca.

—Oh, no, mi vida, no llores —pidió Sungguk con cariño.

El mentón de Dae se alzó.

—¿Qué sucede? ¿Qué le pasa a Osito?

Al intentar tomar asiento otra vez en la camilla, el rostro de Dae se contrajo de dolor. Se dejó caer otra vez contra las almohadas a la vez que Sehun dejaba los pañales en una silla y se acercaba a él. Seojun y Suni fueron al sofá para no molestar, ya había suficientes personas en el cuarto.

—Tranquilo, Dae, recién sales de una operación —recordó Sungguk.

Sudando por el dolor, Dae asintió con la expresión todavía contraída.

El llanto de Jeonggyu no disminuía.

—¿Por qué llora? —insistió Dae, ansioso.

Sehun se sentó a un lado con mucha calma.

—Porque está sano y vivo —le explicó con voz amable—. Y posiblemente quiera un cambio de pañal, porque no le gusta estar sucio y su papá Sungguk todavía no se da cuenta.

Enrojeciendo, Sungguk detuvo el movimiento de sus brazos y el llanto de Osito se elevó. Seojun observaba con cuidado la reacción de Daehyun, pero no interfirió, se mantuvo en el sofá aferrado a la mano de Suni.

—Minki, ¿podrías acercarme el bolso de Jeonggyu y los pañales que traje, por favor? —pidió Sehun.

Minki hizo caso. Sungguk dejó a Osito sobre la cama, a los pies de Dae.

—Les voy a enseñar a estos padres primerizos a cambiar un pañal —dijo Sehun con humor, luego observó al resto de las personas del cuarto—. Creo que todos ustedes necesitan ver esto.

—Papá —protestó Suni colocando los ojos en blanco—, sabes que Seojun y yo no queremos hijos.

—Sungguk tampoco quería —se burló Sehun.

—Yo sí quiero —avisó Minki observando a Jaebyu con las cejas alzadas—. Nosotros queremos aprender también.

Sehun tarareó al buscar algunas cosas dentro del bolso. Sacó una manta lavable, toallitas de bebés y recibió unos pañales que Minki le tendió.

—¿Y esto, *ajusshi*? —cuestionó Minki alzando un paquete mal envuelto que estaba dentro de la bolsa que su padre había traído.

—Eso no, puedes guardarlo —pidió Sehun preparando todo en la cama. Le sonrió a la expresión expectante de Daehyun—. ¿Sabes algo, Dae? Cuando Sungguk nació, perdí la cuenta de la cantidad de pañales que le cambié. Era un gran...

—Papá —advirtió Sungguk.

Daehyun se rio nervioso, cubriéndose la boca con el puño, como en el pasado. Sungguk todavía lo observaba cuando Sehun empezó a desnudar a Jeonggyu dejando al descubierto el pañal. Osito movía las piernas y brazos en un llanto bajito pero constante.

—Entonces —continuó Sehun como si eso fuese realmente una clase—, ¿quién sabe lo primero que debemos hacer?

Dae aplaudió y chasqueó los dedos.

—Yo lo sé, Sehun, yo sé, yo sé, yo vi videos, yo sé cambiar un pañal.

—¿Sabes? —preguntó con tranquilidad.

—Dae sabe, yo súper sé, yo vi muchos videos, yo estudié muchísimo, lo juro.

Una sonrisa tierna adornaba la boca de Sehun al estirar la mano para acariciarle el cabello a Dae.

—El papá Dae hizo su tarea, ¿qué hay del papá Sungguk?

Tosiendo con incomodidad, el afectado contempló el techo del cuarto con los brazos cruzados.

—Bueno, yo... miren, los papás Sungguk y Dae se dividieron las tareas de aprendizaje porque era muy abrumador. A mí me tocó aprender a instalar el asiento en el auto, hacer el biberón y armar el coche. Además, sé qué hacer si se hace una herida o se enferma del estómago, con Roko me hice experto en eso.

Minki dio un suspiro.

—Osito podrá tener sobrenombre de animal —dijo su amigo—, pero eso no lo hace uno de tus perros, Sungguk. Tú solo sabes cuidar animales y a ti mismo, porque en parte también eres uno.

Sungguk iba a responder, pero su padre le hizo un gesto para que se acercase. Tomó asiento a un lado de Dae, a la vez que Sehun giraba a Jeonggyu para que sus piernas inquietas apuntasen hacia ellos.

—Bien, aprenderán juntos —siguió Sehun.

—Oigan, yo también quiero —se quejó Minki—. No me excluyan, yo también seré padre pronto. Y tú también, Jaebyu, no seré el único que le cambie los pañales a nuestro hijo.

Así fue como acabaron los cuatro rodeando la camilla para observar a Dae quitarle con cuidado el pañal a Jeonggyu. Fue a Sungguk a quien le tocó la difícil tarea de limpiarlo, porque ni modo que lo hiciese Dae y que después no pudiese lavarse las manos.

Minki y Jaebyu fueron los primeros en abandonar el cuarto, seguidos por Seojun y Suni, quien había cargado a Osito solo unos minutos, casi como si transportara una esfera de cristal. Sehun se quedó unos instantes más para alcanzarle a Dae el regalo mal envuelto que Minki había descubierto.

—Un regalo de un amigo —aclaró dejando el paquete a un lado de ellos—. Pasó semanas haciéndolo.

Daehyun lo sujetó con torpeza y revisó cada pliegue, la rosa desarmada se notaba había sido hecha a mano.

—¿Amigo? —preguntó Sungguk.

—Un amigo que tenemos con Dae.

Sin embargo, Jeonggyu comenzó a llorar y el paquete quedó en el olvido, cayendo por un costado de la cama al suelo. Ninguno de ellos lo notó hasta horas después, cuando el cansancio le comenzaba a pesar a Dae. Era ya más de medianoche.

—Debes dormir —pidió Sungguk.

Le apartó del rostro los mechones desordenados que se le encrespaban en la frente. Daehyun negó a la vez que se recostaba en la cama con Osito durmiendo sobre su pecho. Jeonggyu llevaba puesta la boina escocesa que Sungguk le regaló a Dae en Navidad.

—Estás cansado —insistió.

—Pero Osito...

—Yo veré a Jeonggyu.

—Pero, Sungguk...

—Además las enfermeras se lo deben llevar para atenderlo.

Dae cerró los ojos unos instantes, dejando que Sungguk se llevase a Jeonggyu, quien protestó al ser despegado del calor y cariño de su padre. Por suerte volvió a dormirse al sentir los movimientos de Sungguk, que lo paseaba por la habitación. Daba una vuelta por la camilla cuando pateó algo en el suelo. Era el regalo.

Lo recogió con la mesura necesaria para no despertar a Osito y se lo entregó a su novio.

—Se había caído —informó.

Con la voz de Sungguk de fondo, Dae agarró el paquete y lo rompió por la punta. En sus piernas cayó lo que parecía un enredo de lana de varios colores que se asemejaba a un patrón escoces. Al estirarlo, pudo divisar que era un gorro de lana tejido sin mucha técnica que tenía en su frente un bordado descuidado. Decía:

Osito

Distraído con Jeonggyu, Sungguk no entendió por qué de pronto Dae se dejó caer contra las almohadas y comenzaba a llorar con el tejido sobre sus ojos. Preocupado, Sungguk acostó a Osito en la cuna y fue hacia Dae.

—¿Qué sucede? —preguntó tocando sus muñecas—. ¿Qué está mal?

El tejido desordenado reposaba en el pecho de Dae, justo a la altura de ese corazón que latía con tanta fuerza. Con la nariz sonrojada, Daehyun se limpió las mejillas llenas de lágrimas y se mordió el labio para controlar los temblores que lo dominaban. Sus palabras fueron apenas entendibles.

—¿Tejerías un gorro de lana para mí, Sungguk? —susurró con voz débil y cansada.

—Sí, por supuesto.

La expresión de Dae era de dolorosa confusión.

—Pero si no sabes tejer, ¿por qué lo harías?

—Porque te amo, obvio.

La boca de Dae se frunció y asintió con suavidad, de nuevo con los ojos húmedos.

—Obvio —repitió.

Secándose otra vez las mejillas, le pidió a Sungguk que le acercase la cuna de Jeonggyu. Cuando Osito estuvo a su lado, le quitó con mucha delicadeza la boina y le colocó ese gorro que no quedaba del todo bien porque era demasiado grande en el borde y muy estrecho en la punta.

No fue sino años más tarde que Sungguk descubriría la razón por la cual ese gorro mal tejido era tan importante. Para Moon

Daehyun significaba amor, el amor de un padre que nunca tuvo. Y era nuevo y bonito, era el segundo *jeong* que Moon Daehyun sintió.

Sin embargo, al igual que Sungguk, no sería hasta mucho tiempo después que Daehyun comprendería que ese no fue realmente su segundo *jeong*, sino el tercero. El primero, cuando unos ojos bonitos se asomaron por la trampilla del ático.

Jong Sungguk siempre fue el primer *jeong* en la vida de Moon Daehyun, fue el inicio y final de ese sentimiento tan completo.

51

Lo que caracterizaba a un padre primerizo era el constante pensamiento de estar haciendo algo mal. Era una ansiedad permanente por querer estar pendiente de todo porque, de no hacerlo, podía ocurrir algo terrible. Ese sentimiento era el que embargaba a Daehyun que, recostado en el asiento del copiloto, se giraba cada cinco segundos para observar al pequeño que iba en la parte de atrás del auto.

—Jeonggyu va bien y seguro —prometió Sehun.

Sungguk le tocó el muslo y se lo apretó con suavidad para captar su atención. Dae se volteó hacia él con las cejas todavía fruncidas.

—Además, va con papá —continuó Sungguk con la mirada centrada en la calle—. Él cuidó de Suni y de mí, y mira lo bien que salimos.

Dando un suspiro, Dae cerró los ojos unos instantes.

—Lo sé —susurró.

—¿Entonces?

Llevándose una mano al pecho, se lo masajeó unos segundos.

—Es Osito —se excusó.

Era Osito, su Jeonggyu, su hijo.

Suyo.

Y eso era algo que todavía le costaba asimilar y manejar, porque era difícil lidiar con ese sentimiento posesivo, de codependencia. Seojun se lo había explicado hacía tiempo, aunque a Dae todavía le costaba entender su significado. Pero lo intentaba, siempre lo intentaba.

Porque, se recordó, *debo estar bien para Jeonggyu y por mí.*

Al llegar finalmente a la casa, Sungguk lo ayudó a bajarse del coche. Sehun se encargó de Jeonggyu, quien, a pesar de que le hablaron en un murmullo cálido y cariñoso, se quejó.

—No, no, no, Dae, tú te vienes conmigo —Sungguk lo había sujetado por la cintura para detenerlo.

—Sungguk...

—El bebé está bien.

A Dae no le quedó más que avanzar hacia la casa, donde los esperaba Roko con tremendo escándalo. Los animales estaban eufóricos con su regreso tras pasar una semana siendo cuidados solo por Sehun durante las mañanas. Sungguk tuvo que retar tres veces a Roko para que no fuese a golpear a Daehyun, mientras Moonmon y Mantequilla se acercaron a ellos más tranquilos aunque no por eso menos felices. Pasó un largo rato antes de que Roko dejase de correr por toda la casa, ladrando y despertando de paso a Jeonggyu.

—Si te sientas de una vez —avisó Sungguk a Roko con mucha paciencia—, podré mostrarles al nuevo miembro de la manada.

—De la familia —lo corrigió Sehun.

Sungguk se hizo el desentendido.

—¿Te vas a quedar tranquilo? —le preguntó nuevamente a Roko.

Algunas veces sentía que tenía cinco hijos.

Roko tomó asiento a sus pies, por lo que Sungguk fue por Jeonggyu, quien estiraba los brazos y las piernas. Todavía se encontraba recostado en la silla del auto que Sehun había dejado sobre la mesa.

—Mi vida, ¿dormiste bien? —lo arrulló Sungguk.

Lo tomó en brazos con mucha más destreza, pero todavía con restos de torpeza. Se giró hacia Roko y Mantequilla, después hacia Moonmon que estaba con Dae en el sofá.

—Familia —anunció con voz solemne—, les presento a su nuevo amo: Jeonggyu, aunque le decimos Osito de cariño.

—Esto no es el *Rey león*, hijo —se rio Sehun con buen humor—. Y ellos no son tu manada.

Sungguk bajó a Osito y lo acunó contra su pecho, doblando las rodillas hasta que quedó a la altura del hocico curioso de Roko, que de inmediato se acercó al bulto y lo olisqueó.

—Sungguk —avisó Dae en tensión.

Fingió no escucharlo y permitió que Roko enterrase el hocico en el abdomen de Osito y lo olisquease con ruidos fuertes y respiraciones profundas.

—Raro, ¿no? —le preguntó al perro—. Huele como a Dae y a mí, ¿verdad?

El animal continuó metiendo su nariz curiosa en la pancita de Jeonggyu y después en las manos de Sungguk. A continuación, corrió hacia Dae y le olisqueó el regazo. Entonces, estornudó.

Mantequilla, que ya era demasiado viejo, se atrevió a acercarse unos metros y olfatear el aire. Sin mayor interés, se fue a dormir a uno de los sofás vacíos. Moonmon, en tanto, también se quedó un buen rato olisqueando a Osito, concentrándose principalmente en la cabecita cubierta por el gorro deforme.

—¿Ves que no sucedió nada? —cuestionó a su novio dejando a Jeonggyu otra vez en su silla—. Y ahora lo reconocerán como parte de la manada y lo van a proteger.

—Bobo, Osito no es un animal —replicó Dae.

—Deberían irse a dormir —interrumpió Sehun poniéndose de pie—. Pueden llamarme a la hora que sea, estaré pendiente. Y está bien tener miedo y equivocarse, solo así aprenderán. No sean tan estrictos con ustedes mismos —apuntó a Dae al llegar a la puerta—. Eso va precisamente para ti.

Equilibrando a Osito en un brazo, Sungguk señaló el segundo piso.

—¿Crees que puedas subir solo, Dae? Porque estaría encantado de cargarte.

Dae enrojeció y bajó la mirada unos instantes.

—Sungguk, Dae es grande —tartamudeó tan nervioso que incluso volvió a nombrarse a sí mismo por su nombre—. Soy papá ahora.

—Para mí sigues siendo solo Dae.

Su novio jugó con el borde de su camiseta.

—Sungguk —se quejó sin fuerzas—, debo ser ahora responsable.

Acercándose hasta él para agarrarle las mejillas con una mano, Sungguk se inclinó y besó su boca fruncida.

—Eres maravilloso. Ser mi novio consentido no te hará peor padre ni más inmaduro.

La expresión de Dae cambió lentamente a una más relajada, sus orejas y cejas bajaron para acomodarse en una mirada enamorada y tranquila.

—Bueno, si Sungguk insiste...

Al subir al cuarto, Sungguk dejó la silla del coche sobre la cama y se quedó observando a su hijo con los brazos estirados como si, de pronto, Osito pudiese moverse, bajarse y caer. Sí, tal vez estaba siendo un poco paranoico. Le dio un último vistazo antes de bajar las escaleras. Se encontró a Daehyun dormitando en el sofá.

—Ahora debo atender a mi novio consentido —bromeó al llegar a su lado.

Dae sonrió adormilado. Riéndose, Sungguk se inclinó sobre él para darle un beso en el cuello, deslizando su boca hasta el borde de su mandíbula.

—Te amo —susurró contra su mejilla. Al llegar a su auricular, continuó—. Podemos continuar esto en la cama.

—El doctor dijo que no podíamos hacer nada por cuarenta días, Sungguk —lo reprochó.

—Así es —aceptó, sus labios rasparon los de su novio al hablar—, pero no dijo nada de besos ni de caricias. ¿Acaso no te gustaría ser mimado por mí?

Encogiéndose de hombros con repentina timidez, Dae colgó los brazos por detrás de su cuello.

—Si Sungguk insiste...

Ambos se rieron.

—¿Quieres que te lleve en brazos?

Daehyun se hizo el interesado desviando la vista hacia el techo.

—Si Sungguk insiste...

No perdió el tiempo y deslizó un brazo bajo las rodillas de Dae.

—Recuerdo los días en que tenía que pedirte que te descolgaras de mi espalda para cocinar —bromeó Sungguk avanzando hacia la escalera—. Era feliz y no lo sabía.

Su novio puso los ojos en blanco y apoyó la mejilla en el hombro de Sungguk. Estaba tan cerca de su cuello que la punta de su nariz le rozaba la piel.

—Recuerdo también los días en que no hablabas y después solo lo hacías en tercera persona.

—Era infantil, mi profesora de fonoaudiología dijo: «Dae, no es correcto referirse así». Así que mejoré.

—Lo sé —aceptó Sungguk ingresando por fin al cuarto—. Aunque siendo sincero lo encontraba tierno, y lo extraño un poco.

Finalmente, Sungguk lo dejó sentado en la cama a un costado de la silla. Daehyun se quedó contemplando a su bebé unos segundos y entonces estiró la pierna hacia Sungguk.

—Dae está tan, tan cansado —bromeó con una sonrisa en los labios—. ¿Sungguk podría ayudar a Dae a desnudarse?

Sungguk, quien sacaba un par de pijamas, se giró con las cejas alzadas.

—¿Me estás provocando, chico perverso?

—Dijiste que besos y caricias sí.

—Besos y caricias sí —aceptó Sungguk yendo hacia su novio. Le quitó ambos zapatos.

—Mis pantalones también —avisó Dae.

Las manos de Sungguk fueron hacia la pretina de los pantalones de tiro alto y se los bajó con cuidado. Los calcetines también salieron volando, sus dedos juguetearon con esa piel canela y subieron por su pierna hasta llegar a su ropa interior. Con los nudillos le rozó la entrepierna a Daehyun.

—Eh —protestó Dae—. Eso es jugar sucio, Sungguk.

Riéndose bajito, Sungguk le quitó el suéter verde. Hizo lo mismo con la camiseta blanca, dejándole el cabello desordenado. Cuando el propio Sungguk se quitó la chaqueta y su camisa negra ya estaba en el suelo, su atención se dirigió hacia Osito. Su deseo se esfumó al experimentar el calor de la felicidad cosquilleándole en el centro del pecho.

—¿Podemos dormir con él? —pidió.

Desconcertado por el cambio de conversación y todavía esperando en el borde de la cama solo en ropa interior, Dae tardó unos segundos en responder.

—Dijiste que Jeonggyu debía dormir en su cuna.

—Sé que lo dije —habló colocándose de rodillas en el colchón para llegar hasta su hijo—. Pero es nuestra primera noche, ¿podemos?

—Obvio —aceptó Dae con rapidez—. Pero solo por hoy. Osito debe ser independiente y fuerte.

Dae cortó en seco su oración, como si hubiese estado a punto de agregar algo más. Tal vez, un *no como yo.*

Moviéndose para aligerar la situación, Sungguk dejó la silla de Osito en el suelo y abrió las mantas de la cama. Ayudó a Dae a recostarse sobre las almohadas y agarró en brazos a Jeonggyu, levantándolo con cuidado para no despertarlo. En el instante en que lo dejó sobre las sábanas heladas a un costado de Dae, sus ojitos se abrieron dejando entrever un iris oscuro pero brillante. A Sungguk se le hizo un nudo en el pecho de la emoción, como si fuese la primera vez que lo observaba. Dae parecía sentirse igual.

—¿Será muy difícil, Sungguk? —dijo, su dedo peinaba el cabello oscuro y desordenado de Jeonggyu, la gorra olvidada a un lado.

Sungguk terminó de desvestirse y se acostó en el espacio que quedaba.

—Lo será —respondió al fin—. Pero estamos juntos en esto, no estás solo.

—¿Como familia? —susurró Dae cerrando los ojos unos segundos.

—Como una familia.

Familia.

Ahora Daehyun lo entendía.

52

Les tomó horas quedarse dormidos. Cuando Jeonggyu comenzó a llorar a medianoche, Sungguk sintió que solo alcanzó a dar un pestañeo. Preparó el biberón con el cerebro atontado y medio dormido le cambió el pañal, mientras Daehyun se reía somnoliento y le avisaba que se lo había puesto al revés.

Demasiado rápido, las semanas corrieron y con ello llegó un cansancio que se sentía como una manta pesada sobre sus hombros. Las ansias con las que se despertaban al inicio para preparar el biberón desaparecieron y se volvió una lucha entre Dae y Sungguk por recordar cuál de los dos había atendido a Osito por última vez. Fue así como, simplemente, comenzaron a tomar la decisión jugando a piedra, papel o tijera.

Y por alguna razón, Sungguk casi siempre era el perdedor.

A Dae le bastaron unos días para entender que no era culpa del cerebro dormido de Sungguk que siempre sacase piedra, sino que lo hacía a propósito para dejarlo descansar. Por eso, también con el tiempo, si Sungguk pasaba una mala noche o le tocaba despertar temprano para cumplir turno, Daehyun perdía con una tijera. Sungguk se lo agradecía medio dormido y Dae se levantaba tras darle un beso para atender a Jeonggyu.

Su hijo, quien crecía tan precioso y amado.

Amado.

Muy amado.

Y con la misma fuerza con la que Dae lo quería, se preocupaba de que ese amor no se volviese asfixiante como el que recibió él. Era difícil controlar esas emociones que lo acompañaban hacía tantos años. Pero lo intentaba, siempre lo intentaba.

Por eso, a solo dos meses del nacimiento, Dae aceptó que Sehun se llevase a Jeonggyu. Bastó que la puerta se cerrase para que Dae quedase devastado.

—Podemos ir por él —dijo Sungguk con voz preocupada—. Estás sufriendo, tal vez fue demasiado pronto.

Dae se abrazó a sí mismo y negó con la cabeza yendo por Moonmon.

—No —dijo con convicción, aunque también con mucho dolor—. Osito merece conocer el mundo y no le voy a quitar la oportunidad.

—No le estarías quitando nada, solo debes darte algo de tiempo para acostumbrarte. Estás siendo demasiado estricto contigo, Dae.

Volvió a negar.

—Jeonggyu necesitará a un papá que esté a su lado, no uno que lo esconda. Yo necesito entender y aprender que Osito es mío, pero también se pertenece a sí mismo.

Sin embargo, Daehyun tal vez intentaba crecer y madurar demasiado rápido, saltándose cuadros completos por llegar a la meta. Y, por eso, había olvidado partes enteras de su pasado por un futuro que se le acercaba deprisa y sin compasión.

La vida iba rápido.

Y no estaba tratando bien a todo el mundo.

Con las semanas Minki fue perdiendo peso. Esa noche en la comisaría, Sungguk lo observaba jugar distraído con un lápiz. Al alzar el mentón tras revisar un par documentos, solo se encontró un escritorio vacío. Había un silencio inquietante en el recinto, que Sungguk intentó espantar encendiendo la radio.

A los minutos, Minki seguía sin regresar.

Sungguk fue a la oficina de Eunjin, quien cumplía turno esa noche con ellos.

—¿Has visto a Minki? —preguntó.

Eunjin estaba en una llamada telefónica. Solo le negó con el dedo antes de girarse en su asiento para darle la espalda. Sungguk salió del despacho y fue a la cocina.

Nada.

—¿Minki? —lo llamó paseando por los corredores vacíos.

Entonces, un llanto contenido.

Provenía de uno de los salones en el que se guardaban los archivadores, la luz se colaba al pasillo por la puerta entreabierta. Sungguk ingresó despacio para no asustarlo, entendiendo de inmediato qué estaba pasando.

Minki se encontraba sentado en el suelo alfombrado entre dos estanterías. Tenía las piernas dobladas y pegadas al pecho, lloraba abrazándolas. Su mano sujetaba algo largo y blanco envuelto en una servilla. Tenía los ojos rojos y los labios irritados.

—Minki —susurró acercándose—. ¿Qué sucede?

Su amigo pestañeó y más lágrimas se deslizaron por sus mejillas, que estaban demasiado delgadas. Su cabello rubio estaba desordenado, llevaba semanas sin teñirlo, por lo que su raíz negra comenzaba a divisarse.

—¿Qué hay de malo en mí? —cuestionó, su tono era una súplica silenciosa—. ¿Qué hay de malo en mí, Sungguk?

Se sentó a su lado.

—No hay nada malo en ti.

Minki tiró el plástico blanco, la servilleta se abrió en el suelo dejando al descubierto una prueba de embarazo que marcaba una solitaria línea roja.

—¿Por qué yo no? —cuestionó, limpiándose el rostro con las muñecas—. ¡¿Por qué yo no?! ¿Por qué yo... no puedo?

Se quebró otra vez, cubriéndose el rostro con las manos. Sungguk lo abrazó por los hombros y lo atrajo hacia él. Minki se resistió un instante, luego se dejó caer contra él. Se veía diminuto y cansado, mientras intentaba con todas sus fuerzas dejar de llorar.

—Cuando era pequeño, Minki, mi papá siempre me decía: «Tenemos lo que no buscamos y buscamos lo que no tenemos».

Le apartó los mechones de la frente al escuchar que su llanto se detenía.

—Solo digo que, tal vez, cuando dejes de buscar, llegará.

Minki recogió la prueba de embarazo y la guardó en el bolsillo del pantalón.

—Gracias, Sungguk —dijo colocándose de pie con la mirada baja—. Pero nunca vas a entender lo que es querer algo que no puedes tener.

A nadie le sorprendió cuando, días después, Minki apareció en la puerta de la casa de Sungguk. Un bolso colgaba en su mano y parecía haber bajado más de peso.

—¿Puedo quedarme aquí un tiempo? —pidió casi sin voz.

Minki estuvo llorando en el sofá abrazado a Daehyun lo que parecieron horas.

¿Por qué la gente siempre quería lo que no podía tener?

Así, pasaron tres semanas y finalmente llegó la esperada celebración de los primeros cien días de vida o *baekil.* Como aquella festividad era incluso más importante que el primer cumpleaños, arrendaron un salón pequeño e íntimo. Con la ayuda de Minki, prepararon la mesa con pasteles de arroz. Detrás del mesón, se ubicaba Jeonggyu usando un enterito de oso que le iba algo grande. Se suponía no iban a invitar a muchas personas, pero el salón había terminado repleto de sus amigos y familia; entre ellos Jaebyu, a quien Minki observaba con tristeza desde la distancia.

—¿Por qué no vas a hablar con él? —lo animó Sungguk.

Minki le dio la espalda y observó a Daehyun, quien estaba sacándole fotos a Jeonggyu con una cámara análoga anticuada que Sehun le había regalado hacía un tiempo. Como Sungguk iba a insistir con el tema, Minki comenzó a llenar la mesa con más pasteles de arroz.

—Minki, amas a Jaebyu, ¿por qué no intentas arreglar las cosas con él?

Su amigo dejó los dulces olvidados y salió del salón.

La celebración había llegaba a su fin cuando Sungguk se acercó nuevamente a Minki.

—Jaebyu está esperando por ti afuera.

Minki fingió no escucharlo y prosiguió guardando todo en bolsas.

—Minki —insistió.

—Estoy ordenando, ¿no lo ves? —respondió con brusquedad.

—Puedo continuar solo, no hay problema.

—Déjame.

—Minki.

—¿Qué es lo que no entiendes? —cuestionó perdiendo la paciencia.

Sungguk lo observó unos instantes en silencio, le tocó el hombro con cuidado.

—¿Por qué estás alejando a Jaebyu?

Minki parecía a punto de comenzar a llorar. Respondió con una voz baja y rota.

—Algunas veces no queda más que alejarse de la persona que amas precisamente porque la amas.

—Minki...

—Tal vez algún día lo entiendas.

¿Por qué la gente buscaba lo que no podía tener?

Sungguk todavía pensaba en aquello al irse a la cama esa noche y Daehyun tomaba asiento a su lado con expresión triste.

—Tenemos que hablar.

Volver a escuchar esa oración para Sungguk se sintió como una sacudida emocional. Porque cuando su madre le contó que se marcharía a Busan por un tiempo, comenzó aquella conversación de la misma forma.

—¿Es por Minki? —preguntó Sungguk en voz baja, ya que su amigo dormía en el otro cuarto—. Si es por él, hoy intenté hablar, pero no quiere escucharme.

La mirada de Daehyun continuaba siendo esquiva.

—No es por Minki.

—¿No? —susurró.

—Te oculté algo.

Sus labios se sentían torpes y pesados al repetir aquello en pregunta.

—¿Me ocultaste algo?

—Lo siento, Sungguk —suspiró con tristeza—, era una decisión que debía tomar solo.

Asintió como si entendiese, cuando realmente no comprendía nada.

—Jeonggyu y tú se merecen la mejor versión de mí y esta no lo es. Debo crecer, aprender, conocerme y madurar porque yo... lo necesito. Debo hacerlo por mí.

Dae se detuvo para tragar saliva, sus manos tocaron las de Sungguk, que estaban heladas e inmóviles. Buscó su contacto y él no pudo responderle.

—Me ofrecieron ir a Seúl por un año, me gané una beca. El curso comienza días después de tu cumpleaños —antes de que Sungguk pudiese entender que estaba a un mes de hacer realidad su peor pesadilla, Dae continuó—. La voy a aceptar.

—Comprendo —mintió.

Lo cierto es que no entendía nada.

¿Cuándo había ocurrido todo eso? ¿En qué momento habían llegado a aquella situación? ¿Cuándo Daehyun comenzó a sentir que ser su pareja era una presión y un estándar que debía cumplir? ¿En qué punto Sungguk se convirtió en lo que Minki le había dicho? ¿En esa persona que deseaba algo que no podía tener?

¿Cuándo?, pensó desesperado al abrazarlo con los ojos abiertos por la sorpresa. ¿Cuándo su vida se había convertido en otra larga pesadilla?

La historia de su madre se repetía.

Daehyun apoyó su frente en la de Sungguk y le acarició el cuello tenso.

Al alejarse, Dae tenía los hombros caídos y hablaba con miedo:

—¿Dae es demasiado egoísta?

—No, no —contestó como pudo—. Es por tu bien... es por tu bien, Dae. Está bien, está bien.

Dae soltó unas lágrimas con una expresión aliviada.

—¿Seguirás conmigo? —pidió con voz insegura y débil.

No entendía *cuándo*.

Pero de alguna forma había ocurrido.

Sungguk cerró los ojos y lo besó.

—Osito y yo siempre estaremos contigo.

53

La primera noche que Jong Sungguk durmió solo tras la partida de Dae se sintió igual que en la mañana que su madre abandonó la casa. Acostado en la cama vacía, que de pronto se volvió enorme y helada, no hacía más que buscar a Daehyun bajo las sábanas. Lo extrañaba como no se lo había imaginado. Dae recién se había marchado y su ausencia ya se sentía insoportable.

Con una sensación pesada comiéndole el centro del pecho, agarró el celular bajo la almohada y buscó el contacto de su novio. Su pulgar jugueteó sobre su nombre. Quería llamarlo. Anhelaba tanto escuchar su voz.

Dae...

Volvió a guardar el teléfono, no podía hacerle eso, no podía sobrecargar emocionalmente a Dae con su propia tristeza cuando había partido llorando y apegando las manos al vidrio del tren en un afán desesperado por un último contacto. Dae tampoco había querido irse.

Pero había veces, como el mismo Minki le había dicho hacía un tiempo, que no queda más que alejarse de la persona que se ama. A Sungguk le había costado entenderlo. No es que Daehyun quisiese marcharse, *debía* hacerlo, esa era la diferencia. Tenía que continuar creciendo o terminaría estancado con las mismas carencias emocionales. Al igual que Sungguk, que muchas veces seguía sintiéndose como el niño que buscó a su madre por toda la casa.

Sungguk se estaba obligando a dormir, porque debía despertarse en dos horas para empezar su turno de madrugada, cuando su celular vibró bajo su almohada. Era una videollamada de Dae. El nudo de nervios se hizo más estrecho y se estiró para encender la luz de la mesita de noche.

Contestó.

El rostro de Dae apareció. Tenía los ojos hinchados y enrojecidos como si hubiese llorado por mucho tiempo.

—Prometimos no llamarnos hoy.

Dae se pasó la mano por la nariz roja.

—Yo sé, solo...

—Nosotros también te extrañamos.

Los labios de Dae se fruncieron en tristeza. Estaba recostado sobre una almohada blanca, su cabello castaño desordenado en su frente.

—¿Te gusta Seúl? —preguntó Sungguk.

—No vi mucho, solo la estación y el camino a la residencia. Comí uno de los rámenes que me diste.

Ambos permanecieron en silencio escuchando la respiración del otro. La mirada de Dae volvió a bajar, continuó la conversación con un tono tímido.

—¿Y ustedes?

—Yo me comí un pedazo de pizza que estaba en el refrigerador.

—Llevaba una semana ahí, Sungguk.

—Demonios.

Eso le sacó una carcajada temblorosa a Dae.

—¿Y Jeonggyu?

—Su biberón.

La expresión de Dae brilló con anhelo.

—¿Lo hizo bien mi Osito?

—Lo hizo muy bien.

Daehyun se sorbió nuevamente la nariz. Pareció que iba a decir algo, su garganta subió y bajó. Se mordió el labio.

—Yo...

—No tengas miedo, dilo.

Su expresión se contrajo, inspiró jadeante.

—¿Y si Dae se equivocó?

Volvía a decir su nombre.

—No es un error, Dae.

—Pero...

—¿Sabes por qué no es un error? —Dae negó con suavidad—. Porque es algo que haces por ti.

—Osito solo tiene cuatro meses. Dae debería... yo debería estar con él.

—Estarás con él cuando regreses.

El pecho de Dae vibró.

—Quiero regresar —admitió.

—Lo sé, bebé.

—¿Por qué todo es tan difícil para mí?

—No seas tan duro contigo, Dae, lo estás haciendo de maravillas.

Por lo menos, iba mucho mejor que el propio Sungguk.

Daehyun soltó un bufido.

—Solo he llorado —confesó.

—Que sigas en Seúl a pesar de eso es lo importante.

—Seojun me dijo lo mismo. Él dice que estoy haciendo lo correcto.

Por su codependencia. Porque la partida de Daehyun muy poco tenía que ver con estudiar artes, pero todo tenía que ver consigo mismo.

Sungguk tomó asiento en la cama.

—¿Te gustaría ver a Osito?

—Por favor —pidió de inmediato.

No lo hizo esperar. Se dirigió sigiloso al cuarto. Llevándose un dedo a los labios, le pidió a Dae mantenerse en silencio. Empujó la puerta entreabierta de la habitación de Osito y cambió a la cámara trasera del celular. Su pantalla ahora enfocaba la cuna apenas iluminada por la luz tenue del espantacuco. El bebé dormía cubierto con uno de los trajes de tela que venía con gorro incluido. Las orejas de conejo blancas sobresalían sobre las mantas.

La noche era todavía cálida, por lo que Osito había encontrado la forma de destaparse. Se notaba que tendría tan mal dormir como Daehyun.

Sungguk volvió a cambiar la dirección de la cámara y se enfocó a sí mismo inclinándose sobre Jeonggyu para darle un beso, arriesgándose a despertarlo. Por fortuna, solo movió los pequeños labios que con el tiempo serían iguales a los de Sungguk.

Jeonggyu sería el perfecto rompecabezas entre ambos.

Al finalizar la llamada, Sungguk tomó asiento en el suelo del cuarto con su espalda apoyada contra la cuna. Unos instantes después, apareció Minki y se sentó a su lado afirmando sus piernas contra su pecho. Al parecer, ninguno la estaba pasando bien.

Se quedaron sin decirse nada por largos minutos, luego cada cual regresó a su cuarto. Minki se detuvo en la entrada del suyo.

—¿Sungguk?

Confundido, volteó a mirarlo.

—¿Pasa algo?

—Voy a regresar con Jaebyu.

Sungguk le sonrió.

—Tardaste en entenderlo.

Su amigo le regresó una sonrisa tímida.

—No, Jaebyu me hizo entenderlo. Él realmente... él realmente me ama.

A la otra mañana, el cuarto que Minki había estado utilizando durante casi dos meses volvió a quedar vacío.

54

Los meses de soledad pasaron bastante rápido, la primera Navidad de Jeonggyu estaba a solo unos días de ocurrir. Y con siete meses y medio de vida, Sungguk había comenzado a alimentarlo con papilla de verduras que su padre le había enseñado a preparar. El problema era que a Jeonggyu no le gustaba mucho y lo utilizaba como arma de ataque en vez de alimento. El bebé se reía feliz lanzando la comida, mostrándole a Sungguk la punta de una de las paletas que había comenzado a crecerle en el último mes. Parecía un ogro pequeño.

—Jeonggyu, necesitas comer.

Su hijo se rio feliz y golpeó su plato lanzándolo al suelo. Roko, ni tonto ni perezoso, lamió los restos.

Sungguk suspiró armándose de paciencia.

—Eres un diablillo.

Tal vez se debía a que estaba enormemente cansado, pero juró que Osito soltaba un claro «no» como respuesta. No, como la palabra favorita de Daehyun.

—¿Hablaste?

Por supuesto que no, con menos de ocho meses era imposible que Jeonggyu pudiese hablar. De todas formas, Sungguk sacó el celular para grabarle el momento a Dae.

—Te prometo que acabo de escucharle decir a Osito «no» —relató para la cámara—. ¿Cierto, Jeonggyu, que acabas de hablar?

Podría jurar que Daehyun iba a poner los ojos en blanco al ver el video y que después le enviaría un audio extenso explicándole por qué era imposible que eso sucediera. Sungguk seguía extrañando a su novio don literal.

—Vamos, Osito, di de nuevo esa palabra mágica para que tu papá Dae pueda escucharla o se va a poner muy triste.

Jeonggyu continuó jugando con los restos de comida que quedaban en su silla de bebé. Llevaba, además, el cabello desordenado porque se había despertado de la siesta y Sungguk no era un estilista experto; lo que no solucionaba con un poco de agua, se quedaba como se quedaba. La vida era así.

—Bien —continuó Sungguk cuando su hijo siguió ignorándolo—, Jeonggyu es algo tímido con las cámaras.

Al escuchar su nombre, Osito soltó una carcajada y dio un aplauso, la papilla verde que tenía en las palmas salió disparada directo a la mejilla de Sungguk.

La vida de padre, cuánta maravilla, pensó con ironía.

—¿Y si mejor intentas decir «pa-pá»? No, no, mejor di Dae. Pa-pá De-De.

El rostro de Jeonggyu se frunció concentrado y eructó.

Sí, una vida maravillosa.

Los calendarios marcaban un frío 23 de diciembre, a tres meses de la partida de Dae, cuando Sungguk tomó el tren que lo llevaría a la capital. Al bajarse del vagón, sujetando con un brazo el coche y con el otro a Jeonggyu, el aire helado le congeló las mejillas.

Al movilizarse por la estación atestada de gente y ruido, que distaba de la tranquilidad de Daegu, comenzó a ponerse ansioso. Había decidido parar y armar el coche para dejar a Jeonggyu, cuando escuchó su nombre.

—¡Sungguk!

Daehyun venía corriendo hacia él, afirmándose la boina para que no se le volase. Su abrigo largo y oscuro revoloteaba entre sus piernas, que se movían rápido. Y así, con esa simple visión, cada pequeño temor de Sungguk se esfumó con un suspiro.

Porque Moon Daehyun todavía lo quería.

Todavía lo buscaba emocionado.

Todavía sonreía mientras esquivaba a las personas para alcanzarlo.

Todavía seguía siendo el mismo Dae que se marchó.

Dae no era como su madre.

No lo era.

Sungguk abrazó a Daehyun; el corazón del chico estaba tan acelerado que pudo sentirlo contra su propio pecho. Sintió sus besos cálidos por todo su rostro; su novio reía de felicidad.

—Te amo —repetía una y otra vez contra su oído—. Te extrañé.

Ellos estaban bien.

Iban a estar bien.

Aquel sentimiento permaneció en Sungguk hasta la tarde siguiente. Habían ido a buscar a Dae a la universidad. Jeonggyu jugaba tirando de sus orejas cuando un hombre alto y delgado se detuvo a unos pasos de ellos.

—¿Jong Sungguk? —preguntó.

Desconcertado, Sungguk volteó hacia él. ¿Por qué sabía su nombre?

—¿Nos conocemos?

—Soy el profesor de Moon Daehyun, Park Taeyang. Daehyun me contó que hoy vendrías por él.

Equilibrando a Osito en un brazo, le dio la mano para saludarlo.

—¿Pasó algo con Dae?

El profesor asintió.

—Dae es un alumno brillante y talentoso.

Dae, repitió Sungguk para adentro. ¿Por qué un profesor, que aparentaba ser al menos diez años mayor, hablaba de un alumno con tanta familiaridad? Le dolió el estómago al comprender que nunca había conversado acerca de los profesores con Dae. ¿Sabría su novio que un profesor nunca debía sobrepasar ciertos límites con él?

—Lo sé —contestó Sungguk intentando olvidar lo anterior—. Yo he...

—No creo que realmente lo entienda —lo interrumpió en seco.

Frunciendo el ceño, Sungguk acurrucó a Osito contra él para calmar los latidos locos de su corazón.

—¿Estoy hablando con un profesor de Daehyun o con un amigo? Independiente de, no creo que sepa lo suficiente de nuestra relación para asegurar algo así.

—Pienso lo contrario.

Sungguk comprobó la universidad con actitud nerviosa, ¿dónde estaba Daehyun?

—Limítese a ser profesor de Daehyun, por favor.

—Como su profesor me entristece saber que su gran talento se desperdiciará en Daegu. Dae es maravilloso y merece lo mejor, no algo mediocre.

—Lo sé —intentó responder—. Él es maravilloso.

La mirada del profesor fue hacia Osito.

—Tanto talento desperdiciado en una vida tan pobre y común.

—Yo...

Taeyang chasqueó la lengua sacudiendo la cabeza.

—Realmente un desperdicio.

Con esa última oración, se marchó con tranquilidad. Daehyun iba saliendo de la universidad apresurado, cargando un enorme lienzo, al toparse con su profesor en la entrada. Se disculpó con él inclinando la cabeza de forma respetuosa. Taeyang le dijo algo que Sungguk no alcanzó a captar. Una sonrisa tímida todavía se le dibujaba en el rostro al acercársele.

—¿Sucede algo, Sungguk? —preguntó desconcertado tomando a Jeonggyu en brazos y dándole un beso en la mejilla.

¿Sucede algo?, se preguntó Sungguk.

Le dio un beso para olvidarse de esa sensación oscura que le raspaba el pecho.

Mediocre.

La vida que Daehyun compartía con él, ¿no era eso, cierto?

Olvidó todo con la caricia de Dae en su barbilla y sus palabras siempre bonitas.

—Te quiero.

Ellos iban a estar bien.

O al menos eso creyó.

Los mismos temores que habían desaparecido con esa visita, volvieron al poco tiempo. En el centro del artículo principal de la sección de artes del periódico nacional había una fotografía de Dae contemplando un cuadro en una exhibición de artes. A su lado se encontraba un hombre de no más de treinta años. Era guapo y talentoso, era el profesor Taeyang.

El reportaje afectó a Sungguk muchísimo más de lo que imaginó. Intentó controlar los celos, pero cada día sus emociones se volvían más oscuras. Entonces, un día, un monstruo de infancia regresó.

Era su peor pesadilla: el rechazo.

Era la constante y enfermiza idea de que nunca sería suficiente. Era su más grande carencia emocional, era también su más grande miedo. Era además la costumbre de no exigir un amor que la otra persona no quería darle. Por eso, de la misma forma que se contuvo para nunca llamar a su madre y suplicarle que regresase, lo hizo con Dae.

El calendario de la cocina finalmente llegó a los números marcados en rojo. Sungguk recordó que Dae estaba a punto de vivir su primer ciclo de calor luego del nacimiento de Jeonggyu.

Se contuvo por horas para no preguntarle por eso.

Por días.

Finalmente, una semana completa.

Y luego no pudo más.

Sungguk: Dae, el calendario dice que debiste tener un ciclo, ¿todo bien?

¿Todo bien?, ironizó para sus adentros.

Nada estaba bien, partiendo por la obvia falta de comunicación entre ambos, que se había reducido a un par de mensajes al día y llamadas nocturnas para Jeonggyu.

La respuesta de Daehyun no tardó en llegar.

Dae: Fue la semana pasada, bobo. Estoy bien.

Estoy bien.
Estoy bien.
Esa palabra dio vueltas en la cabeza de Sungguk.
Estoy bien.
Dae había tenido un ciclo. Dae realmente estaba bien sin Sungguk a su lado. Mientras Minki había estado meses sin un ciclo tras su separación con Jaebyu, Dae continuaba con los suyos.
Porque estaba bien.
Muy bien.

Sungguk: ¿Por qué no me contaste?

Dae: No lo creí necesario.

Esa misma noche, Sehun sorprendió a Sungguk llorando en silencio en el sofá. Se comía un bol de helado, medio ahogado con la comida, medio ahogado por sus lágrimas.

—¿Supongo que esto es por Dae? —aventuró.

Sungguk se limitó a darle otra cucharada a su helado.

—No le cargues a Dae sentimientos que le pertenecen a Yejin —recordó con gentileza Sehun.

—Yo no estoy haciendo nada, solo estoy comiendo.

—Sungguk...

—Estoy llorando porque quería helado de chocolate y menta, y solo tenían de chocolate.

Otro largo suspiro de su padre y, de pronto, Sungguk volvió a sentirse como ese niño de siete años que se escondía en el ropero con la única blusa que su madre había dejado en casa.

—Te estás devorando tus sentimientos como te estás comiendo ese helado. No es sano.

Volvía a sentirse como ese niño escondido que su padre iba a ver con una taza de chocolate caliente.

—Dae es feliz —dijo.

—Pensé que estábamos buscando eso.

El nudo de miseria se apretaba contra su garganta.

—Lo sé.

—¿Te haría feliz que Daehyun estuviese triste?

Bajó la mirada y jugó con la cuchara entre los dedos.

—No.

—No termino por entender —acotó su padre con suavidad—. ¿Cuál es realmente el problema?

Sungguk se sorbió la nariz.

—Que Dae lleva cinco meses fuera —bajó la mirada, tragó saliva. Jadeó al hablar—. Y él tuvo un ciclo.

—Eso es magnífico.

—Un m-preg triste pierde sus ciclos —recordó Sungguk.

—¿Y quieres que los pierda?

Sungguk ya no sabía lo que realmente quería.

—Él no volverá.

—¿De verdad crees que Daehyun abandonaría a Jeonggyu?

—Regresaría por él, no por mí.

La caricia de su padre en su cabello lo hizo sentirse todavía más pequeño y estúpido.

—Esa es una respuesta que solo Dae puede darte, hijo.

Subió las piernas al sofá para abrazárselas. Roko había posicionado su hocico sobre su pie, lo observaba con atención como si pudiese entender lo mal que se sentía. Lo consolaba de la misma forma que lo consoló Sungguk al rescatarlo.

—¿Tú también crees que me dejó?

—Si regresa o no contigo es una decisión que solo le corresponde a Dae tomar.

—Quiero que me elija —admitió.

—¿Quieres que te elija porque necesita estar contigo o quieres que te elija porque decidió estar contigo?

Sungguk bajó la barbilla y acarició las orejas de Roko.

—Dae puede ser feliz sin mí.

—¿Y eso está mal? Si él regresa, Sungguk, sería porque te ama y no porque necesita amarte.

Sungguk se quedó observando a su papá sin pestañear, notando las marcas de la edad en su rostro. Otro nudo apareció en su garganta ante la idea de que algún día ya no estaría más en su vida.

—Significaría, Sungguk —continuó—, que Dae regresaría sin tener una dependencia por ti. Sería una decisión sincera y no una forzada por el pasado que intenta superar. Por eso sería bonito y también triste, porque, regrese o no, sería una decisión consciente y no una condicionada por sus carencias.

—Yo también tengo mis propias carencias —discutió.

—Lo sé. ¿Por qué crees que intentaste alejar a Dae antes de que naciese Jeonggyu? Porque querías controlar su partida, querías ser tú el que decidiese que debía marcharse y no que fuese él quien decidiera dejarte.

Sungguk apoyó la cabeza en el hombro de su padre.

—No sé qué hacer —confesó.

—Habla con Dae.

—No quiero abrumarlo con mis necesidades, no sería justo.

—Pero tampoco es justo para ti.

—La diferencia es que yo no viví diecinueve años encerrado.

Dando un largo y tembloroso suspiro, Sungguk dejó en el suelo su bol ahora vacío.

—Creo que necesitaré más helado.

—Te prometo que te compraré todo el helado que quieras si llega el día y lo necesitas.

Papá, pensó cerrando los ojos, *cuánto te sigo necesitando*.

55

Los días fríos quedaron en el pasado y llegó la cálida primavera, con los árboles de cerezo adornando la ciudad de Daegu. Las tiendas volvían a tener una vez más a la venta los dulces de *sakura*. Todo se pintaba de rosa, incluso la chaqueta que Minki le había regalado a Jeonggyu por su primer cumpleaños, que era al otro día. La estación de trenes era el único lugar en Daegu que seguía viéndose gris y aburrido, con la gente comprando boletos para abordar el siguiente tren con destino a Seúl. Sungguk y Jeonggyu eran uno de ellos, estaban con Minki, quien los había llevado hasta ahí. Sus mejillas habían recuperado algo de carne y estaban de la misma tonalidad del pétalo del cerezo. Parecía animado al jugar con Jeonggyu a piedra, papel o tijera, a pesar de que Jeonggyu solo sacaba piedras.

Estaban a cinco personas de llegar a la casilla de venta, cuando el celular de Sungguk vibró en su pantalón.

Era Daehyun.

Contestó acomodando a Jeonggyu contra su cadera, Minki lo observó con expresión interrogante. Moduló el nombre para que entendiese con quién hablaba. La voz de Dae sonó entrecortada y algo extraña.

—Estoy con Jeonggyu en la estación —avisó—. Solo quiero decir a mi favor que hice mi mejor esfuerzo en peinarlo. Pero es un talento que simplemente no heredé de mi padre.

—Sungguk.

Jeonggyu había comenzado a jugar con su oreja, balbuceaba algo inentendible.

—¿Sucede algo?

Un suspiro.

Minki le quitó a Jeonggyu y se alejó unos pasos.

—Podrías no venir, ¿por favor?

Dolor en el estómago.

—Pero mañana es el cumpleaños de Jeonggyu.

—Es que tengo demasiada tarea.

—¿Tienes tarea?

Daehyun sonó desesperado al hablar.

—Y necesito terminarla.

—¿Y no puedes hacerlo hoy? Con Jeonggyu llegaremos por la noche.

Silencio.

Entonces, una voz baja al otro lado de la línea.

Un hombre.

—Lo siento.

—Pero, Dae...

—Sungguk, lo siento.

—¿Acaso no quieres ver a tu hijo?

Se escuchó un jadeo contenido. La voz de Daehyun era mucho más débil y temblorosa al continuar.

—Sabes que muero por verlo.

El pequeño rastro de paciencia que le quedaba, por fin se esfumó ante esos meses de espera y de conversaciones que no decían nada.

Solo se esfumó.

—¿Entonces por qué no quieres recibirnos? No te estoy entendiendo, Daehyun. ¿Quieres explicarte?

—Sungguk.

—¿O es a mí a quien no quieres ver?

Daehyun había comenzado a llorar.

—No digas eso —tartamudeó—. Yo solo...

—Ni siquiera tendrías que estar con nosotros todo el tiempo, podrías terminar esas tareas que parecen ser tan importantes para ti. Pedí una semana para ir a verte, Dae.

—Sungguk...

Y entonces la bola de fuego en su estómago explotó. Soltó la rabia que venía conteniendo por meses de espera.

—¡Está bien, no iremos! De todas formas, siempre son tus decisiones las que están por sobre las demás.

Cortó.

La gente en la estación lo observaba sin disimulo. Abandonó la fila. Su teléfono vibró en el bolsillo del pantalón. Sungguk alcanzó a Minki.

—¿Qué pasó?

Sungguk negó con la cabeza.

Su celular volvía a vibrar.

—¿Qué pasó? —insistió su amigo caminando a su lado.

—¿Quieres ir a beber conmigo? —dijo Sungguk.

Su bolsillo continuaba vibrando.

Minki frenó al lado de su auto, todavía sostenía a Jeonggyu.

—¿Quieres ir a beber con Jeonggyu? ¡¿Qué te pasa?!

Se apartó el cabello de la frente.

Quería vomitar.

Y a la vez no.

También quería llorar.

Y a la vez no.

Temblaba al sentarse de copiloto. Minki acomodó a Jeonggyu en los asientos de atrás y subió.

Una tercera llamada ingresó.

Minki lo observaba de reojo.

—¿Qué pasó con Dae?

—¿Vas a beber conmigo o no, Minki?

—Yo... —sus dedos tamborilearon el manubrio—. Lo siento, no puedo.

Minutos después llegaron a la casa de Seojun.

Recibió una cuarta llamada.

Bajó a Jeonggyu e intentó despedirse de Minki.

—Sungguk...

Movió la mano en negativa.

—Vete, Minki. Gracias por traerme.

—Sungguk...

Ingresó a la casa y dejó a Jeonggyu en los brazos de su hermana.

Su celular vibraba por quinta vez.

Notó que su padre estaba con ellos.

—¿No ibas a Seúl? —preguntó él.

Su bolsillo continuaba vibrando.

Sungguk se pasó la mano por el cabello.

Su celular seguía vibrando.

—Ya no —respondió.

—¿Qué pasó?

Su boca tembló.

—Lo que siempre pasa.

Su teléfono por fin dejó de vibrar y fue reemplazado por el aviso de nuevos mensajes.

Uno.

Dos.

Tres.

Sungguk observó a su cuñado.

—¿Podemos ir a beber, por favor? —pidió.

Cuatro.

Y cinco.

Finalmente enmudeció.

Cuatro horas más tarde, sentado en una mesa sucia en el único bar que pudieron encontrar abierto a esas horas, la pantalla del celular de Sungguk volvía a brillar.

Con los ojos un tanto desenfocados y apoyando su barbilla en la mano, Seojun lo apuntó con aire distraído. Estaba mucho más borracho que Sungguk, su cuñado jamás bebía. Jamás.

—¿Sabes algo, Sungguk?

—¿Qué?

—Siempre creí que estaba haciéndolo todo mal con Daehyun —confesó—. No sé por qué me dieron su caso cuando yo no tenía ese tipo de experiencia profesional.

—Lo ayudaste mucho —dijo Sungguk.

—¿Lo hice?

Seojun jugó con su vaso de soju.

—Todo siempre fue tan extraño con su caso.

—¿Por qué lo dices? —quiso saber Sungguk.

—No debería estar teniendo esta conversación contigo, pero... ¿nunca te pareció raro que solo Eunjin llevase el caso de Dae y que se haya cerrado tan rápido a pesar de que nunca pudimos averiguar lo que pasó esa noche?

Sungguk le dio un sorbo a su vaso y dejó ir los cuestionamientos de Seojun con un simple encogimiento de hombros. Porque él sabía, claro que sabía, si lo había ignorado fue por sus sentimientos por Daehyun.

Dae.

Quien nunca contó cómo había muerto su abuela.

Dae.

Quien nunca contó qué hizo esa noche en que escapó de casa.

Porque tal vez Dae era un gran mentiroso. O tal vez una víctima ignorante en un mar de casualidades.

Dae, después de todo, seguía siendo un rompecabezas que Sungguk nunca logró armar.

56

La vida de Minho consistió en una constante espera: para escapar de los laboratorios, para que finalizasen los nueve meses de embarazo, para amar a un hijo que nunca quiso y para sacar a Dae de esa casa. En eso estaba ahora, aguardando que la puerta de Moon Sunhee se abriera.

Pero Minho estaba acostumbrado a eso.

Por eso, lo esperó una hora, dos.

Un día, dos.

De pronto, una semana y la puerta continuaba tan cerrada como el día que Minho abandonó la casa dejando a Moon Daehyun durmiendo en el ático.

Al octavo día, su celular desechable anunció una llamada entrante. Al contestar, escuchó la voz siempre tranquila de Sehun.

—Logré contactarme con Eunjin —recordó rápidamente que era el oficial de policía que ayudaba a Sehun de vez en cuando—. Nos va a ayudar.

Necesitaban unas manos extras porque algo había ocurrido y por alguna razón Daehyun continuaba encerrado en casa de Lara. ¿Sería por miedo? Minho nunca olvidaría la mirada desequilibrada de Daehyun mientras lloraba aferrado al cuerpo de Sunhee.

—Hay un accidente al otro lado de la ciudad —continuó Sehun—. Eunjin dejó libre la patrulla de Sungguk.

Minho se mordió el dedo hasta que sintió el sabor metálico en la boca.

—Si aceptas —siguió Sehun con mucho cuidado—, Sungguk podría venir a inspeccionar la casa.

La mirada de Minho se clavó otra vez en la ventana del tercer piso. Recordó la expresión feliz de Daehyun jugando con Sungguk.

—Dae lo conoce —se escuchó aceptando.

—También le solicité a Eunjin que eligiese al esposo de Suni como psicólogo.

Suni, la hija mayor de Sehun. Suni, quien era la única persona aparte de Sehun que sabía de la existencia de Minho porque, al contrario de Sungguk, nunca olvidó a Minho.

—Le avisaré a Eunjin que envíe a Sungguk, pero para eso necesita que alguien llame a la central reportando un problema en el vecindario. Necesita una excusa para que venga.

Se volvió a morder una uña, repleto de ansiedad. Entonces, captó el indudable olor a muerte y descomposición que se sentía desde el día anterior.

—Yo me encargo de eso —dijo.

A los minutos, Minho habló con la vecina curiosa de Lara.

—Hace días que hay un olor terrible, ¿no lo crees?

Hizo también una llamada anónima a un canal de televisión.

Mientras se estacionaba un coche de policías frente a la casa y se bajaba Jong Sungguk con un chico rubio, Minho hizo la última llamada a Suni. Ese era el único cabo suelto que quedaba porque, si se descubría que Sunhee no era la madre biológica de Minho, terminarían encontrando las placas dentales adulteradas del cuerpo calcinado en el cementerio.

Y todos sabrían que Moon Minho nunca murió.

Por eso tuvo que llamarla.

—Suni, necesito un favor tuyo.

Dos horas después, Sungguk cargaba un bulto plateado.

Era Daehyun.

Y Minho ya no tuvo que esperar mucho más.

57

Con un puchero en el rostro, Daehyun observaba uno de los tantos videos que Sungguk le enviaba por día. Osito salía en primer plano, mientras que su novio le contaba que a Jeonggyu le comenzaba a salir su primer diente, por lo cual el pobre se la pasaba llorando. *Es un digno hijo mío*, pensó, porque el último tiempo Dae solo parecía saber llorar. En ese mismo instante tenía ganas de hacerlo, se contuvo porque estaba en la biblioteca de la universidad.

Dando un largo suspiro, continuó con su vida, que parecía un bucle sin fin.

Pero estaba bien.

Porque lo había hecho por él, por su bienestar.

Debo hacerlo por mí, se recordó. Él necesitaba eso, Dae necesitaba la experiencia, necesitaba crecer para ser un mejor padre para Jeonggyu y para ser realmente una pareja para Sungguk, una que caminase a su lado y no una que tuviese que arrastrar.

Y por eso Daehyun estaba bien. Pero *bien* no era precisamente un sinónimo de felicidad. Extrañaba a Sungguk y era incapaz de dejar de hacerlo. Extrañaba su cariño, sus caricias siempre bonitas y sus palabras cálidas.

Lo extrañaba demasiado.

Mucho.

Pero, dentro de todo, Daehyun seguía estando bien.

O por lo menos intentaba estarlo, porque no podía retroceder, no quería que Seojun volviese a recordarle que debía seguir en Seúl para superar la dependencia emocional que tenía por Sungguk.

Su codependencia.

¿Cuándo dejaría de sentirse así?

¿Algún día dejaría de sentirse así?

Daehyun lo creía difícil de lograr porque, cuando finalmente llegó el día en el que se encontró esperando a Sungguk y a Osito en la estación de Seúl, pensó que la ansiedad podría asfixiarlo.

Al verlos a la distancia, lo llamó a gritos y comenzó a correr hacia ellos. Sungguk logró dejar a Osito en su coche antes de que Dae llegase a su lado y saltase sobre él, besando todo el rostro de Sungguk con este riendo contra su audífono. La gente los observaba y murmuraba cosas a su alrededor.

¿Pero podía importarle eso? ¿Podía importarle cuando Sungguk lo abrazaba con fuerza y luego alzaba a Jeonggyu en sus brazos? El resto daba igual porque eso, ese sentimiento, esa emoción, era la felicidad. No podía importarle que la gente hablase porque, al llegar la noche, Jeonggyu se durmió en sus brazos, después lo dejó descansar en una cama y Dae pudo buscar a Sungguk bajo las sábanas, riéndose suavecito y bonito mientras se terminaban de quitar la ropa, entrelazaban las manos y se besaban con urgencia.

Lamentablemente la felicidad se esfumó con su partida. Y entonces Dae volvió a estar solo *bien*. Y a pesar de que hizo todo lo que la gente le decía que debía hacer para estar mejor, ¿por qué entonces seguía sintiendo un sabor agrio?

Porque soy un estorbo para Sungguk, pensó.

Por eso Dae se esforzaba para estar bien, y cuando no lo estaba, se quedaba en silencio y le mentía a Sungguk porque no quería que él se preocupara.

Todo estaba bajo control hasta que llegó su primer ciclo de calor.

Daehyun no era un experto en eso, por lo que no analizó que su obvia falta de apetito no se debía al helado caducado que se comió. No supo que se acercaba hasta que se despertó esa mañana del sábado con las entrañas ardiendo. Su primer instinto fue buscar a Sungguk debajo de las sábanas, pero solo encontró una cama vacía. Entonces, recordó que Sungguk estaba en Daegu y él en Seúl.

Pasó por su cabeza la loca idea de llamarlo para que lo ayudase con eso, con lo que sea, pero descartó ese pensamiento de inmediato. Él no podía ser así de necesitado. Se había ido a Seúl precisamente para dejar de depender de Sungguk, ¿y lo primero que pensaba era en pedirle ayuda cuando él podía solucionar las cosas por sí solo?

Se fue a dar una ducha helada, pero ni con eso pudo quitarse la tirantez en su entrepierna.

La idea de llamar a Sungguk reapareció.

Buscó su nombre en su celular...

Se detuvo.

Frustrado, regresó a la cama con la idea de volver a dormirse. Claramente no lo logró, terminó con las sábanas enrolladas en las piernas y con una erección que no desaparecía. Desesperado, llamó a la única otra persona que podía aconsejarlo en ese momento.

La imagen de Minki apareció en la pantalla de su celular.

—Buenas, buenas —lo saludó Minki al contestar.

Su amigo estaba en el baño de su departamento y tarareaba algo mientras se aplicaba una pasta lila en el cabello. Por el ángulo del video, parecía tener apoyado el teléfono en el lavamanos. Estaba de buen humor, hace tiempo que Dae no lo veía sonreír así.

—¿Qué haces? —se interesó.

—Me arreglo porque esta noche tendremos una cita con Jaebyu.

—¿Dónde irán?

Minki se encogió de hombros, la sonrisa seguía dibujada en su rostro.

—Ni la menor idea, solo me dijo que debía ocupar camisa —eso lo hizo poner los ojos en blanco—. Las únicas camisas que tengo son las del trabajo, así que tuve que comprarme una. Sungguk me ayudó a escogerla.

—¿Es bonita?

—Sí, y muestro mucha clavícula. Espero que le guste a Jaebyu, porque la tuve que pagar en tres cuotas.

Minki continuó aplicándose esa pasta lila en la raíz.

La erección de Dae rozó contra las sábanas al acomodarse. Dio un suspiro frustrado. Al abrir los ojos, notó que Minki había abandonado su trabajo para observarlo con el entrecejo fruncido.

—Minki —comenzó diciendo.

—¿Estás enfermo?

Por alguna razón, le dio vergüenza continuar. Ahora muchas cosas le daban vergüenza.

—¿Qué haces cuando estás en un ciclo y Jaebyu no está?

Minki se rio entre dientes. Parecía más aliviado, porque siguió echándose ese producto en el cabello.

—Me masturbo —respondió con sencillez.

—¿Y sirve?

—Personalmente, lo disfruto más con Jaebyu. Pero masturbarse se siente increíble en un ciclo.

—¿Sí?

—Por supuesto.

—Mmm —Dae dudó.

Minki apuntó a la pantalla con el cepillo de tinturar.

—Algunas veces, hemos hecho videollamadas. Eso también te lo recomiendo.

Dae se sonrojó y bajó la mirada.

—Yo no sé —tartamudeó.

—¡¿Acaso nunca lo han hecho con Sungguk?! —jadeó Minki—. ¡¿En todos estos meses nunca han tenido una videollamada sexual?!

Guardó silencio porque cualquier respuesta parecía errónea. Su amigo sacudía la cabeza con incredulidad.

—Estoy entre preocupado e indignado. Pero como sea —se encogió nuevamente de hombros—. Mastúrbate porque esa erección no se irá sola.

Tras finalizar la llamada, Daehyun lo hizo.

Y se sintió invencible.

Se sintió poderoso.

Porque lo había logrado solo.

Las semanas que vinieron se sintieron eternas, pero al fin llegó el tan ansiado día que marcó en el calendario:

♥♥ Visita Osito y Sungguk♥♥

Como ese día su jornada terminaba a las dos de la tarde, Daehyun se dedicó la mayor parte de la clase a escribir una pequeña lista en su celular con las cosas que quería comprar. Principalmente verduras para la comida de Jeonggyu. Y harina para hacer el pastel. Sungguk iba a ponerse superorgulloso de él. Dae no pensaba fallar otra vez, había practicado mucho.

Jugó de manera distraída con sus piernas a la vez que releía la lista. En ese momento, alguien se apoyó en su banco. Extrañado, alzó la mirada.

—La clase ya finalizó, Daehyun —le avisó el profesor Taeyang.

Desorientado, Dae comprobó que efectivamente estaban los dos solos. Se puso de pie apurado y comenzó a guardar las cosas.

—¿Qué hacías tan concentrado?

—Una lista para ir al mercado —le restó importancia cerrando por fin el bolso. La mano de Taeyang estaba apoyada sobre su mesa. Le cerraba el paso.

—Te propongo algo.

—No más tareas, por favor —suplicó—. O tendré que fallar.

Taeyang frunció el ceño.

—Quería invitarte a almorzar. Yo pago.

Dae miró la hora. Sungguk y Osito no aparecerían en Seúl hasta muy entrada la noche, pero Dae quería ordenar el departamento y necesitaba hacer las compras para celebrar el cumpleaños de Jeonggyu.

Se mordió el labio.

—Tengo mucho por hacer —se excusó.

—Puedes hacerlo mañana.

—Vienen Sungguk y Jeonggyu a verme.

Dae no pudo contener la carcajada de felicidad que se le colocó entre los labios. Se llevó una mano a la boca y guardó silencio de golpe. Sintió que su profesor le tocaba la muñeca.

—No hagas eso —dijo.

Dae se quedó observándolo sin entender.

—¿Por qué te cubres la boca cuando ríes? —insistió.

Recién entonces, Dae dejó caer la mano. Pensó que había perdido esa costumbre.

—¿Y quién era Jeonggyu?

—Mi hijo —susurró.

Taeyang dio un largo suspiro.

—Tu hijo.

Nervioso, Dae comenzó a jugar con el cierre de su bolso.

—Llegarán esta tarde. Debo comprar cosas para cocinar.

—¿Debes? —cuestionó—. ¿Por qué debes? No es tu obligación hacerle algo a nadie, ¿lo sabes?

La sala de pronto comenzaba a volverse pequeña.

—Dae... yo, digo, yo quiero —como el profesor continuaba mirándolo con las cejas ligeramente arqueadas, Dae habló de manera nerviosa y ansiosa—. Osito... digo, Jeonggyu está de cumpleaños mañana. Cumple un año y con Sungguk pensamos...

—¿Los dos o solo Sungguk?

—Los dos... sí, los dos. Ellos vendrán a verme y quiero hacer un pastel.

—¿Qué necesidad tienes de hacerlo? Es más fácil comprar uno. ¿O Sungguk te obligó?

Dae se acomodó un mechón de cabello tras la oreja. Una risa algo aguda se coló entre sus labios. Se llevó la mano a la boca. Su profesor lo miraba con decepción.

—Nadie obliga a Dae.

—¿A Dae?

—Me refiero a mí.

Taeyang chasqueó la lengua. Le quitó el bolso a Daehyun y se lo colgó en su propio hombro.

—Vamos a comer. Debes priorizarte, Dae. Tú estás primero que todo.

Confundido, se movió tras su profesor. ¿Priorizarse? ¿Acaso no había hecho eso durante todos esos meses?

—Luego puedo llevarte en mi auto a hacer las compras, será más cómodo así.

Comieron en un restaurante cercano al mercado habitual de Dae. Le gustaba el anciano que atendía un pequeño puesto, que le ayudaba a escoger la fruta más bonita para después meterle una manzana de regalo a la bolsa. Dae engulló rápido, exasperándose al notar que Taeyang comía con mucha tranquilidad. Terminaron yendo a comprar una hora más tarde de lo que había planificado. Eran cerca de las cinco cuando estacionaron afuera del edificio verde de cuatro pisos en el que Dae vivía. Entonces, sintió que le tocaban el hombro y lo detenía en sus intentos por bajarse del auto.

—Daehyun.

Se volteó hacia su profesor, su mano estaba todavía en la manilla de la puerta.

—Tengo otra exhibición mañana, ¿no te gustaría ir?

A Daehyun le hubiese encantado ir. El mejor recuerdo que tenía de Seúl era de la inauguración de artes. Dae le había agradecido tantas veces por la invitación, que Taeyang había terminado prometiéndole que volvería a invitarlo.

Se mordió el labio.

—Lo siento —rechazó. Sus prioridades estaban claras—. Estaré ocupado, pensé que lo había mencionado.

Taeyang suspiró.

—Pareces alguien de cuarenta.

—¿Mmm?

—Disculpa lo que voy a decir, Dae, pero viviste diecinueve años encerrado, llevabas apenas año y medio libre, ¿y te embarazas?

De pronto, por mucho que tiró la manilla de la puerta, esta no abrió.

—Yo...

—No sabes lo que es vivir porque nunca lo has hecho. Tienes apenas veintiuno: ser irresponsable y cometer errores debería ser parte de tu día a día porque puedes, eres joven y tienes una vida entera por delante para corregirlos.

—Yo sé —fue su suave respuesta.

Tragó saliva. El pecho comenzaba a pesarle. Su cabeza dolía.

—No sabes nada de la vida porque eres básicamente un niño.

—Yo no... no soy eso.

—¿No? —cuestionó.

—Seojun dice que Dae... que tengo carencias... solo eso.

—¿Quién es Seojun?

Tomó aire, sus pulmones apenas se inflaron.

Se sentía diminuto.

Pequeño.

Horrible.

—El psicólogo de Dae.

—Querrás decir tu psicólogo —corrigió su profesor.

—Mi psicólogo.

—¿Y por qué tienes uno, Daehyun? Porque no sabes nada.

—Yo... yo sé cosas. Pero no entiendo a la gente... esa es la razón. Y yo quiero a Sungguk y... es mi vida.

—¿Cómo sabes qué es lo que quieres si no conoces nada más?

Daehyun sacudió la cabeza mientras volvía a tirar de la manilla.

—Eres básicamente un niño, sigues siendo uno, ¿y por qué a los niños se les debe guiar? Porque no saben y se les debe enseñar, algo que al parecer no hicieron contigo porque ese novio que dices tener te embarazó sabiendo todo eso.

—No, no... los niños no pueden tomar decisiones. Dae puede... yo puedo solo que... duele entender a la gente.

Taeyang parecía no haberlo escuchado, soltó un bufido y sacudió la cabeza como si hubiese oído la peor de las mentiras.

—No te das cuenta de nada, eres un total ignorante.

—No, no, yo...

—Y ahora que podrías ser libre, ¿debes hacerte responsable de un bebé? Eres un niño criando a otro niño. No es correcto, Dae. Por favor, reacciona.

Dae estaba llorando incluso antes de que notase que lo estaba haciendo. Con la espalda apoyada contra la puerta, se secó el rostro con las muñecas.

—No sabes nada.

—No necesito saber más.

Daehyun volvió a tirar de la manilla sin resultados. Al verlo, Taeyang estiró la mano hasta que se enredó en el cabello de Dae.

—Siento ser tan brusco, pero eres maravilloso y no mereces la vida que estás teniendo. Deberías ser exitoso, independiente, conocer el mundo y a muchos más hombres.

¿Y esos hombres lo abrazarían al despertar de una pesadilla? ¿Lo escucharían con paciencia cuando se le enredaban las palabras en la boca? ¿Lo tratarían como a un igual y no solo como una persona repleta de defectos? ¿Le permitirían tomar sus propias decisiones? ¿Lo dejarían decidir incluso cuando no estuviesen de acuerdo? ¿Los otros hombres serían así?

—Quiero a Sungguk —susurró—. No necesito nada más.

—¿Cómo sabes?

—Lo quiero.

—Alguien como tú no puede entender el amor todavía.

—Yo...

—Debes conocer a más personas.

—No...

—Déjame demostrártelo.

Las palabras giraban en su cabeza sin respuesta, el rostro de Taeyang quedó a una corta distancia del suyo. Y Dae solo lo dejó estar porque todos se lo repetían y lo trataban como un inútil, un tonto que nada hacía bien.

Y quizás lo era.

Tal vez estaba equivocado de la misma forma como lo estuvo su abuela. Tal vez Daehyun debía hacer lo que la gente insistía que hiciese porque, ¿qué sabía él de la vida?

Por eso se fue a Seúl.

Y por eso dejó que Taeyang acortase la distancia.

Porque era un inútil que nada sabía.

Un idiota incapaz de tomar decisiones.

Una persona repleta de carencias a la que todos le decían lo que tenía que hacer.

Que viviese, le decían.

Pero no lo dejaban vivir.

Y mientras sentía que unos labios ajenos tocaban los suyos, el deseo de querer hundirse y escapar lo invadió hasta que no pudo respirar.

Pero, después de todo, ¿no era eso lo que la gente quería de él? *Vivir*, aunque nada de eso se sintiese como una vida feliz.

58

El llanto cerraba su garganta. Sus músculos temblaban tanto que Dae tuvo que abrazarse, mientras los labios de Taeyang todavía recorrían los suyos. Nada de eso se sentía bonito.

Él no quería eso.

No quería nada de eso.

No quería.

No quería.

No quería.

Por favor, no.

Con la respiración atascada en los pulmones, logró colocar los brazos entre ambos y lo empujó con todas sus fuerzas. Se golpeó en la boca con el puño de su profesor cuando este cayó en su asiento y se estrelló contra la puerta. Su boca supo a metal.

A error.

Dae tenía frío. Sus músculos no dejaban de temblar. Se inclinó sobre el asiento queriendo esconderse.

—No quiero... no quiero, por favor, no quiero esto... no lo quiero, no lo quiero.

Luego le suplicó que lo dejase bajar, Taeyang le hizo caso. Algo sorprendido, observó a Daehyun arrastrarse fuera del coche y caer de rodillas en la vereda. Su pie se había enganchado con una parte del asiento. Tiró desesperado para desengancharse.

—Tranquilo —pidió Taeyang, moviéndose hacia adelante.

Quiso tocar a Daehyun tal vez para ayudarlo.

Pero Dae luchó tirando de su pierna.

El murmullo de alguien era insoportable.

Era su propia voz.

Dae logró soltarse quitándose el zapato. Se arrastró por la vereda hacia las escaleras que iban hacia su edificio. Subió un peldaño y se derrumbó, afirmándose la cabeza con las manos. Lloró jalándose el cabello en un ataque de pánico tan abrumador como terrible.

Intentó respirar.

Escuchó que Taeyang se bajaba del coche e iba hacia él.

—Vete, vete, vete.

—Dae, yo...

—No, no, no, no... vete... vete...

De pronto, una tercera voz interfirió en la conversación.

—Márchate, ya hiciste suficiente.

Creyó que se estaba volviendo loco porque podría jurar que oyó la voz de Moon Minho, su papá. Pero eso debía ser imposible, la última vez que lo vio fue en casa de Sungguk junto al rosal destruido. El chico levantó la cabeza encontrándose con Minho, que se había arrodillado frente a él. Detrás suyo, la calle vacía, el automóvil de Taeyang ya no estaba.

Sus cosas tampoco.

Su labio tembló y sus dientes chocaron entre sí.

—Yo no quiero esto... papá, yo no quiero esto.

Minho lo ayudó a ponerse de pie y a subir por las escaleras, ingresando primero al edificio y luego al departamento prácticamente vacío. Daehyun se arrastró hacia el sofá y se volvió un ovillo, Minho lo siguió. Las rodillas de su padre tocaron el borde del sillón y se quedó observándolo con una expresión de pánico, para luego tomar asiento a su lado.

Un llanto atascado escapó del pecho de Dae y se cubrió la cabeza con los brazos. Y, de pronto, una mano tímida y vacilante arrastró los cabellos de su frente para apartarlos de su rostro. Se quedó tan desconcertado, que sus brazos bajaron hasta su pecho para mirar a Minho sin entender.

—No quiero seguir siendo un inútil, papá.

La caricia de Minho vaciló.

—No eres eso —susurró. Su voz se asemejaba mucho a la de Daehyun.

Se intentó limpiar las lágrimas, que no dejaban de caer.

—Lo soy... todos le dicen a Dae lo que debe hacer, porque soy un idiota que no sabe nada. Dae —su pecho tembló—, yo no entiendo a la gente.

—Dae.

—Soy un bobo —sollozó—, todos siempre me dicen que debo conocer el mundo para ser feliz. Pero yo... yo solo quería quedarme en Daegu... no me gusta este mundo... y yo... yo sigo sin entender lo que la gente me dice.

—Yo tampoco la entiendo —confesó Minho.

Su caricia reapareció y Dae cerró los párpados, sus mejillas todavía mojadas. Estaba cansado. Quería dormir. Quería apagar todos esos sentimientos.

—Nunca nadie me escucha —musitó—. Ni Sungguk lo hace.

—Sungguk lo hace, no digas eso.

Dae negó, su cabello se enredaba contra la tela del sofá.

—Él quería que viniera.

Los párpados de Dae pesaban y se sentían somnolientos ante la caricia tímida, un tanto torpe y nerviosa, de Minho. Su pecho continuaba temblando.

—Dae... yo... yo estuvo encerrado diecinueve años y sé cómo no se siente la felicidad. Y esto... se siente muy parecido a estar solo.

—¿Y entonces por qué viniste?

Volvió a cambiar de posición, su frente topó la pierna de Minho. Dae sintió que Minho se quedaba quieto, su mano vacilante en su cabello antes de limpiarle las lágrimas con el pulgar.

—Porque ¿y si ellos tenían razón? ¿Y si luego yo terminaba abandonando a Osito porque nunca supe lo que era vivir? —la voz de Dae se quebró—. Yo no quería que Jeonggyu descubriese lo que se siente ser abandonado y odiado por su papá.

Finalmente, Daehyun se alejó y volteó para quedarse observando el respaldo del sofá. A los segundos, sintió que el cojín se mecía y que Minho se alejaba. Desconectó el audífono. No quería escuchar la puerta cerrándose cuando Minho volviese a marcharse de su vida.

Porque todos lo abandonaban.

Y ahora estaba solo.

Nuevamente encerrado, pero ya no en un ático.

59

Daehyun se despertó con el departamento en silencio. Detrás de la ventana entreabierta, el cielo anaranjado anunciaba un pronto atardecer. Los ojos le pesaban y el labio le latía en sincronía con su dolor de cabeza. Apoyando los brazos en el sofá, se alzó para echarle un vistazo al lugar.

Estaba vacío.

Minho se había marchado.

Una vez más.

Al dirigirse al baño, tambaleó. Encendió la luz y se miró al espejo para notar que la mitad de su rostro estaba enrojecido y amoratado por el golpe. Y Sungguk iba a llegar en cuestión de horas.

Su labio hinchado tembló al aferrarse al lavamanos.

Volvió a sentarse en el sofá con su celular rodando entre sus dedos. Entonces, la puerta se abrió. Era Minho, cargaba un jugo rosado y una caja. Ambos se observaron con sorpresa.

—Es de frutilla. De pequeño te gustaba —habló con duda—. Y también traje medicina. No tenías nada para el dolor de cabeza y pensé que... —sus hombros se veían pequeños al encogerse por la vergüenza y el miedo—. Creo que mejor me marcho.

Daehyun dudó unos instantes.

—Me duele la cabeza —confesó.

No tuvo que agregar más. Recibió el jugo y una píldora. Ahora que estaba cerca, Daehyun notó que su padre también tenía los ojos irritados y la punta de la nariz roja. ¿Había llorado?

Desvió la vista porque aún dolía mirar a Minho. Se fijó en el calendario pegado en la cocina.

♥♥ Visita Jeonggyu y Sungguk♥♥

Daehyun se sintió incluso peor, las ganas de vomitar fueron tan abrumadoras que por poco se puso de pie para ir al baño nuevamente.

—Sungguk iba a venir hoy.

—Todavía puede hacerlo —respondió Minho acercándose hasta que estuvo sentado en el suelo a solo unos centímetros de Dae.

—Va a odiarme.

—Sungguk nunca podría odiarte.

Dae sacudió la cabeza incluso antes de que Minho terminase de hablar.

—La abuela decía que no podía amarme si yo le mentía, y yo le he mentido mucho a Sungguk. No quiero contarle sobre esto —se apuntó el labio— porque entenderá que sigo siendo el mismo bobo de siempre.

Se quedaron unos segundos en silencio, Dae jugueteando con el borde de la manta de Jeonggyu, que se le había quedado a Sungguk en su última visita. Se llevó la tela a la cara buscando el olor, que se había perdido hacía mucho tiempo. Se le hizo un nudo en el estómago. Él quería regresar y terminar con esa aventura. Ya había probado que podía estar solo, que podía ser independiente. Estaba cansado de hacer todo lo que le decían que hiciera.

—Quiero regresar —confesó.

Minho formó dos puños sobre sus muslos, continuaba arrodillado frente a Dae. Se lamió los labios. Tocó su codo. Volvió a acomodarse y tomó aire de forma brusca.

—Quiero ser parte de tu vida. Por favor —se inclinó hasta que su frente tocó el suelo—. Por favor.

—Nunca le conté a Sungguk sobre ti.

Al alzar la cabeza, la expresión de Minho era triste.

—¿No?

—No.

Minho jugueteó con el borde de su camiseta de la misma forma que lo estaba haciendo Dae con la manta. Padre e hijo eran incluso más parecidos de lo que alguna vez se imaginaron.

—No es algo fácil de contar —dijo su papá con una risa nerviosa.

Minho todavía jugaba con el borde de su camiseta. Hacía un nudo y luego lo deshacía.

—Puedes decirle a Sungguk sobre mí. Yo... quiero estar contigo y Jeonggyu... —alzó las manos y las movió—. Pero solo si tú quieres.

—El gobierno sabrá de ti.

Minho bajó la cabeza y la sacudió, sus dedos se enterraron con un poco más de fuerza en la tela.

—No me importa, ya he huido por demasiado tiempo.

Daehyun se quedó observándolo. Notó que su padre tenía una pequeña cicatriz en el labio y otra sobre la ceja. Sus hombros siempre se inclinaban hacia adelante con miedo o timidez. Tenía también otra línea blanca en el brazo, solo lograba divisar el final cerca de su muñeca. Al comprender que la estaba mirando, Minho se bajó la manga del suéter para esconderla. Su postura se volvió incluso más pequeña.

Dae se arrodilló frente a él. Quiso tocarlo, se arrepintió encogiendo las manos.

—Merezco un papá que me ame —dijo Dae con cuidado—. No quiero perderte, pero tampoco voy a aceptar menos.

Minho rehuyó su mirada, el mentón le temblaba. Asintió con cuidado.

—Vine a Seúl por ti —confesó, sus ojos todavía esquivos.

Dae se quedó en silencio, a la espera. Su padre tomó una inspiración profunda.

—Yo no buscaba quererte, Dae. Pero lo hago. Te juro que lo hago.

Lo primero que sintió fueron los dedos de Minho tocando su mano.

Ambos dudaron.

—Dae, yo...

Minho acarició con suavidad su mejilla.

—Me gusta tu amigo Minki —confesó Minho—. Es bueno contigo.

—Minki es bonito.

Los dedos de Dae buscaron la otra mano. La voz de Minho fue suave al hablar.

—Nunca me respondiste.

—Yo sí quiero que estés en mi vida —confesó Dae—. ¿Pero tú? ¿Seguirás conmigo?

—¿Nunca lo has notado? —su expresión era algo triste—. Todos estos años he estado a tu lado, Dae. Yo siempre estoy contigo.

Dudó solo un instante antes de abrazarlo mientras apoyaba su oído malo en el pecho de Minho para sentir las vibraciones de su corazón. Minho tardó en reaccionar. Le devolvió al gesto apretándolo con fuerzas contra él. Entonces, le dio un beso apenas perceptible en la coronilla.

Dae cerró los ojos, estrechó los brazos a su alrededor.

Papá, pensó.

Él siempre estuvo conmigo.

60

Llamó a Sungguk pensando en una mentira para hacerlo desistir de su visita. Dae solo quería llegar a Daegu sin que nadie interfiriese en su decisión.

Sungguk le contestó de inmediato con voz jadeante y emocionada.

—Estoy con Jeonggyu en la estación —avisó—. Solo quiero decir a mi favor que hice mi mejor esfuerzo en peinarlo. Pero es un talento que simplemente no heredé de mi padre.

—Sungguk —lo cortó.

Escuchó de fondo a Jeonggyu.

Quería verlo, quería verlo.

Dentro de nada, solo unas horas más.

—¿Sucede algo? —preguntó Sungguk.

Dio un suspiro.

Sucedían muchas cosas. Solo esperaba terminar esa aventura acostado al lado de Sungguk.

—Podrías no venir, ¿por favor?

—Pero mañana es el cumpleaños de Jeonggyu.

—Es que tengo demasiada tarea.

—¿Tienes tarea? —cuestionó con incredulidad.

El mismo Daehyun se sentía así. Se mordió el labio. Tuvo que aguantar un jadeo cuando pasó a llevarse el hematoma.

—Y necesito terminarla.

—¿Y no puedes hacerlo hoy? Con Jeonggyu llegaremos por la noche.

Estuvo a punto de confesarle la verdad. ¿Pero y si Sungguk era como el resto de la gente? ¿Y si lo convencía de quedarse?

—¿Todo bien? —quiso saber Minho.

Le pidió silencio.

—Lo siento.

—Pero, Dae...

—Sungguk, lo siento.

—¿Acaso no quieres ver a tu hijo?

Golpe bajo. Su voz temblaba al aguantarse el llanto.

—Sabes que muero por verlo.

—¿Entonces por qué no quieres recibirnos? No te estoy entendiendo, Daehyun. ¿Quieres explicarte?

—Sungguk.

—¿O es a mí a quien no quieres ver?

Las lágrimas lo asaltaron por sorpresa.

—No digas eso —suplicó—. Yo solo...

—Ni siquiera tendrías que estar con nosotros todo el tiempo, podrías terminar esas tareas que parecen ser tan importantes para ti. Pedí una semana para ir a verte, Dae.

Iba a contarle.

Ya no le importaba.

Iba a contarle y, de alguna forma, se mantendría firme con su decisión.

—Sungguk...

No alcanzó a hacerlo porque Sungguk lo interrumpió.

—¡Está bien, no iremos! De todas formas, siempre son tus decisiones las que están por sobre las demás.

La llamada se cortó.

Sintió frío, uno que empezaba en la punta de los pies y subía por sus piernas hasta apoderarse del centro de su pecho.

Volvió a marcarle.

Una.

Dos.

Tres.

Perdió la cuenta, la desesperación comenzó a carcomerle por dentro.

Le envió mensajes pidiéndole que le respondiese, que le contestase porque debía contarle muchas cosas. Comenzó a escribir el siguiente mensaje, luego lo borró y se quedó esperando una respuesta que nunca llegó.

—Debiste haberle contado —comentó Minho.

Debió haberle contado muchas cosas.

Cuando terminó de ordenar su maleta y la dejó en la puerta del departamento, Minho lo esperaba en la entrada. Los dos permanecieron en silencio, ese era el estado natural de ambos: nunca decir nada.

De alguna forma, Dae logró colar una palabra en su boca.

—Papá...

—Vete, nosotros nos volveremos a encontrar.

—Prométemelo.

Minho le tocó la barbilla de la misma forma que Dae acostumbraba hacerlo con Sungguk.

—Te lo prometo, Dae.

De camino a la estación, Sungguk seguía sin contestarle. Debió llorar gran parte del camino a Daegu porque los ojos le dolían al despertarse y escuchar que anunciaban por los altavoces que se acercaban a destino.

El camino a su hogar se hizo eterno.

Se encontró la luz de la sala de estar encendida y a Sehun recostado en el sofá, quien se puso de pie ante la sorpresa mientras se oía el repiqueteo de uñas contra la madera desde el segundo piso. Dae había terminado de quitarse los zapatos cuando Roko apareció. Se le tiró encima. Luego llegaron los chillidos agudos de Moonie, que parecía reclamarle por su abandono.

—Tranquilos —pidió Dae asustado por el alboroto.

En ese momento, el llanto suave de un bebé se colocó en el bullicio de las mascotas. Sehun se movió hacia la mesa del comedor, donde había acostado a Jeongyu en una silla mecedora. Lo tomó en brazos.

Jeonggyu lloraba con los puños apretados. Protestaba enojado.

Dae dejó caer su maleta y cerró la puerta, yendo de inmediato hacia su hijo. Roko le mordió el pantalón demandando su atención. Cuando estuvo al lado de Sehun y estiraba los brazos para tomar a Jeonggyu, dudó.

¿Y si Osito ya no lo reconocía?

Se lamió los labios.

—¿Puedo?

Sehun se apresuró en entregarle a Jeonggyu, que tenía el rostro constipado por el llanto. Su peso se sintió extraño en los brazos. La última vez que lo había cargado, Jeonggyu tenía solo unos meses de vida. Intentó no llorar por vigésima vez en el día, pero no pudo contenerse. Una lágrima cayó en la mejilla de su hijo.

—Osito, mi vida, no llores —pidió—. No volveré a irme, te lo prometo.

Los llantos de Jeonggyu fueron perdiendo intensidad y su cabeza, ahora cubierta con una densa mata de cabello negro como la de Sungguk, se apoyó contra la clavícula de Dae como si quisiese oír los latidos de su corazón, de la misma forma que Dae lo hizo con Minho.

—¿Qué pasó en tu labio, Dae? —preguntó Sehun.

—Es una larga historia.

—¿Por eso no quisiste que fueran a Seúl?

—Yo solo... me cansé de complacer a la gente.

Por alguna razón, su comentario le sacó una sonrisa a Sehun.

—Me alegro de que te hayas dado cuenta.

Dae lo observó extrañado.

—¿Por qué no me lo dijiste?

Sehun le acarició la cabeza, ese gesto le recordó a Minho.

—Porque debías comprenderlo solo.

Se quedaron unos instantes en silencio, Dae continuó acunando a Jeonggyu en sus brazos. La expresión de Sehun se relajó y se movió hacia la entrada, donde agarró su gorro y chaqueta.

—¿Ya te vas?

—Por hoy ya no soy necesario —dijo con buen humor. Su atención se dirigió hacia el segundo piso—. Sungguk se encuentra durmiendo, está muy borracho. Si te pide helado, el refrigerador está lleno —su sonrisa fue tímida al continuar—. Lo pasó muy mal, Dae. Pero no le digas que yo te conté.

Se marchó cerrando suavemente la puerta.

Dae se quedó sentado en el sofá con los ojos cerrados, su boca descendiendo hacia la cabeza de Osito cada vez que podía. Moomon estaba recostado a su lado con el hocico en su muslo, mientras Roko lo observaba desde el suelo levantando la pata para que Dae le siguiese haciendo cariño con el pie.

Poco a poco la respiración de Jeonggyu se volvió profunda. Se quedó mirándolo hasta que su corazón nuevamente estuvo tranquilo. Con cuidado, Dae se levantó y subió las escaleras, los crujidos resonaron bajos sus pies desnudos. Al dejar a Jeonggyu en su cuna lo observó una última vez, luego salió.

En el cuarto de Sungguk reinaba el silencio. Y, en el centro de la cama, se encontró a su novio durmiendo hecho un ovillo, su rostro oculto entre las sábanas. El corazón le dio un vuelco. Dae se quitó rápidamente la chaqueta, los pantalones y finalmente su camisa. Entonces, agarró una camiseta que estaba sobre la mesa de noche y se la puso, abrazándose al percatarse que de la tela emanaba el perfume de Sungguk.

Sungguk, pensó.

Por fin estaba en su hogar.

Se recostó al lado de su novio. Lo vio dormir unos instantes antes de darle un beso que aterrizó sobre esas cejas fruncidas, le siguió uno en la punta de la nariz y finalmente tocó su boca. Le acarició el cabello de la nuca para despertarlo.

Sungguk soltó una queja con un ligero olor a alcohol.

—Sungguk —lo llamó.

—Mmm.

—Sungguk, amor.

—Mmm.

Volvió a capturar la boca de Sungguk y apresó el labio inferior entre sus dientes, tirando de él para hacerlo reaccionar.

—Dae, te he dicho que no me muerdas porque me duele.

Su queja murió al abrir los ojos de par en par. Sus pupilas dilatadas se enfocaron en él. Su expresión era desconcertada y somnolienta, claramente su única neurona todavía no despertaba.

—No estoy tan borracho para imaginarme esto, ¿cierto?

—No —agarró las manos de Sungguk y las llevó a su pecho. Dae sintió su caricia sobre la camiseta de algodón—. ¿Ves? Soy yo, estoy aquí.

La caricia de Sungguk subió hasta su rostro. Tocó con el pulgar el labio hinchado y amoratado de Dae.

—¿Qué pasó?

—Solo fui un idiota. Pero regresé.

La mirada de Sungguk, que escondía mil constelaciones, empezó a brillar por las lágrimas contenidas.

—Regresé —repitió—. Y no me voy a ir otra vez. Por favor, necesito que respetes mi decisión.

—Dae...

—Es mi decisión, mía, Sungguk, mía.

—Estoy tan feliz —y entonces Sungguk estaba llorando y besándolo, y llorando un poco más—. Gracias por elegirme. Y por favor, no me dejes de nuevo.

Ambos se acurrucaron contra el otro, tocándose y abrazándose, riéndose bajito y feliz como no lo habían hecho durante todos esos meses. Cuando se detuvieron, Dae tocó la mejilla de Sungguk.

—No quería una vida sin ti.

Pasaron casi toda la noche conversando. Dae le contó cada pequeño detalle de la historia que por tanto tiempo ocultó, comenzando el relato en la cocina de su abuela, siguiendo con su huida y terminando con su partida a Seúl, incluyendo la escena con su profesor.

—Te prometo que seguiré mejorando —susurró Dae con miedo—. Pero no me dejes.

Sungguk le afirmó el rostro con ambas manos.

—Siempre estaré contigo, Dae.

Dae lo abrazó con más fuerza, haciéndolo cambiar de posición para poder acurrucarse sobre él como si fuese una manta.

—Sungguk es bonito.

Le dio un beso.

—Y Dae lo ama mucho.

Otro beso.

—Yo te amo mucho, Sungguk.

El último beso.

—Y te elegiría siempre y mil veces.

Mientras cerraba los ojos sintiendo las caricias de Sungguk sobre su piel, se sintió feliz.

Muy bonito.

Porque Dae era sincera y hermosamente amado por Jong Sungguk. Y Sungguk era sincera y hermosamente amado por Moon Daehyun.

Epílogo

El ligero olor a aceite fue lo que despertó a Daehyun aquella noche. Un tanto desorientado, abrió los ojos y se sentó en la cama, que le quedaba pequeña desde hacía años. Arrugando un poco la nariz, alzó la cabeza y cerró los ojos para intentar identificar el olor, porque, desde que perdió la audición a los seis años, había desarrollado el olfato como ninguno. Ahora su nariz le indicaba que su abuela estaba preparando algo, a pesar de que su reloj de mesa marcaba la una y veinte de la madrugada.

Se puso de pie y se movió por la habitación con suavidad, pisando despacio, como había aprendido. A pesar de que iba solo con una camiseta delgada para dormir, no se abrigó por miedo a meter algún ruido que sus oídos sordos no detectarían. Agarrando el pomo con ambas manos, lo fue girando con paciencia hasta que sintió la vibración en las palmas y la puerta se abrió. La empujó hasta la mitad, la luz del primer piso estaba encendida.

Se arrodilló y deslizó por el suelo de madera hasta llegar a la escalera. Sintió que las tablas bajo sus palmas crujían por su peso. Coló su cabeza entre la baranda y el último peldaño de la escalera.

Entonces, su mirada se encontró con la de un hombre.

La cuarta persona que conoció en su vida, se llevó una mano a los labios para pedirle que guardara silencio.

Con el corazón acelerado, Daehyun volvió a esconderse en la seguridad del segundo piso. Cuando intentó regresar a su habitación, al alzar la vista se encontró con aquel hombre al pie de las escaleras.

Esta vez, otro gesto.

Le pedía que bajase.

Afirmando el borde del último peldaño, tragó saliva mientras se escondía hasta que su barbilla estuvo contra el piso. Solo sus ojos quedaron visibles.

Otra vez le pidió que bajase.

Negó y cerró los ojos.

¿Será hermano de mi papá?, pensó.

Dae no era ningún bobo. Sus libros de biología explicaban muy bien lo que era la genética. Y que ambos se pareciesen tanto le dejaba las cosas claras: eran parientes.

Tragó saliva.

Al asomarse nuevamente por la escalera, el hombre desapareció. Extrañado, Dae lo buscó en su limitado campo de visión.

El olor a comida continuaba picándole en la nariz.

Antes de arrepentirse, se puso de pie y pisó el último escalón. Tanteó la vibración bajo su talón, después bajó otro más. Y otro. Y entonces llegó a la entrada de la cocina; Dae encontró al hombre sentado en la mesa y a su abuela cocinando algo en un sartén.

Antes de que Lara pudiese reaccionar, Dae corrió hacia el hombre y se arrodilló frente a él, aferrándose a sus piernas mientras creía pronunciar palabras de auxilio con una lengua que no dejaba de enredarse en su boca.

—A y ú... d a m e.

El hombre se quedó paralizado observando a Dae llorar a sus pies.

—¿Ayuda? —leyó en sus labios—. ¿Quieres que te saque de aquí?

La abuela había dejado la cocina, estaba furiosa. Se aferró a los hombros de Dae y forcejó, a la vez que este continuaba sujetando las piernas delgadas del hombre.

—A y ú... d a m e —suplicó, mordiéndose su lengua sin querer.

Su boca supo a sangre.

Luchó contra su abuela para no ser arrastrado, a pesar de que su cuerpo débil ya sudaba por el esfuerzo.

Él no podía regresar al ático.

No iba a regresar al ático.

No podía.

No quería.

No lo soportaba más.

No.

Iba a volverse loco.

Lloró como la persona desesperada e infeliz que era. Se soltó del agarre empujando a su abuela con todas sus fuerzas, gritó tan fuerte que casi creyó oírse.

—¡No!

La expresión de Lara brillaba sorprendida, ¿y tal vez con una pizca de miedo?

—Daehyun —dijo.

—No —repitió con la respiración acelerada.

Se limpió las mejillas manchadas fregándose el rostro con las manos. Dae ya no lo soportaba más. Ya no podía más. Sentía que despertaban en él esos sentimientos oscuros y podridos, ese odio intenso que superaba con creces el amor que alguna vez tuvo por ella.

Tóxico, se sentía tóxico y enfermo al observarla pasear por la cocina, preguntándose, solo preguntándose y soñando, que si su abuela moría, él podría salir de ahí.

Él podría ser libre.

Solo si su abuela moría, él lo sería.

Porque Daehyun ya no podía más.

No quería seguir viviendo.

No así.

No en esa casa.

No en esa vida que no era vida.

Pero Dae jamás esperó que su abuela le respondiese con la misma ira que le hacía temblar las rodillas. Vio que su rostro enrojecía y que comenzaba a decirle algo, aunque Dae no pudo entender y tampoco oír.

La cocina empezaba a oler a quemado.

En ese momento, la expresión de su abuela se congeló un único y eterno segundo, después se frunció en una mueca de dolor que le hizo llevarse las manos al pecho.

El agarre de Dae a la pierna del hombre se aflojó cuando este se puso de pie y fue hacia su abuela.

Dae continuaba paralizado.

Y tan rápido como comenzó, llegó el final.

A su abuela se le doblaron las rodillas y se desplomó sobre la baldosa helada, su boca gesticuló una mueca de dolor.

¿Un ataque al corazón?

¿Su abuela se estaba muriendo?

Dae logró posicionarse sobre sus piernas inestables y arrastrarse por alrededor de la mesa, su caos mental no le daba espacio para razonar. Llegó hasta el teléfono de la cocina y lo descolgó. Llevándose el auricular a su oreja sorda, se mantuvo a la espera.

¿Pero a la espera de qué?

Su mirada se encontró con la del hombre. No estaba ayudando a su abuela. Estaba ubicado a unos pasos de ella sin hacer nada mientras Lara se retorcía en el suelo de dolor.

—Nadie lo sabrá —dijo.

Observó a su abuela, quien estiraba uno de sus brazos hacia él.

—Ayúdame.

Dae sostenía el teléfono con tanta fuerza que sus dedos se pusieron blancos. Su abuela se afirmaba el pecho en el suelo. La casa olía a quemado. Entonces, ella se detuvo con la boca ligeramente abierta y la vista clavada en él.

—Lo siento, Dae.

Soltó el teléfono y corrió fuera de la cocina. La garganta le ardía, la bilis le picaba en el fondo de ella. Alcanzó a llegar al baño. Se estremeció y sudó, la camiseta se le pegaba a la piel al vomitar en el váter a la vez que se ahogaba en lágrimas.

Su cabeza daba vueltas cuando se puso de pie. Se limpió la comisura de la boca con la muñeca, chocó con la puerta del baño, sus piernas débiles y torpes subieron los escalones, se pegó en la pantorrilla, manoseó el pomo e ingresó al cuarto de su abuela, donde sus manos golpearon un perfume que rodó por el suelo. Encontró su medicina.

Al volver a la cocina observó el cuerpo paralizado de su abuela, sus ojos vacíos estaban clavados en el cielo con una expresión de miedo.

Habían apagado el fuego de la cocinilla.

Todavía olía a quemado.

El hombre seguía inclinado al lado Lara, y la observaba con los labios fruncidos. Al notar que Daehyun había regresado, le pasó los dedos por los párpados para cerrárselos. Luego sostuvo su mandíbula hasta que quedó cerrada.

—Está muerta —leyó en sus labios.

El frasco de pastillas cayó de sus manos, las píldoras se dispersaron por la cocina. Temblando, se puso de rodillas. Recogió una a una, por alrededor de la mesa, por el refrigerador, por al lado de la pierna helada y por el costado de ese brazo igual de frío. Finalmente encontró la última en esa cabellera mal tinturada.

Parecía estar durmiendo.

Si se esforzaba un poco, casi podía convencerse de que ella solo estaba descansando. Pero no era así, Daehyun lo sabía, oh, claro que él sabía lo que acababa de pasar en esa cocina. Lo tenía claro de la misma manera que entendía que ella no estaba durmiendo, que ella no iba a despertar otra vez; eso era algo que Daehyun entendía de la misma manera que sabía que el culpable era él.

Todita de Moon Daehyun.

De ese Daehyun tonto, sordo, inútil y malo. Él era malo por haberlo deseado, por habérselo pedido, por habérselo gritado. Daehyun era malo porque nunca pudo ser un chico bueno, ese muchacho que su abuela siempre le pidió que fuese.

«Sé bueno, Daehyun, sé bonito para mí».

Pero no pudo serlo, nunca pudo porque cosas terribles pasaban por su cabeza. Y ahora una de ellas se había hecho real.

Se dio un golpe en la cabeza.

Tonto, inútil.

Otro golpe.

Imbécil.

Imperfecto.

Roto, tan roto.

Él ya no era bonito.

No lo era y por eso nadie lo quería.

Y estaba solo.

Por eso se merecía eso, lo sabía.

Todo era su culpa.

Su culpa.

Recostado en medio de la cocina llorando, gimiendo y sudando, se sintió sucio mientras intentaba buscar el calor de un cuerpo que ya no lo tenía. Intentó abrazar a ese cuerpo que una vez le perteneció a la persona que más amó en su vida, y a la que también más odió porque, en definitiva, fue la única persona que conoció realmente.

Malo.

Era malo e hizo cosas peores.

Como descubrir que solo bastaban cinco minutos para que todo el calor de un cuerpo se fuese para siempre. Otros treinta para que los músculos se pusiesen rígidos. Una hora para que la piel empezase a tornarse azulada.

Por eso, cuando sintió que el hombre lo tiraba y lo obligaba a alejarse de su abuela, no protestó.

Notó que subían las escaleras.

El hombre intentó llevarlo a su cuarto.

Pero Dae hizo cosas peores.

Como abrir el ático y volver a encerrarse en él, recostándose finalmente en el colchón desnudo. Porque él merecía ser castigado.

El hombre asomó la cabeza dentro.

Dudó.

Entonces, desapareció.

Regresó con una manta que dejó a un costado de la entrada.

Volvió a dudar.

Daehyun también había dejado de llorar.

La puerta trampilla se cerró y no volvió a abrirse.

Se despertó con los párpados pegados por las lágrimas secas en sus pestañas. Estaba hecho un ovillo sobre un colchón desnudo. Se encontraba en un ático. El pecho se le cerró mientras comenzaba a llorar, el recuerdo lejano de unos ojitos bonitos asomándose por la puerta del altillo.

Todo eso, mentira.

Todo eso, un sueño.

Porque Moon Daehyun continuaba encerrado en ese ático esperando morir.

Se acurrucó bajo la manta.

Pero de pronto el suelo crujió bajo su cuerpo. Alzó el mentón en el preciso instante en que unos ojos preciosos lo observaron desde la escalera que iba al tercer piso.

—Te estaba buscando, pequeño.

Era Jong Sungguk.

Desorientado, Dae se apartó los mechones del rostro y secó sus lágrimas. Enfocó la vista en su alrededor y notó que sí, se encontraba durmiendo en un colchón, pero este estaba cubierto por una sábana suave. Tampoco estaba en un ático, sino en un tercer piso amplio y bien iluminado, pintado de un hermoso color blanco. El suelo estaba cubierto de bolsas transparentes y había unos atriles en el centro del cuarto.

Eran las pinturas que Dae se había quedado terminando hasta altas horas de la madrugada, razón por la cual se durmió en el colchón que rara vez utilizaba para descansar.

Volvió a observar a su Sungguk, que fruncía el ceño, preocupado.

—Mi amor —escuchó su susurro—, estás llorando.

Dae se llevó las manos a los oídos y palpó los dos implantes cocleares ubicados tras sus orejas.

Moon Daehyun ahora oía.

Él escuchaba la preciosa voz de Jong Sungguk y sus pasos al acercársele con algo de angustia.

—Sabía que era una mala idea poner tu estudio aquí.

Sí, recordó Dae, Sungguk había insistido en que era mala idea mudar su taller al tercer piso recién construido.

—Mañana mismo pondremos tu estudio en la sala —avisó Sungguk arrodillándose a su lado, la mano estirada para acariciar su melena.

Dae cerró los ojos un instante y se permitió sentir el amor que Sungguk le transmitía con un simple gesto.

—¿Pero y dónde recibiremos a las visitas? —se oyó debatiendo.

Moon Daehyun ahora hablaba.

Sungguk tiró de sus piernas hacia él y se las abrió para recostarse entre ellas. Sus cuerpos hicieron contacto en las zonas precisas, cada brazo de Sungguk a un costado de su cabeza para sostener su peso.

—Las recibiremos en el patio y, si les molesta, no vendrán más —contestó.

Dae cerró los ojos cuando los labios de Sungguk le rozaron la sien y bajaron capturando sus lágrimas hasta llegar a sus labios irritados debido a la pesadilla de su pasado.

Pasado, no su presente.

—Soñé con mi abuela —le contó bajando la vista.

—¿Es porque hoy demolerán la casa?

Dae se encogió un poquito de hombros.

—Tal vez —susurró.

Dudó si contarle aquello.

—¿Qué pasa? —quiso saber Sungguk.

—Apenas recuerdo su rostro —confesó.

Dae recordaba sensaciones y sentimientos, también los gestos que hacía y la forma de sus ojos. Pero su rostro comenzaba a volverse borroso como una mancha. Daehyun empezaba a entender que lo más terrible de la muerte no era perder a alguien, era comenzar a olvidarla.

—Si no quieres olvidarla, podrías pintarla —propuso Sungguk.

¿Pero Daehyun quería seguir recordándola? Esa era una pregunta que todavía no sabía responder.

Para distraerse, acarició la nuca de Sungguk y tiró de él para besarlo. No obstante, Sungguk apoyó los codos en el colchón para alejarse, alarmado. Tocó el estómago de Dae.

—Casi aplastamos a Princesa, bebé.

Al bajar la vista, se encontró con su camiseta alzada y los dedos de Sungguk jugando contra su vientre de cinco meses.

Su Princesa.

Ellos iban a ser padres por segunda vez.

Los labios de su novio lo distrajeron. Dae aprovechó de anudar sus piernas en la cadera de Sungguk.

—Te extrañé en la cama —susurró Sungguk contra su boca.

—Necesitaba terminar el cuadro —respondió Dae mordiéndole suavemente.

—Dae, te he dicho que no me muerdas —protestó con falsa molestia, ambos sabían que Dae lo seguiría haciendo porque Sungguk siempre sonreía cuando lo hacía.

—Eres aburrido, bobo.

Sungguk lo besó otra vez acariciándolo hasta que Dae gimió, contenido.

—Te amo —susurró Sungguk contra su oído, el aliento caliente le erizó la piel.

—Yo también te amo —respondió.

—¿Te sientes mejor ahora? —Dae asintió—. ¿Pasaron esos

malos recuerdos?

Una sonrisa perezosa apareció en Dae y alzó la camiseta de Sungguk para tocar su espalda cálida.

—Me sentiría mejor si terminamos esto y me haces sentir bonito.

Sungguk se rio cuando Dae bajó las manos hacia su trasero.

Pero entonces...

—Papi, me hice pipí.

Se separaron con brusquedad para encontrar una cabeza asomada por la entrada amplia. Jeonggyu estaba frente a ellos: con una mano se restregaba un ojo mientras en la otra sostenía un conejo deforme hecho a mano que se había deteriorado por el tiempo. Tenía el cabello ondulado cayéndole desordenado por ese rostro que era una perfecta combinación entre Sungguk y Daehyun.

—Mi amor, el niño dice que se hizo pipí —bromeó Sungguk.

—Pero, Osito, íbamos tan bien, ¿qué sucedió?

Jeonggyu se encogió de hombros y terminó de subir las escaleras con aire dormido. Sungguk tomó asiento y ayudó a Dae para que hiciese lo mismo. Ambos se acomodaron la ropa y pelo como pudieron.

—Yo no sé —respondió Jeonggyu —, pero me hice pipí.

Estiró sus brazos pequeños hacia ellos. Dae le devolvió el gesto. Jeonggyu corrió hacia él con su risa flotando en el aire. Y a pesar de que Dae sintió la humedad contra su abdomen, poco podía importarle. Lo estrechó con más fuerza y le besó toda su carita mientras Jeonggyu se reía.

Al separase, Dae notó que Sungguk llevaba puesto un traje que se asemejaba a...

—¿Por qué estás vestido de príncipe?

Sungguk se observó, pestañeó desconcertado.

—¿No habíamos quedado en eso? —una pausa—. ¿No me digas que voy a ser el único disfrazado para la fiesta?

La fiesta, recordó Dae, *la que Minki organizó para darle la bienvenida a Princesa.*

La mano de Sungguk acarició su melena clara.

—¿Seguro que estás bien, Dae?

Observó a Osito, que todavía mantenía afirmado contra sí, y después a Sungguk.

Él no podría estar mejor.

—Solo un poco desorientado, pero estoy bien.

Sungguk le dio la mano a Jeonggyu.

—¿Por qué no te bañas y arreglas mientras yo alisto a Osito?

—Pero péinalo bien, Sungguk, no le hagas esas coletas ridículas.

Sungguk hizo una mueca que le sacó una carcajada divertida a Jeonggyu. Ambos bajaron tomados de la mano seguidos de cerca por Dae. Antes de separarse, Sungguk tiró de Dae una última vez.

—Te amo.

—Te amo —respondió Dae.

—¿Papi, y yo? —se quejó Osito.

Ambos padres se quedaron observándolo porque muchas veces era difícil saber a cuál de los dos le estaba hablando. La mayoría de las veces le decía papi a Dae y papá a Sungguk. Había veces que a Sungguk también le decía «Sunggukie bobo», claramente una mala enseñanza de Dae.

—Te amamos de aquí a la luna —dijo Sungguk tirando de la manita de Osito.

—¿De aquí a la luna? Pero eso no es mucho según papi.

Sungguk se rio nervioso al llegar al baño.

—Entonces, ¿qué te parece de aquí al planeta Plutón?

—Papi dice que Plutón ya no es un planeta.

Dio el agua y metió a su hijo bajo la ducha.

—Papi y tú siempre tan sabelotodo.

Osito se apartó el cabello mojado de la cara.

—Sunggukie bobo.

Sungguk pasó la siguiente hora viendo a Jeonggyu vestirse y colocarse al final el traje de príncipe al revés. Al rato, había terminado de cambiar las sábanas orinadas y limpiado el cubrecama.

Peinar a Osito fue la tarea más difícil de todas. Jeonggyu había decidido hacía unos meses que no quería cortarse más el cabello y Dae y Sungguk no supieron cómo convencerlo de que necesitaba un corte sin caer en los estereotipos de género, así que Jeonggyu terminó con una melena ondulada hasta la barbilla. El problema no era que usase el cabello así, era intentar peinarlo cuando Sungguk ni siquiera pudo controlar su pelo cuando estuvo corto.

Tras cinco intentos por hacerle una coleta y escuchar por lo menos cuatro suspiros de Jeonggyu, se rindió.

—¿Sabes qué? A tu papá se le ocurrió una idea genial.

Y dejando a Jeonggyu sentado en el colchón desnudo, Sungguk fue por la aspiradora. Al llegar con ella, le puso un elástico en la entrada del aire y la encendió, acercándola a Jeonggyu. No obstante, se arrepintió de hacerlo y la apagó. Jeonggyu lo observaba resignado todavía con el cabello desordenado.

Los siguientes minutos Sungguk estuvo ocupado terminando los últimos detalles. Cuando se acercaba la hora de la fiesta y ni Jeonggyu ni Dae bajaban, fue a buscarlos.

Dándole la espalda a la entrada del tercer piso, se encontraba Dae sentado frente a un atril. A su lado, en una banca de madera mucho más pequeña y apoyado contra una mesa de plástico de color rosa, se ubicaba Jeonggyu, que sacaba un poco la lengua cuando estaba concentrado, al igual que Dae. Ambos estaban en silencio, entre ellos solo se escuchaba el ruido de las pinturas mezclándose y del pincel tocando la tela. Por lo que, cuando el último peldaño de la escalera crujió, delatando a Sungguk, padre e hijo se giraron de inmediato. Dae tenía una mancha amarilla en la mejilla, el hijo un mechón cortado en la frente como si se hubiese peleado con unas tijeras. Por lo menos el traje no estaba sucio.

—Antes de que me acuses de ser mal padre —comenzó diciendo Dae—, solo diré que fue decisión de Osito. Y nosotros debemos respetar las decisiones que tome nuestro hijo, por muy malas que sean.

Los ojos de Sungguk se desviaron hacia las tijeras que estaban en la mesa de plástico de Jeonggyu, quien era pura sonrisa. No parecía arrepentido, solo algo orgulloso y travieso.

—¿Pero por qué? —quiso saber Sungguk.

Jeonggyu alzó un lápiz de madera que tenía pegado con cinta adhesiva el mechón de cabello que le faltaba en el flequillo.

—Yo no sé —se justificó su hijo—. Papi me lo mostró en un video, y yo quise muchísimo.

Dae abrió los ojos de par en par, su mirada nerviosa iba de su hijo a Sungguk.

—Qué mentira más grande, te lo juro, Sungguk, son puras mentiras. Dae... digo, yo no hice eso... o sea, lo hice, pero no fue así como ocurrieron las cosas.

Sungguk se cruzó de brazos, su novio e hijo se llevaron las manos al regazo en actitud inocente.

—¿Entonces qué pasó? —insistió.

Carraspeando incómodo, Dae jugó con un mechón de su cabello y lo escondió detrás de uno de sus implantes cocleares. Recién ahí Sungguk notó que también le faltaba cabello en el flequillo.

—Osito y yo queríamos hacer nuestros propios pinceles —se excusó Dae perdiendo la voz.

—Papi dijo que era una buena idea —lo acusó Jeonggyu.

Dae estiró las manos hacia adelante como si pidiera ser esposado, su hijo le copió el gesto.

—Seojun dijo que era bueno que Gyu me acompañe —continuó Dae con la excusa.

—El tío dijo eso, papi —lo apoyó Jeonggyu.

—¿Y para eso tenían que cortarse el pelo?

Dae y Jeonggyu se miraron.

—Obvio.

—Obvio —repitió Sungguk.

—¡Obvio! —gritó Jeonggyu alzando los brazos. Dio un chillido al correr hacia Sungguk para abrazarlo por las piernas—. ¡Fue súper híper divertido, papi!

Al segundo, Dae también fue hacia él para colgarse de su cuello.

—Súper híper divertido, Sungguk.

—¿Ahora cómo le explico a Minki que esto no fue mi idea?

Hablando de ellos, Lee Minki y Yoon Jaebyu, junto a sus mellizos Beomgi y Chaerin, fueron los primeros en llegar. La familia completa iba vestida también de príncipe, a excepción de Chaerin, que cargaba un vestido de la misma tonalidad. Bastó que los ojos de Minki se posicionaran en Jeonggyu y su flequillo corto para fruncir los labios.

—Fuiste tú, ¿cierto?

—Fue Dae, pero por supuesto que pensaste que yo era el culpable.

Minki llamó a su ahijado y le desenredó lo que le quedaba de peinado. Le trenzó la melena con dedos ágiles, habilidad que había adquirido tras cuatro años de peinados para su hija.

Mientras su amigo se entretenía en eso, los mellizos ya habían comenzado a correr por toda la casa junto a Roko y Moonmon, desarmando de paso la decoración que habían estado arreglando Sungguk y Namsoo durante el día; Namsoo había regresado a Daegu hacía ya unos años.

—Jaebyu, hoy te toca a ti ser el responsable de los niños —le recordó Minki con la liga entre los dientes.

Un vaso se quebró en el patio. Mantequilla, su pobre viejito cansado y casi sin dientes, intentaba dormir entre todo el desorden y ruido.

—Niños, no hagan eso —pidió Jaebyu sin mucha convicción.

Pero por supuesto que los mellizos no escucharon a su padre y ahora se dirigían a la cocina para robar algún dulce.

—Jaebyu, diles algo.

—Pero los bebés se están divirtiendo tanto...

Minki terminó de anudar la trenza de Jeonggyu, y partió corriendo detrás de los mellizos para potenciar el desorden y caos.

—¿Por qué siempre tengo que ser yo el papá malo? —se quejó Minki con las manos en la cintura.

Jaebyu se llevó una mano al corazón.

—Estoy incapacitado para reprenderlos.

Minki dio un suspiro al escuchar el ruido de una explosión, de seguro habían reventado un globo.

—Esto me pasa por llorar durante meses, así que ahora me quedo callado.

En ese instante, una segunda explosión.

Y una tercera.

Y Minki estaba perdiendo la paciencia.

—Jaebyu, prometiste que tú los verías hoy.

—Sí, querido, pero...

—Yoon Jaebyu, tan solo ve.

Mientras Jaebyu partía a vigilar a sus hijos y Dae se unía a ellos vestido con otro disfraz de príncipe, Minki cerró los ojos unos instantes al escuchar la cuarta explosión.

—¡No voy a tener más hijos contigo, Yoon Jaebyu! —lo amenazó. De inmediato bajó la voz hasta que fue un susurro—. No le digan todavía porque... ya saben, se puede desmayar, estoy embarazado otra vez.

Y ese «ya saben» se debía a que Jaebyu lo había pasado pésimo con el embarazo de Minki. Debido a la contextura delgada del chico, sumado a su condición como m-preg y seguido de estar esperando mellizos, el embarazo de Minki fue de alto riesgo de principio a fin. Jaebyu lloró más que en toda su vida, por lo que le había hecho prometer a Minki que no atravesarían ese proceso otra vez.

Afirmando a Dae por la cintura, Sungguk preguntó:

—¿Pero no se dará cuenta cuando les llegue el depósito del gobierno? Hoy justo es quincena.

En ese mismo instante, Minki abrió los ojos enormes y se iba corriendo al patio exclamando un:

—Mi amor, ¿estás sentado? Porque necesito contarte una pequeña noticia.

El grito de Jaebyu se escuchó fuerte y claro.

—¡¿Minki, por qué tenemos otra transferencia bancaria?!

La voz de su amigo fue perdiendo fuerza por la distancia.

—Te acuerdas esa vez que se nos rompió el condón... bueno, ¡sorpresa! Estaba en un ciclo.

El resto de la tarde todos estuvieron sumidos en la alegría brindada por la pequeña celebración que reunía a cada persona que era importante en la vida de Moon Daehyun y Jong Sungguk. Por eso, cuando cortaban el pastel y Dae recibía todos los obsequios que serían para su hija, observó por unos segundos el tercer piso recientemente construido.

Y cuando la nostalgia comenzaba a comérselo ante el recuerdo de su pesadilla, bajó la vista y se encontró con los rostros expectantes y preocupados de todas esas personas que hoy componían su presente y futuro: Minki, Jaebyu, Namsoo, Eunjin, Seojun, Suni y Sehun.

Todas esas personas que lo amaban.

—Hoy tuve una pesadilla —contó en voz alta— y pensé que seguía encerrado en *ese* ático. Lloré mucho al pensar que este Moon Daehyun que es amante, novio, padre, hijo y amigo, ya no existía. Y comprendí que no quiero dejar nunca de ser este Daehyun, no quiero dejar nunca de ser amado y de amar. Por favor, nunca dejen de quererme.

Al comenzar a llorar, fue abrazado por Sungguk y Jeonggyu, luego por el resto, incluso sus mascotas fueron a consolarlo.

Sin embargo, faltó alguien.

La fiesta llegó a su fin y la gente se despidió. Namsoo y Eunjin alargaron el momento al abrazarlos un par de veces más. La casa alcanzó a quedar tranquila solo unos minutos.

Entonces, el timbre sonó.

Dae descansaba en una silla con Jeonggyu sentado en su regazo, a quien besaba y hacía reír, cuando Sungguk lo fue a buscar al patio.

—Ven, pequeño.

Afirmando su mano tendida, Dae dejó a Jeonggyu en el suelo.

En ese instante, comenzó otra celebración más privada y bonita porque, esperándolo en el centro de la sala, se encontraba Minho con un regalo en sus manos nerviosas.

Y a pesar de que a Sungguk todavía le costaba entender a Minho, él lo dejó estar porque veía el amor en dos personas tremendamente dañadas, veía el amor en la sonrisa nerviosa de Minho, veía el amor en Dae al soltarse de su mano y apresurarse para ir hacia su papá, mientras Osito gritaba emocionado:

—Abuelo, abuelo, mira, mira, soy un príncipe. Papi dice que soy superbonito.

Sí, pensó Sungguk cuando Minho rodeó a Dae en un abrazo y le besó la frente, Daehyun riéndose nervioso al volverse ese niño que buscaba aceptación, *ellos se aman y eso es suficiente*.

Dae era feliz con las decisiones que había tomado.

Él se sentía bonito.

No, Moon Daehyun ya no era bonito, él era amado y amaba.

Fin

Los espero en mi
siguiente gran aventura, titulada

Calcomanía y Décalcomanie

En el año 1978, dos jóvenes se enamoran en tiempos de dictadura. Uno de ellos es orgullosamente gay y opositor, el otro es hijo de un importante general.

*Para más información de mis novelas,
pueden encontrarme en Wattpad e Instagram como Lily_delpilar*

Agradecimientos

Gracias a todos los lectores de *Still with me* en Wattpad, es por ustedes que esta novela se encuentra hoy en papel.

Muchas gracias a mi familia y amigos, como también a:

Min Aylin, por ser una amiga preciosa y por los nombres de Jaebyu, Chaerin, Beomgi y el hermoso Jeonggyu.

Marveli Gómez Pantoja, por el genial nombre para la segunda parte de esta historia bonita.

Nicole Guzmán Rivera, por el nombre de Daehyun.

@_sweetunicorn_, por el nombre de Sungguk.

Ana María Juárez Gutiérrez, por el nombre de Minki y Eunjin.

Jimlenis Kalena Herrera Mirabal, por el nombre de Namsoo.

@minlucv, por el nombre de Seojun.

Valeria Contreras, por los nombres de Monnie, Moon, Moonmon.